KB058798

단두대에서 시작하는 황녀님의 전생 역전 스토리

티어문 제국이야기

TEARMOON
EMPIRE STORY
WRITTEN BY
NOZOMU MOCHITSUKI

V

모치츠키 노조무 지음
Gilse 일러스트

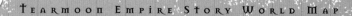

길덴
변경백령

티어문 제국
TEARMOON EMPIRE

가누도스 항만국
GANUDOS
PORT COUNTRY

제도

신월지구

초기 제국 영토
(중앙 귀족 영지군)

갈레리아해(海)

정해의 숲

루돌폰
변경백작령

페르쟝 농업국
PERUGIAN
AGRICULTURAL COUNTRY

선크랜드 왕국

SUNKLAND KINGDOM

왕도

세인트 노엘
학원

노엘리쥬 호수

공도

성 베이르가 공국

PRINCIPALITY OF
SAINT VEIRGA

왕도

렘노 왕국

REMNO KINGDOM

변경지

N

미개서지

contents

제2부 이정표의 소녀 III

프롤로그	벨의 작은 행복 I	10
제 1 화	살아야 할 것인가, 죽어야 할 것인가	14
제 2 화	안느의 결의	23
제 3 화	마지막 친구	30
제 4 화	미아 황녀, 클라이맥스를 맞이하다! (미아의 안에서는)	35
제 5 화	푸르게 빛나는 길을 걷다	41
제 6 화	안느, 제국의 예지(안느 안에 있는……)를 말하다	46
제 7 화	미아의 뿌리	55
제 8 화	미아 황녀, 중요도를 부풀리다	62
제 9 화	친우	71
제 1 0 화	'바로 돌아올게요'라는 말을 남기고 에메랄다는 모습을 감췄다	79
제 1 1 화	미아 황녀, 견인되다	85
제 1 2 화	대해의 용사 미아 황녀, 용맹하게 소리치다!	93
제 1 3 화	저마다의 충심(페티시즘)	98
에필로그	개전의 서곡	106
번 외 편	벨의 작은 행복 II	113

티어문 제국 이야기

TEARMOON
EMPIRE
STORY

제3부 달과 별들의 새로운 맹약 Ⅰ

프롤로그 ◆ 루드비히, 날아오르다! 118

제 1 화 ◆ 얇아진다……, ……미아 황녀전이! 131

제 2 화 ◆ 미아벨, 할머니에게 친구를 소개하다! 137

제 3 화 ◆ 진리의 체현자, 미아 황녀 143

제 4 화 ◆ 그 원한의 유통기한 148

제 5 화 ◆ 소심한 사람의 전술 155

제 6 화 ◆ 아름다운 적월의 영애가 보낸 도전장 159

제 7 화 ◆ 미아 황녀, 결투를 흔쾌히 받아들이다! 168

제 8 화 ◆ 변화무쌍한 미아의 손바닥 176

제 9 화 ◆ 미아 황녀, 바람이 되다 181

제 1 0 화 ◆ 미아 황녀, 복수귀가 되다! 187

제 1 1 화 ◆ 그 사랑에 몸이 타버린다 하여도…… 193

제 1 2 화 ◆ 페가수스 프린세스 미아, 고전하다 200

제 1 3 화 ◆ 미아 황녀, 응원하다! ……말을 206

제 1 4 화 ◆ 낭보! 마롱, 또다시 미아에게 감탄해버리다 211

제 1 5 화 ◆ 그 영혼에 각인된 것 216

제 1 6 화 ◆ 미아 황녀, 무적 모드가 되다 221

제 1 7 화 ◆ 말의 위세를 빌려라! 미아 황녀! 226

제 1 8 화 ◆ 생명의 신비와 기묘한 기시감 231

제 1 9 화 ◆ 석양처럼 붉은 말 239

제 2 0 화 ◆ 미아 황녀는 어떤 순간에도 자신다움을 잃지 않는다 244

제 2 1 화 ◆ 파란의 예감 249

제 2 2 화 ◆ 나의 이름은 미아 루나 시문! 255

제 2 3 화 ◆ 결전의 순간! 마침내 마음이 겹쳐지다! ……겹쳐지다? 274

제 2 4 화 ◆ 울부짖어라! 연애 회로! 283

제 2 5 화 ◆ 인플레X인플루언서 295

번 외 편 ◆ 벨의 작은 행복 Ⅲ 299

미아의 사교댄스부 304

미아의 무인도 일기 334

후기 338

권말 보너스 만화판 제9화 344

제1회 인기 캐릭터 투표 결과 발표 386

선크랜드 왕국

키스우드

시온 왕자의 종자.
시니컬한 성격이지만
실력이 좋다.

시온

조력

제1왕자. 문무겸비의 천재.
이전 시간축에선 티오나를 도와
훗날 단죄왕으로 이름을 떨친
미아의 원수.
이번 삶에선 미아를
'제국의 예지'로 인정하고 있다.

[바람 까마귀] 선크랜드 왕국의
첩보대.

[백아(白鴉)] 어떤 계획을 위해 바람 까마귀 내부에
만들어진 팀.

성 베이르가 공국

렘노 왕국

아벨

왕국의 제2왕자.
이전 시간 축에서는
희대의 플레이보이로 유명했다.
이번 삶에선 미아를 만나 진지하게
검 실력을 단련하기 시작했다.

지원 / 지원

라피나

공작 영애. 세인트 노엘 학원의
학생회장이자 실질적인 지배자.
이전 시간축에서는 시온과
티오나를 후방에서 지원했다.
필요하다면 웃는 얼굴로 살인할 수 있다.

[세인트 노엘 학원]

인근국의 왕후·귀족 자제가 모이는
엘리트 중의 엘리트 학교.

[포크로드 상회]
클로에

여러 나라에서 활동하는
포크로드 상회의 외동딸.
미아의 학우이자 독서 친구.

혼돈의 뱀

성 베이르가 공국과 중앙정교회를 적으로 보며
세계를 혼돈에 빠뜨리려고 하는 파괴자 집단.
역사의 그늘 속에서 암약하지만, 상세는 불명.

STORY

붕괴한 티어문 제국에서 이기적인 황녀라 경멸받았던 미아는 처형당했지만, 눈을 뜨자 12세로 돌아와 있었다.
두 번째 인생에선 단두대를 회피하기 위해서 제국을 바로잡고자 동분서주한다.
과거의 기억과 주위의 착각 덕분에 혁명 회피에 성공.
그러나 미래에서 나타난 손녀 벨에게서 생각지 못한 파멸을 알게 되자
미래개변을 위해 성 미아 학원을 설립하게 된다.
개혁은 순조롭게 보였으나, 바캉스로 방문한 무인도에서 조난되고 마는데……?

티어문 제국

원수

미아

주인공. 제국의 유일한 황녀이자
제멋대로 굴던 황녀.
하지만 사실은 그냥 소심할 뿐.
혁명이 일어나 처형당했지만
12세로 회귀했다.
단두대 회피에 성공했지만,
벨이 나타나서는……?!

손녀와 할머니

미아벨

미래에서 시간을 거슬러온
미아의 손녀딸. 통칭 '벨'.

원수

혁명

루돌폰
변경백가

티오나

변경백의 장녀.
미아를 학우로서 좋아한다.
이전 시간축에서는 혁명군을 주도했다.

세로

티오나의 남동생. 우수하다.

루드비히

젊은 문관. 독설가.
자신이 숭상하는 미아를
황제로 만들 생각이다.

안느

미아의 전속 메이드.
가족은 가난한 상가.
미아의 충신.

디온

제국 최강의 기사.
이전 시간축에서 미아를 처형.

원수

루비

레드문
공작가의 영애.
남장미인.

에메랄다

그린문
공작가의 장녀.
자칭 미아의
절친.

사대 공작가

사피아스

블루문 공작가의 장남.
미아 덕분에 학생회에 들어간다.

※ ── 미래 시간축에서의 관계   ※ ……… 이전 시간 축에서의 관계

일러스트 — Gilse

제2부
이정표의 소녀 Ⅲ

THE GIRL FROM THE FUTURE

프롤로그 벨의 작은 행복 Ⅰ

그해 여름은 황녀 미아 루나 티어문에게 무척 인상 깊은 여름이 되었다. 제국의 사대공작가, 통칭 '별을 지닌 공작가'의 일각인 그린문가의 영애 에메랄다 에트와 그린문의 권유로 함께한 배 여행이 작은 모험으로 이어졌기 때문이다.

무인도에서의 하룻밤을 보내고 불어닥친 폭풍으로 인해 무인도까지 타고 온 배와 헤어져 버린 미아 일행. 그리고 밤, 잠든 사이에 일행 중 한 명의 모습이 홀연히 사라졌고……

거기까지 쓴 에리스 리트슈타인은 펜을 내려놓았다.

"으음……, 이 이야기는…… 어쩌려나……?"

그녀는 지금 언니 안느에게서 들은 이야기를 정리하고 있었으나……, 아무래도 좀 아닌 것 같다는 생각이 들었다.

이후 미아 일행은 지하에 숨어있던 사교의 원령과 만나게 되지만, 미아의 대활약으로 인해 물리치는 데 성공. 게다가 바다에서는 거대한 식인 물고기와의 전투를 거쳐 가까스로 탈출하게 되는데……

"아무리 그래도 과장이 조금 지나친 게 아닐까……? 확실히 미아 님이시라면 사교의 원령과 맞설 용기도, 영혼을 달랠 지혜도 지니고 계실 테지만……. 애초에 사교의 원령이라는 게 없을 테니……. 게다가 이 거대한 물고기도 조금 과해."

언니는 자신들이 타고 온 배, 에메랄드 스타 호의 두 배에 가까운 크기였다고 말했으나……. 아무리 그래도 배보다 두 배는 더 큰 물고기가 존재할 리 없다.

"놀라서 기억이 혼란스러웠던 거겠지……. 거대한 식인 물고기의 크기는 기껏해야 에메랄드 스타 호와 비슷한 정도일 거야. 분명 미아 님께서 때려눕혔다는 것도 그 정도의 크기겠지."

에리스는 자신을 성실한 논픽션 작가라고 생각한다. 과장된 서술은 최대한 피하고, 사실에 입각한 이야기를 적어야 한다. 그렇다면…….

"미아 님의 위업을 남김없이 서술하고 싶은 마음은 굴뚝 같지만, 신빙성이 낮은 기사는 믿음을 잃어버려. 여기서는 신중하게, 신뢰성이 높은 기록만을 남기고……. 이 거대 식인어와의 전투를 메인으로 재편집하는 게……."

"에리스 어머니, 뭘 하고 계시는 거예요?"

그때였다. 불현듯 들린 앳되고 사랑스러운 목소리에 에리스가 시선을 돌렸다. 그러자 그곳에는.

"아아, 벨. 좋은 아침. 벌써 일어났구나."

한 소녀가 서 있었다.

아름다운 백금발을 지닌, 과거 제국의 예지의 그리운 모습이 남아있는 소녀 미아벨이었다.

미아벨은 종종걸음으로 다가오더니 에리스의 손 주변으로 시선을 내리고 고개를 갸웃거렸다.

"이건 할머니의 기록……?"

"그래, 맞아. 미아 님께서 하신 일을 똑바로 남겨서 후세에 전해주는 것이 내 역할이니까."

그리고 널 지키는 것도……. 에리스는 그 말을 삼켰다.

이미 미아벨을 지키기 위해 많은 사람이 죽었다.

미아벨의 어머니도, 황녀 전속 근위대의 충성스러운 병사들도…….

그런데다 자신마저 그녀 앞에서 사라질지도 모른다는 이야기를 암시할 필요는 어디에도 없다.

──하지만 말은 해 줘야 해. 굳은 각오를 다지게 해야지……. 적의 손은 이미 가까운 곳까지 뻗어와 있으니까…….

"지금은 어떤 이야기를 적고 계시는 거예요?"

"아, 이건 말이지. 미아 님께서 여름에 무인도에 가셨을 때의 이야기야."

그렇게 말하며 에리스는 미아벨의 머리를 부드럽게 쓰다듬었다.

본래대로라면…… 이러한 태도를 취해도 괜찮은 상대가 아니다.

미아벨은 황실의 피를 이어받은 자. 공손히 모셔야 할 상대이자, 평민인 에리스가 그 몸에 손을 대는 것조차 주저해야 하는 상대이다.

하지만 에리스는 사양하지 않고 미아벨의 머리를 쓰다듬었고, 때로는 엄하게 혼냈다.

그것은 미아의 충신, 루드비히와 안느가 확립한 방침이었다.

"벨 님은 어머니를 비롯해 가족을 전부 잃어버리셨지. 애정을 쏟아주는 사람이 한 명도 없어……. 그건, 너무나도 가엾지 않나……."

경의를 잃은 건 아니다. 하지만 그들은 과도하게 공경하기보다는 친근하게 애정을 쏟아주는 길을 선택했다.

그래서 에리스는 미아벨의 머리를 자상하게 쓰다듬고 친근함이 담긴 말투로 말했다.

미아벨이 잃어버린 것은 신하의 방식으로는 줄 수 없기 때문이다.

그리고 그 이상으로, 에리스는 알고 있다.

그녀의 경애하는 제국의 예지, 미아 루나 티어문이라는 사람은 귀족 사회의 상식에 사로잡힌 사람이 아니었다.

미아가 기뻐하는 것은 어떤 태도인지……. 안느도 루드비히도, 에리스조차 알고 있었다.

그렇기에 에리스는 애정과 친근감을 한가득 담아서 미아벨을 대하였다.

"미아 님께서는 폭풍에 휘말리셨다고 해. 그래서 무인도에서 며칠 동안 지내게 되셨는데, 어느 날 밤, 미아 님의 친구이신 에메랄다 에트와 그린문 공작 영애가 사라져버린 거야……. 그래서."

머리를 쓰다듬는 에리스의 손길을 받으면서 안느가 타주는 따뜻한 우유를 기다리는…… 이 시간이 벨에게는 무엇보다 행복한 한때였다.

제1화 살아야 할 것인가, 죽어야 할 것인가

"에메랄다 양이…… 사라졌다고요?"

그 질문에 니나는 그저 고개를 끄덕일 뿐. 그 이상은 아무것도 모르는 듯했다.

아무래도 다 같이 이 주변을 수색하고 있었던 모양이지만, 그래도 찾지 못했다고 한다.

"흐음……."

거기서 명탐정 미아는 순식간에 추리를 조합했다.

1. 자신만 소외당하자 토라져서 가출했다. ……집은 아니지만…….

2. 무인도를 모험해보고 싶어졌다.

3. 맛있는 음식을 찾으러…….

──솔직히 전부 그럴싸해요……. 혹은 제가 생각도 하지 못할 법한 시시한 이유로 나갔을지도 모르죠…….

미아는 한숨을 쉬며 고개를 내저었다.

"아아, 정말이지. 그분은……."

"어쩌면…… 혼자서 샘이 있는 곳으로 가셨을지도 모릅니다. 아침 목욕이나 물을 마시기 위해서……."

쭈뼛거리며 나온 니나의 발언에 미아는 고개를 끄덕였다.

"그렇군요, 그럴 만해요……. 아침에 눈을 뜨면 바로 맑은 물을 마시는 것이 당연하다고 말할 법한 분이니……. 그럼, 서둘러 샘 주변을 찾아보도록 할까요."

"아니, 전원이 가 봤자 의미는 없어. 키스우드, 미안하지만 모래사장 쪽으로 살펴보러 다녀와 줘. 해안선을 따라 바다의 상황을 한 번 보고 와."

"에메랄드 스타 호가 돌아왔는지 보러 갔을지도 모른다는 말씀이시죠?"

"그리고 해적. 만에 하나 수상한 배가 정박해 있다면 납치당했을 우려도 있으니까."

시온의 지적으로 떠올렸다.

──그러고 보면 이 동굴도 사람의 손길이 들어갔을 가능성이 있다고 했었죠.

그렇다면 해적의 거점일 가능성도, 없지는 않을지도 모른다.

"그녀가 본인의 의사가 아닌 타의로 돌아오지 못하는 것이라면, 섬에 누군가가 숨어있거나 바다 밖에서 온 누군가에게 붙잡혔다고 생각해야겠지. 어디까지나 만약을 위해서지만, 일단 경계해두자……. 그리고 니나 양과는 내가 함께 가겠어. 아벨은……."

"저도 물론 가겠습니다. 샘과는 반대 방향을 찾아볼게요."

서바이벌 전문가를 자칭하는 미아는 의욕에 차서 힘차게 말했다.

그 후 미아는 안느 쪽을 바라보았다.

"안느, 미안하지만 당신은 여기서 대기해주세요. 에메랄다 양이 돌아오면 반드시 붙잡아두도록 해요."

"알겠습니다. 식사 준비도 최대한 해두겠습니다."

다행히 어제 미아가 생각 없이 산더미처럼 뜯어온 나물이 있다.

정말 먹을 수 있는 종류인지 아닌지는 키스우드가 확인을 마쳤다.

"그럼 어제도 했지만, 저기 있는 나물의 줄기를 뜯은 뒤……."

니나가 처리법을 알려주는 사이에 키스우드는 먼저 출발했다.

"안느 양, 단독으로 행동하게 해서 미안하다. 만약 수상한 자가
온다면 주저하지 말고 숨도록 해."

그런 지시를 남긴 후 시온도 니나도 출발했다.

"그럼 다녀올게요, 안느."

"네, 조심해서 다녀오세요. 미아 님."

마지막으로 미아와 아벨이 동굴을 뒤로했다.

두 사람이 향하는 곳은 샘의 반대편. 어제 키스우드와 탐색했
던 부근이다.

숲속에서 나무들 사이사이로 뻗어있는 구불구불하고 좁은 길
을 걸었다.

그렇지 않아도 나무뿌리가 흙 위로 드러나 길이 우둘투둘한 데
다, 흙으로 덮인 부분도 묘하게 질척거려서…… 미아는 몇 번이
나 발이 걸려 넘어질 뻔하면서도 열심히 다리를 움직였다.

"어제 우리가 잠든 사이에 또 한바탕 쏟아졌던 모양이야. 발밑
을 조심해."

아벨이 그렇게 말하면서 내민 손을 단단히 붙잡은 미아는 미소
지었다.

"감사합니다, 아벨은 역시 신사로군요."

미아의 말을 듣고 아벨은 슬그머니 시선을 돌렸다.

"너, 넘어지면 큰일이잖아. 그렇게 대단한 건 아니야. 그보다 올해는 비가 자주 내리네."

아벨은 하늘을 올려다보며 말했다.

그 말에 미아는 떠올렸다. 아벨에게도 말해야만 하는 중요한 것을.

아니…… 떠올렸다는 것은 정확하지 않다.

실은 얼마 전부터 생각해두고 있었다.

아벨에게 미래의 지식에 얽힌 이야기를 가르쳐주어야 하는가, 아닌가를.

앞날에 일어날 일을 안다……. 그런 소릴 꺼냈다간 어떤 식으로 받아들일지……. 특히 아벨만큼은 꼭 자신의 말을 믿고 대비해주길 바랐기 때문에 실패할 수 없다.

자꾸만 불안해지는 바람에 지금까지는 말을 하지 못했다.

하지만 타임 리미트가 가까워졌다.

미아는 굳게 결의하고 아벨에게 말했다.

"그래요. 저기, 아벨. 키스우드 씨에게는 이미 말한 것이지만, 당신에게도 이야기해둘게요. 조만간 큰 기근이 올 겁니다."

미아는 일부러 담담한 말투로 전했다.

솔직히 선크랜드 왕국이 어떻게 되든 알 바 아니지만, 렘노 왕국은 걱정이었다. 얼마 전에 혁명 소동이 일어난데다 아벨의 고향이기도 하기 때문이다.

가능하다면 평화롭길 바란다.

따라서 일부러 호들갑스럽지 않게, 사실을 전달하듯 자연스러운 말투로 꺼내놓았다.

그 말을 들은 아벨은 조금 놀란 표정을 지었으나…….

"그건 확실한 정보야?"

"물론, 명확한 증거를 제시할 수는 없지만요……. 하지만."

말을 이어나가려는 미아에게 아벨은 부드러운 미소를 지었다.

"아니, 미아가 하는 말이라면 맞겠지. 믿을게."

그 대답이 너무나도 선뜻 돌아왔기 때문에 미아는 오히려 깜짝 놀랐다.

"네……? 어, 미, 믿어주시는 건가요?"

"그래, 이 섬에서 나가면 믿을 수 있는 자들에게 일러두고, 아바마마께도 말씀드리겠어. 믿어주실지는 잘 모르겠지만, 올해 여름의 상황을 보면 움직이는 자가 반드시 있을 거야."

"아뇨, 하지만…… 어째서죠?"

어리둥절하게 고개를 갸우뚱하는 미아를 보고 아벨은 쓴웃음을 지으며 어깨를 으쓱했다.

"네가 나를 속일 이유가 없잖아. 게다가 만약 기근이 오지 않았다고 해도……, 미아가 한 말인걸. 무언가 의미가 있겠지. 혹은 설령 의미가 없어도…… 네가 친절하게 충고해준 것이라고, 나는 믿을 거야."

"어, 그……, 어어……?"

자신을 똑바로 바라보는 아벨에, 그 맑은 시선에 미아는 할 말을 잃어버렸다.

아벨이 합리성이 아닌, 그저 순수하게 미아를 신뢰하기에 그 말을 받아들인다고 말해주었으니까…….

그 사실을 이해하고 기쁘기도 하고 간지럽기도 해서 머리가 멍해지고 말았다.

"자, 가자."

휙 앞을 보고는 미아의 손을 잡아끄는 아벨. 아무래도 그도 말을 마친 뒤에야 자신의 발언이 부끄러워진 모양이었다. 미아는 그 귀가 아주 조금 붉게 물들었다는 것을 깨달았다.

──저, 정말이지, 너무 적극적이에요! 아벨. 하지만, 그게 멋있어요…….

미아의 머릿속에는 현재 커다란 꽃송이가 퐁퐁 피어서 흐드러졌다!

그런 행복한 기분을 만끽하던 미아의 눈앞에 어제도 왔던 돌밭이 나타났다.

숲의 녹음이 뚝 사라지고, 갈색의 바닥이 훤히 드러나 있다. 지면을 채운 바위는 무수한 금이 들어갔고 부서져서 그 위를 걸어가기 참으로 힘들어 보였다.

"아무래도 여기에는 안 들어가지 않았을까?"

의문을 드러내는 아벨에게 미아는 조용히 고개를 저었다.

"확실히 한눈에도 위험해 보이네요. 이쪽으로 갈 의미도 없을 테고, 괜한 노력이 될지도 모르지만……. 그렇기 때문에 에메랄다 양이라면 굳이 가볼 것 같아요!"

애초에 미아가 아는 한 에메랄다라는 사람은 자신보다 윗사람, 예를 들어 부모가 당부한 잔소리는 꼬박꼬박 지키는 주제에 자신과 동등하거나 아래라고 생각하는 사람의 말에는 적극적으로 거스르고 싶어 하는 성가신 성격을 지녔다.

──아주 귀찮은 성격이란 말이죠, 에메랄다 양은…….

참고로 미아 본인도 손을 대지 말라는 말을 들은 버섯에 더욱 적극적으로 손을 대고 싶어지는 성격이지만…….

인간은 자신의 단점에는 그리 잘 눈길이 가지 않는 법이다.

두 사람은 닮은꼴인 것이다.

"어제 제 입으로 제대로 주의를 시킬 걸 그랬어요……. 키스우드 씨에게 설명을 맡긴 건 실수였던 걸까요……."

미남이 하는 말이라면 제대로 들어줄 줄 알았는데, 안이했던 건지도 모른다.

"저편이 어떻게 되어 있는지는 모르겠지만, 조심하면서 가도록 하죠."

미아가 그렇게 말하며 돌밭에 발을 들여놓았다가…….

우르르……. 어딘가에서 무언가가 무너지는 소리가 났다.

……어디서?

미아는 의아해하면서 발밑으로 시선을 옮겼다가……, 새카만 어둠을 발견했다.

마치 대지가 입을 떡 벌리고 자신을 삼키려고 하는 것 같다……는 생각을 한 순간.

"…………어라?"

휘청. 몸이 허공에 뜨는 감각이 느껴졌다.

——아아, 이 느낌은…… 오랫동안 느끼지 못했던 부유감이에요. 저 또 떨어지는 건가요……. 어라? 하지만 이거, 아래가 강이 아니면 죽는 거 아닌가요……?

"미아!"

직후에 들린 아벨의 목소리. 다음 순간, 미아는 자신이 힘차게 끌어안긴 것을 깨달았다. 아벨이 미아를 지키기 위해 자신도 허공으로 몸을 날린 것이다.

"꺅, 아, 아벨……?"

아벨의 가슴에 뺨을 파묻는 자세가 된 미아는 생각했다.

——이거, 죽는 방식으로 치자면 꽤 괜찮을지도 모르겠어요!

비교적…… 시시껄렁한 생각을.

——으음, 살아야 할 것인지 죽을 것인지……, 이거 꽤 큰 문제네요…….

역대 최고로 멋진 사망법을 앞에 두고 약간 철학적인 듯 그렇지 않은 듯한 고민을 하며 아래로 추락해가는 미아였다.

제2화 안느의 결의

"아아, 일이 끝나버렸어……."

니나가 지시한 나물 손질을 전부 끝내버린 안느는 깊은 한숨을 쉬었다.

설마 이런 식으로 섬에 남아버릴 줄은 상상도 하지 못했기에 뭘 해야 하는지 영 정할 수 없었다.

"아아……, 미아 님이 계셨다면 하고 싶은 일이 많았는데……."

이런 장소다. 머리카락과 피부 상태를 상시 확인하며 미리미리 손질해두고 싶었다. 안느는 미아의 아름다움 유지에 여념이 없는 사람이다.

"그나저나 에메랄다 님께선 어디로 가 버리신 걸까?"

안느는 딱히 에메랄다를 좋아하지 않는다. 그렇다고 해서 죽어버리라거나, 다치면 좋겠다는 생각도 없다. 지극히 자연스럽게 무사히 찾길 바라고 있었다.

미아가 이러니저러니 하면서도 친구로 대하고 있으니 더욱더 그랬다.

그렇기에 에메랄다의 행방이 궁금했다.

"……정말 숲속으로 가버리셨나……."

사실 안느는 조금 전부터 계속 마음에 걸리는 게 있었다. 그것은.

"에메랄다 님께서…… 혼자 이 동굴 밖으로 나가실까?"

이런 문제였다.

다들 아주 당연하다는 듯 에메랄다가 동굴에서 나갔을 것이라 했지만…….

"혼자 숲속을 걸어 다닐 용기가 있는 분으로는 보이지 않았는데……."

안느는 작은 목소리로 그렇게 중얼거렸다.

무모한 짓을 하려고 해도 어느 정도 용기가 필요한 법이다. 만약 심통이 나서 나간다고 해도 어두운 숲속을 혼자 걸으려면 상당한 용기가 필요해진다.

과연 그 에메랄다라는 인물에게 그런 게 가능할까?

"미아 님이시라면 모를까……, 그분께서 그러실 것 같지 않아."

미아는 겁이 많지만 필요하다면 어둠 속에도 발을 들여놓을 용기가 있다…….

안느는 그렇게 믿고 있다. 실제로 어떤지는 별개로 치고…….

하지만 에메랄다에게 그 정도의 용기가 있을 것 같지는 않다. 그렇다면…… 왜 동굴 안에 에메랄다의 모습이 없었던 걸까.

만약 밖으로 나간 게 아니라면, 그 발이 향한 곳은…….

"아직 동굴 안에 계신가?"

처음에 생각한 것은, 동굴 속 어딘가에 몸을 숨기고 일행이 당황하는 걸 몰래 구경한다는 행동이었다.

그건 참으로 에메랄다라는 귀족에게 어울리는 것 같은 느낌이기에 안느는 조금 화를 내면서 동굴 안을 찾아보았다.

하지만…….

"역시, 안 계셔……."

입구 근처의 사각을 아무리 찾아봐도 에메랄다의 모습은 없었다.

당연하다. 은근히 넓은 공간이 있다고 해도 몸을 숨길 수 있는 장소는 적다.

그렇다면 역시 밖으로 나간 걸까, 아니면…….

"동굴 속 깊은 곳으로 갔다가 돌아오지 못하게 되셨나?"

동굴에서 벗어나 어두운 숲속을 걷는 것보다는 일행이 자는 동굴의 안쪽으로 갔다는 게 가능성이 커 보였다.

"가지 말라고 했지만……, 안 된다고 막은 걸 하고 싶어 하는 건 대귀족답고…….".

안느는 귀족이나 왕족 중에도 훌륭한 사람이 있다는 걸 잘 안다.

하지만 역시 귀족이라고 하면 오만하고 남의 충언에 귀를 잘 기울이지 않는 인간이라는 인상을 떨쳐낼 수 없다.

혼자 동굴 안쪽을 탐험해보려고 하는 무모한 행위 또한 에메랄다의 이미지와 일치했다.

"어쨌거나 밖은 미아 님과 다른 분들이 찾고 계시니까…….".

여기서 혼자 대기하는 것도 중요한 역할이다. 하지만 아무것도 하지 않고 그저 기다리는 것은 견딜 수 없었다. 다들 섬 안을 돌아다니며 수색하고 있으니 자신도 무언가 도움이 되고 싶었다.

잠시 주저한 후 안느는 결의했다.

"나만 여기서 쉬고 있을 수는 없어."

그 후 안느는 만약을 위해 땅바닥에 글을 남겼다.

만에 하나 에메랄다가 돌아왔을 때를 위해. 그리고 미아 일행이 돌아왔을 때를 위해.

"남은 건, 동굴 안쪽으로 들어가는 거니까 불빛이 필요하겠지……."

안느는 모래사장으로 나가 봉화가 있는 곳까지 갔다. 냄비를 끓이기 위해 사용했던 굵직한 가지의 남은 부분을 사용하기로 했다.

3, 4개의 가지를 하나로 모아 끝부분에 마른 낙엽과 진액이 많아 보이는 가느다란 가지를 쑤셔 넣은 뒤 숲속에서 찾아낸 굵은 덩굴을 휘감았다. 낚싯줄로 쓰기에는 너무 굵다고 생각했던 덩굴이지만 횃불을 만들 때 쓰기에는 튼튼해서 좋아 보였다.

그렇게 즉석 횃불이 완성되었다.

"여기에 불을 붙이면……."

최소한의 불빛으로 쓸 수 있으면 된다고 생각했는데, 어떻게든 될 것 같아 보였다.

그렇지만…….

막상 동굴 안쪽으로 들어가 보자 그 불빛은 너무나도 연약했다.

작게 흔들리는 붉은 불꽃은 당연하게도 동굴의 어둠을 전부 불식해주지 않는다. 그래도 안느는 걸어 나갔다.

"미아 님의 친구를 찾기 위해서니까……."

그렇게 자신을 다독이며.

동굴 안쪽은 구불구불해서, 때로는 위로 올라가고 때로는 아래로 내려갔다.

몸을 숙여야만 할 때가 있는 반면, 점프를 해도 천장에 닿지 않을 만큼 위가 높아지기도 했다.

그러는 사이에 종유석이 고드름처럼 천장에 매달린 장소로 나왔다.

진행 방향의 길이 좁아져서 앞을 둘러보지 못하게 되었다.

"이 앞은 확 꺼져있네……. 내려가면 올라오지 못하겠어……."

길은 내리막길로 이어졌는데, 상당히 깊은 곳까지 내려가는 건지 그 끝은 어둠 속에 가라앉아 있었다.

여기까지인가…… 하고 돌아가려던 차에 시야 끄트머리에 미친 것을 본 안느는 위화감을 느꼈다.

그것은 중간 위치에서 부러진 종유석이었다. 내리막길 직전에, 딱 손을 뻗으면 닿을 법한 위치에 있다.

"이건……."

안느는 얼굴을 가져가 부러진 부분을 관찰해보았다.

주위에는 비슷한 종유석이 많이 있는데도 불구하고 그것 하나만이 똑 부러져있다. 심지어 땅바닥에는 그 부러진 끄트머리가 보이지 않는다.

"여기, 마침 잡기 딱 좋은 위치인데……. 이걸 잡고, 그리고……."

몸을 내밀어서 내리막길 아래쪽을 본다고 가정하면…….

"큰일이야. 만약…… 여기서 떨어지신 거라면. 빨리 다른 사람들에게 알려야 해."

그렇게 생각하고 돌아가려고 한, 바로 그때였다.

별안간 우르르, 하고 돌이 무너지는 소리가 들렸다.

"꺄악!"

안느는 비명을 지르며 그 자리에 주저앉았다. 두 팔로 머리를 감싼 뒤 몸을 굳히고 잠시…….

얼굴을 든 안느는 입가를 소매로 덮으며 횃불을 눈앞으로 들어올렸다. 조금 전까지 걸어왔던 길이 돌벽으로 막혀있었다.

"이럴 수가……."

무심코 숨을 삼켰다.

뇌리에 여러 가지 생각이 맴돌았다.

이 동굴에서 나가지 못할지도 모른다.

여기서 죽을지도 모른다.

가족과 다시는 만나지 못할지도 모른다.

하지만, 그 이상으로…….

──더는 미아 님을 모시지 못하게 될지도 몰라……. 아직 미아 님께 받은 은혜를 하나도 보은하지 못했는데…….

눈가가 뜨거워지고 시야가 이지러졌다.

"미아 님……."

작게 매달리듯, 도움을 요청하듯 자신의 주군의 이름을 불렀다.

"……미아 님……."

한 번 더……. 떨리는 목소리로 그렇게 중얼거리고…….

안느는 크게 숨을 뱉었다.

"침착해야지……. 나는 미아 님의 전속 메이드니까……."

미아가 말해주었다. 자신은 미아의 심복이라고.

그렇다면 이런 곳에서 포기할 수는 없다.

이런 곳에서 다리가 꺾여 무너져버리는 사람은……, 제국의 예지의 오른팔에 어울리지 않는다.

"아니, 미아 님의 노력에…… 어울리지 않아."

안느는 다시금 횃불을 들어 길을 비췄다.

그 빛이 향하는 곳은 돌아가는 길이 아니라, 나아가는 길.

내리막길 쪽이었다.

"원래도 이쪽으로 갈 생각이었으니까……, 가면 돼."

울며 포기하기에는 아직 이르다.

그건 이 목숨이 다하는 순간이면 된다.

"미아 님……. 반드시, 다시……."

작게 중얼거린 안느는 내리막길로 미끄러졌다.

안느는 모른다.

그 암벽 붕괴의 원인을 만든 사람이 존경하는 자신의 주군이라는 사실을.

제3화 마지막 친구

그럼…… 장소를 바꿔서. 세인트 노엘 학원.

존경하는 미아 할머니와 안느 어머니, 그리고 루드비히 선생님이 이래저래 고생하고 있는 이때 미아벨은 무엇을 하고 있었냐 하면…….

"아아, 역시 여기는 꿈나라인 게 틀림없어요. 너무 행복해서 무서울 지경이에요……."

……학원 생활을 만끽하고 있었다.

얼마나 만끽했냐 하면, 아침은 달콤한 팬케이크로 시작해서 밤은 자기 전에 달콤한 코코아로 끝나는 생활이라고 하면 대충 상상이 갈까.

물론 미아와는 달리 그럭저럭 성실한 구석이 있는 벨은 운동도 빠뜨리지 않았다. 아름다운 학원 안을 산책하고 때로는 호숫가 주변을 달리거나, 잠깐 헤엄쳐보거나……. 참으로 건강하면서도 이상적인 학원 생활을 즐기고 있다.

뭐……. 애초에 여름방학에도 학원에 남는 원인인 공부에 대해서는 약간 그런 부분이 있었지만, 린샤에게 철저한 감시를 받는 상황이니 모조리 농땡이를 피우지도 못했다.

애당초 열심히 하면 그럭저럭 괜찮은 수준까지는 갈 수 있는 것이 미아의 핏줄이다.

한 걸음씩이긴 해도 착실하게 앞으로 걸어가고 있다.

그런 고로 오늘도 벨은 학원의 도서실을 찾아왔다.

여름방학인 점도 더해져 안에는 사람이 거의 없었다.

정확하게는 벨과 벨을 따라온 린샤, 그리고 사서 교사밖에 없었다.

벨은 선호좌석인 창가 자리에 진을 친 뒤 힘차게 기지개를 켠 후 책상 위에 엎드려 새근새근…….

"벨 님……. 공부하러 오신 것 아니었어요?"

벨의 앞자리에 앉은 린샤가 집요한 시선을 보냈다. 참고로 린샤도 벨이 공부하는 동안 자신도 공부할 생각으로 책을 들고 왔다.

오빠가 그 꼴이었으니 그녀는 그녀대로 고생이 많았다.

"아하하, 장난이에요. 에이, 린샤 씨, 눈매가 무서운데요."

벨은 웃으며 손을 슬슬 흔들었다. 하지만 린샤는 목줄을 풀어 주지 않았다.

"오늘의 과제는 끝내두셔야 합니다. 도망치려고 하셔도 소용없어요."

벨은 '으으윽' 하는 신음을 흘린 뒤 다시 책상 위에 엎드렸다.

책상 위에 쌓인 과제의 산더미를 멍하니 바라보고는.

"아아, 왠지 행복해……."

작은 미소를 지었다.

그로부터 한 시간 정도 열심히 공부한 뒤, 벨은 도서실 안을 산책하기 시작했다.

정해진 과제를 한 후에는 책을 읽어도 괜찮다고 했기 때문이다.

작가인 에리스의 밑에서 자란 벨은 책과 친숙했다. 분서(焚書)가 횡행하던 세계밖에 모르는 벨에게 세인트 노엘의 도서실에 쌓인 책들은 마치 천국 같았다.

"에헤헤, 오늘은 뭘 읽을까……. 역시 동물도감이 좋을까? 아니면 귀여운 식물도감이나……."

"거기 당신, 혹시 미아 님과 친하게 지낸다는 아이니?"

책꽂이 앞에서 찬찬히 책등을 살펴보던 벨에게 말을 거는 목소리가 날아왔다.

어리둥절한 얼굴로 고개를 갸웃거리며 시선을 굴리자 그곳에는 이쪽을 흥미롭게 바라보는 소녀가 있었다.

나이는 벨과 비슷한 정도일까.

부드럽고 반짝이는 금발과 인형처럼 고운 잿빛 눈동자가 인상적인 소녀였다. 생글생글 화사하게 웃는 소녀는 벨의 대답을 기다리듯 작게 고개를 기울였다.

"앗, 네……. 미아 하…… 언니는 제가 존경하는 사람이에요."

"어? 미아, 언니……?"

신기하다는 듯 중얼거리는 소녀. 뺨에 손가락을 댄 채로 한 번 더 작게 고개를 기울였다.

머리가락이 사르르 흔들린 순간 벨은 희미하게 퍼지는 꽃향기를 알아차렸다. 무심코 머리가 몽롱해지는, 아름다운 향이었다.

"뭐, 좋아. 그보다 당신, 요즘 계속 도서실에서 공부하고 있던

데. 여름방학인데 안 돌아가?"

"그렇게 되었어요. 부끄럽지만 여름방학 전의 시험 점수가 나빴기 때문에……."

"흐음, 그렇구나. 후후, 그런 건 아무래도 상관없는데."

소녀는 생긋 웃은 뒤 말했다.

"있지, 괜찮다면 리나와 친구가 되어주지 않을래?"

커다란 눈동자에 반짝반짝한 미소를 빛내며 그녀가 말했다.

"리나?"

"응? 아, 이름이야. 이름."

소녀는 한 걸음 뒤로 물러나 스커트 자락을 살짝 들어 올렸다. 얼핏 보인 그 다리의 투명하리만치 하얀 피부가 벨의 망막에 달라붙었다. 그 하얀색에선 어딘가 병의 기운 같은 것마저 느껴져서…….

"앞으로 잘 부탁해. 슈트리나 에트와 옐로문. 당신과 같은 1학년이야, 미아벨."

그렇게 말한 뒤 소녀, 슈트리나는 가련한 미소를 지었다.

"친한 친구들은 리나라고 불러주거든. 그래서 당신도 리나라고 불러주면 좋겠어."

"그렇군요. 알겠습니다. 그럼 저는 벨이라고 불러주세요. 리나."

벨도 스커트 자락을 들어 올리며 말했다.

"우후후, 알았어. 벨. 리나와 친하게 지내줘."

새가 지저귀는 것처럼 사랑스럽게 웃는 여자아이구나……. 미아벨은 막연하게 그렇게 생각했다.

제4화 미아 황녀, 클라이맥스를 맞이하다! (미아의 안에서는)

주위의 바위들과 함께 추락하는 미아.

아벨의 품속에서 그 온기에 취하며……

──아아, 역시 저는 이대로 죽어버리는 거군요……. 너무 행복해서…….

뭐 그런 허튼 생각을 하고 있던 미아였으나, 직후 좌학! 하고 머리에 물을 뒤집어써서 정신을 차렸다.

아니, 정확하게 말하자면 머리부터 물속으로 뛰어들어 눈이 떠졌다고 해야 할까.

꼬르륵, 꼬륵. 별안간 입 안으로 물이 들어오자 미아는 성대하게 당황했다.

몸을 버둥거릴 뻔했지만, 아벨의 팔에 힘이 들어가는 것을 느끼고 힘을 뺐다.

──아벨에게 맡기면 괜찮을 거예요…….

사랑과 신뢰의 혼합물 같은 달콤한 감정이 미아의 몸에서 힘을 홀라당 앗아버렸다.

그로부터 몇 초 후…….

"푸핫!"

얼굴 주위에서 물이 사라진 것을 알아차린 미아는 힘껏 숨을 들이마셨다.

"여, 여기는 대체? 힉! 아, 아야?! 눈……, 눈이! 눈이 쓰라려요! 게다가 입 안이 짠데. 이건…… 바닷물?"

한 손으로 눈을 북북 문지르면서 아벨의 얼굴을 올려다보았다. 그러자 아벨은 날카로운 표정으로 머리 위를 올려다보고 있었다.

그를 따라 미아도 시선을 위로 올리자……, 상당히 높은 위치에 바위로 된 천장이 보였다.

"저, 저런 곳에서 떨어진 거군요……. 물이 고여 있지 않았다면 위험했어요."

"그래, 다행이지. 하지만 이대로 물속에 잠겨있는 것도 위험해. 몸이 차가워지니까. 물 밖으로 나갈 수 있는 장소로 가자."

아벨이 가리킨 속은 벽 주변의, 조금 높아서 물가처럼 튀어나와 있는 장소였다.

"미아, 헤엄칠 수 있어?"

"후훗, 당연하죠. 연습한 성과를 똑똑히 보여드리겠어요."

그렇게 미아는 스르륵 회전하여 하늘을 보고 물 위에 뜬 뒤……. 누워뜨기로 발을 움직여 헤엄치기 시작했다. 호흡법을 익힐 필요가 없으며 얼굴을 물에 담그지 않아도 된다. 물에 빠졌을 때는 힘을 빼고 둥실둥실 떠 있으면 된다는, 미아가 생각한 최강의 헤엄법이다.

특히 별다른 노력을 하지 않아도 숨을 쉴 수 있다는 점이 최고였다.

"아, 부딪힐 것 같으면 꼭 알려주세요."

"그래, 알았어. 그럼 우선 저기까지 가자."

그렇게 두 사람은 헤엄치기 시작했다.

물 밖으로 나온 미아는 안도의 한숨을 쉬었다.

"아픈 곳은 없어?"

"네, 아벨 덕분이에요. 아벨은요?"

"나도 문제없어. 아래쪽에 물이 있어서 다행이었지."

확실히 그 말이 맞다는 생각을 하며 미아는 다시금 바위벽 위를 올려다보았다.

높다. 성의 3층 정도는 되는 높이일 것 같았다.

천장에 뚫린 균열에서 햇빛이 들어오고 있으니 일단 지상까지 연결되어 있기는 할 테지만……

"흐음, 올라가는 건…… 불가능하겠네요."

바위벽은 표면이 매끈매끈해서 한눈에 봐도 잘 미끄러질 것 같았다. 도저히 평범한 인간이 붙잡고 기어 올라갈 수 있는 벽이 아니었다.

——뭐, 디온 씨라면 여유롭게 올라갈 법하지만요. 그건 그 사람이 예외인 거겠죠……

적어도 자신은 불가능하다고 판단했다.

그렇다면, 설령 추락할 때 죽지 않았어도 탈출은……

"아벨, 죄송해요. 당신을 끌어들이고 말았네요."

웬일로 시무룩하게 어깨를 떨구는 미아. 하지만 아벨은 그런 미아에게 고개를 저어 보였다.

"아니, 오히려 나는 이 장소에 있어서 다행이라고 생각해."

"네……? 무슨 말씀이신가요?"

"소중한 사람이 위험에 처했을 때 곁에서 지켜줄 수 없는 건 무척 갑갑한 일이니까."

"어머나……."

미아는 입을 손으로 가리며 아벨을 바라보았다. 그러자 아벨은 조금 민망한 듯 얼굴을 돌렸다. 그 뺨은 역시 붉게 물들어 있었다.

──후후, 부끄럽다면 말을 하지 않아도 되는데…….

미아도 얼굴을 살짝 붉혔지만, 어쨌거나 알맹이는 스물이 넘은 누나이다.

조금 전에는 기습을 당해서 붉어졌으나 이미 여유를 되찾은 뒤였다.

그렇다. 미아는 이미 아벨의 성격을 학습했다.

그가 성실하고 곧은 인간이며, 그렇기에 생각한 바를 솔직하게 입 밖에 낼 때가 있다는 사실을 이미 알고 있다.

따라서 조금이긴 하지만 마음의 준비를 할 수 있었다.

이것이야말로 어른 누나의 여유인 것이다!

하지만 아무리 그래도 조금 쑥스럽다. 이대로 계속 입을 다물고 있으면 좀 거북하기도 하다.

그런고로…….

"그나저나 이래서는 어떻게 할 수가 없겠네요. 구조하러 오는 걸 기다리거나, 상황이 변하는 걸 기다리거나……. 어쨌거나 지금은 경솔하게 행동할 수 없…… 에취!"

미아의 입에서 작은 재채기가 나왔다.

직후 몸이 부들부들 떨렸다.

예상했던 것보다 몸이 차가워졌던 건지, 어느새 피부에 닭살이 돋아 있었다.

"괜찮아? 미아."

"네, 네에. 문제없어요. 그냥 몸이 젖어서 조금 추운 것뿐이니까요."

재채기를 해버린 것이 조금 창피했던 미아는 쑥스러움을 숨기고자 미소를 지었다. 하지만 아벨의 얼굴이 심각해졌다.

"그래. 몸이 차가워지면 체력을 빼앗기니까……."

그는 무언가 주저하듯 입을 다문 후…….

"미안해, 미아."

"네? 무슨…… 어?"

미아의 목소리가 끊어졌다.

혼란스러운 나머지 목소리가 나오질 않았다.

갑자기. 아벨이, 자신을, 꽉 끌어안았기 때문에…….

──어? 어? 어? 어?

어른 누나의 여유가 가루가 되어 흩날렸다!

혼란스러워서 눈이 핑글핑글 돌아가려는 미아의 귀에 아벨의 목소리가 들렸다.

"미안해. 실례라는 것은 잘 알지만……, 지금은 이렇게 서로의 체온으로 온기를 취할 필요가 있어."

단호한 목소리. 동시에 미아를 끌어안는 팔에 힘이 꽈악 들어갔다.

──아아, 이건, 아마 그거인 거죠……. 저에게 거절당해도 이렇게 할 필요가 있다는, 아벨의 판단…… 그래서 제가 도망가지 않도록, 힘을 주는 거고…….

그렇게 약간 현실 도피성 분석을 하기 시작하는 미아였다.

하지만 계속 도망칠 수도 없다.

다정한 소년의 온기…….

다소 어설퍼서 힘이 너무 들어가는 바람에 살짝 아픈 포옹.

정적 속에서 미약하게 들리는 아벨의 숨소리와 자신의 숨소리.

거친 숨결이 상대의 귀를 스치지 않도록, 미아는 호흡을 달래고자 참았다.

두근, 두근. 크게 뛰는 심장 소리를 들으면서 미아는 멍하니 열이 오른 머리로 생각했다.

──저, 저 역시 죽어버린 거 아닌가요? 여기는 분명 소문으로 들어본 천국인 거고……. 그런 게 아니라면 설명할 수 없어요! 너무 행복해서!!

단두대에서 시작한 미아의 인생은 지금 이 순간 클라이맥스를 맞이했다!

……뭐, 미아의 안에서 그렇다는 이야기지만…….

제5화 푸르게 빛나는 길을 걷다

아벨과 알콩달콩한 시간을 보낸 덕분에 미아는 완전히 따끈따끈해져 있었다. 조금 전까지 추위에 떨었던 것을 완전히 잊어버렸고 뺨에는 은은한 홍조가 돌았다.

──아벨과 단둘이 있는 거라면 여기서 사는 것도 괜찮지 않을까요. 그래요, 아벨의 곁이 저의 낙원이자 궁전인 거예요!

뭐 그런…… 참으로 맛이 간 생각을 하기 시작한 차에…….

"미아, 잠깐 이걸 봐."

"…………네?"

갑자기 아벨이 목소리를 냈다.

"저기, 물이 빠져나가고 있는 것 같아."

그 말에 미아도 시선을 굴렸다. 그러자 확실히 조금 전까지 두 사람과 가까운 곳까지 올라왔던 수위가 많이 내려가 있었다.

조금 더 지나면 밑바닥을 걸어 다닐 수도 있을 것 같았다. 하지만…….

"그렇지만……."

미아는 속상해하며 머리 위를 올려다보았다. 조금 전부터 바위 천장에서 떨어져 내리는 햇빛의 양이 확실하게 줄어들어 있었다. 밤이 다가오고 있는 것이다.

"모처럼 물이 빠져서 탈출할 수 있을지도 모르는데……. 어둠 속을 돌아다니는 건 좀 위험하겠네요."

조수간만이 있는 이상 출구는 아마도 바다일 것이다.

아무리 미아라지만 어두운 밤바다를 헤엄칠 자신은 없었다.

"음……, 그럴지도 모르지만……."

아벨은 무언가 생각에 잠기듯 팔짱을 꼈다.

"그래……. 다만, 여기에 계속 있는 것도 방책이 없어. 그러니 상황 변화를 놓치지 말자."

아벨의 그 말은 마치 예언과도 같았다.

이윽고 주위가 완전히 어둠에 감싸였을 때, 아벨이 환호성을 질렀다.

"봐, 미아. 여기의 수면!"

"어머나……, 이건?!"

미아도 경악하며 눈을 부릅떴다. 왜냐하면 낮아진 수면이 은은하게 푸른빛을 발했기 때문이었다.

그 빛은 햇빛이나 횃불만큼 밝지는 않지만, 주위를 비추기에는 충분했다.

오히려 동굴 안쪽 깊은 곳까지 빛이 이어져 있기 때문에 햇빛이 보이던 때보다 훨씬 행동하기 쉬워졌다고 할 수 있었다.

"이 기회를 놓칠 순 없지. 가보자. 여기서 가만히 있어도 체력이 소모될 뿐이야."

그 아벨의 말에 미아는 잠깐 생각했다.

조난당했을 때는 움직이지 않고 체력을 온존하는 게 기본이다. 하지만 이 섬에 있는 인원으로 구조하러 오는 건 어려울 것 같았다.

무엇보다 서바이벌의 익스퍼트인 자신이 움직이지 않는다니, 말도 안 되는 일이다.

미아는 득의양양하게 고개를 끄덕인 뒤.

"네, 가죠……."

아벨의 손을 잡았다.

아벨에게 손을 잡힌 채로 푸른빛의 길을 걸어갔다.

미아와 아벨이 있던 장소에는 수많은 구멍이 뚫려있었는데, 그 푸른빛의 길이 이어지는 곳은 두 곳. 물이 깊어지는 쪽과 얕아지는 쪽이었다.

기온이 내려가는 밤에 수영하는 것은 자살행위. 그렇다면 필연적으로 두 사람이 가는 길은 수심이 얕아지는 방향이었다.

"거기는 지면이 조금 울퉁불퉁하니까 조심해. 자, 손을 꼭 붙잡아."

이따금 뒤를 돌아 말을 걸어주는 아벨에게 미아는 무심코 미소 지었다.

"후후, 아벨은 정말 신사예요."

이런 상황에서도 그는 세심하게 미아의 속도에 맞춰서 걸었다.

미아가 넘어지지 않도록 조심하고, 잡은 손도 마치 춤이라도 추는 것처럼 부드러우며 든든하다.

"누님께서 그러셨으니까. 어떤 상황에서도 여성에게는 친절하게 대하라고."

"네? 누님…… 이라면……."

미아에겐 이전 시간축에서의 렘노 왕가의 기억이 거의 없었다. 기껏해야 아벨을 아는 정도였다. 당시 미아는 시온이 자신에게 말을 걸어오기를 한결같이 기다려왔기에, 렘노 왕국에는 관심이 없었기 때문이다.

하지만 지금의 미아는 다르다. 당연히 조사했다.

어째서인가. 아벨을 혼인 상대로 점찍었기 때문이다. 연애 전략가인 미아였다.

"분명…… 클라리사 왕녀 전하, 셨죠?"

아벨보다 세 살 연상으로 안다.

미아가 가진 정보로는 얌전하고, 굳이 따지라면 내향적인 사람으로 알지만…….

——이미지가 조금 다르네요…….

고개를 갸웃거리는 미아에게 아벨은 작게 고개를 저었다.

"아니, 나에게 이 말을 해준 사람은 첫째 누님이야."

"첫째 누님이요? 어머, 그런 분이……."

"모르는 것도 이상하지 않지. 돌아가셨거든, 5년 전에……."

아벨은 조금 쓸쓸하다는 표정을 지었다.

"나는 정말 좋아했어. 누님을……. 자상하고, 하지만 그 이상으로 강인하고, 멋있는 사람이었지. 그 누님이 말씀하셨어. 렘노 왕국 사람들의 사고방식은 이상하다고. 그래서 나만은 여성에게 친절히 대해달라고……."

남존여비 경향이 강한 렘노 왕국. 그 나라에 그러한 의문을 제기한 사람이 있던 것이다.

"부끄럽지만 나 자신도 잊고 있었어. 왜 여성에게 친절하게 대했는지……. 그냥 변덕 같은 걸로 그렇게 된 줄 알았는데, 아니었어. 계속 누님이 말씀하신 방침을 가슴에 품고 살아왔던 거야…… 나는."

──아벨에게 그런 큰 영향을 준 사람이 있었군요……. 만나보고 싶었어요…….

미아는 막연히 그런 생각을 하며 물었다.

"그분의 이름을……, 알 수 있을까요?"

"발렌티나 렘노. 렘노 왕국의 제1왕녀였던 사람이야."

"그렇군요, 발렌티나 님……."

그 이름을 미아가 떠올리는 것은 조금 나중의 일이다.

제6화 안느, 제국의 예지(안느 안에 있는……)를 말하다

어둠에 가라앉은 동굴. 적막에 감싸인 그 장소에 코를 훌쩍이는 소리가 울리고 있었다.

"……아아, 이렇게 죽는 건가요……?"

흐릿하게 빛나는 펜던트를 들고 에메랄다가 울상을 짓고 있었다.

바위에 기대앉아 다리를 내던진 자세로 훌쩍훌쩍 울었다.

오른발의 위치를 조금만 바꾸려고 해도 통증이 퍼져나가 다리에서 다시 힘을 뺐다.

"으으, 너무 아파……, 아파. 흐윽. 으으, 이건 분명 다리가 부러진 거예요. 틀림없어요. 이대로 움직이지 못하고, 이곳에서 죽어 스러지겠죠. 흐으윽."

퀭하니 어두운 분위기가 감도는 에메랄다는 평소보다 5할은 더성가신 느낌이었다.

그렇게 눈물로 일그러진 그녀의 시야에 불현듯 붉은빛이 들어왔다.

"……?!"

무심코 숨을 삼키는 에메랄다.

그 뇌리에 자신이 말한 괴담이 떠올랐다. 무인도를 배회하는 사교도 유령.

하지만 바로 정신을 차렸다. 그런 게 있을 리가 없다.

애초에 그 붉은 빛이 나타나는 건 동굴 입구 부근이다.

그렇다면…….

"니나?! 와 준 건가요?!"

다음으로 떠올린 것은 자신의 충실한 종자의 모습이었다.

그 상상은 바로 확신으로 바뀌었다.

"그렇죠. 제가 이런 곳에서 썩어간다니 말도 안 돼. 분명 니……
아니지, 메이드가 와 준 것이 분명해요!"

그렇게 에메랄다는 그 불빛이 다가오는 걸 기다렸다.

이윽고…….

"앗, 에메랄다 님? 무사하세요?"

나타난 사람은 붉은 머리카락을 양 갈래로 묶은 메이드, 안느
였다.

"어머, 당신은 안…… 아니지. 미아 님의 메이드?"

친숙한 니나가 아니었기 때문에 조금 실망한 에메랄다였으나,
그래도 구하러 와 주었다는 안도감에 자꾸만 방긋방긋 웃었다.

신이 나서 일어난 순간 통증이 밀려와 작은 비명을 질렀다.

"엇? 에메랄다 님, 어디 다치셨어요?"

"에, 네. 그렇답니다. 실은 저기 언덕에서 떨어졌을 때 발목을
다쳐버렸거든요. 아마도 뼈가 부러진 것 같아요."

"세상에! 앉으세요. 다리를 펴시고요."

"어쩔 수 없군요……. 미아 님을 봐서 특별히 시키는 대로 해주
겠어요."

에메랄다는 안느가 시키는 대로 얌전히 앉아 다리를 뻗었다.
그러자 안느는 그 발치에 쪼그려 앉았다.

"어머나, 놀라워라. 당신, 치료할 수 있나요?"

"동생이 한 번 뼈가 부러진 적이 있습니다."

"어머, 그럼 아마추어로군요. 역시 평민에게 과도한 기대는 할
수 없겠어요."

그런 말을 하면서도 에메랄다는 조금 마음이 차분해지는 것을
느꼈다.

어쩐지 통증도 조금 가신 것 같았다.

"아프십니까?"

"네, 일어설 수 없을 만큼 아파요. 분명 부러진 게 틀림없어요."

"실례합니다."

안느는 에메랄다의 발목에 손을 댔다.

그 후 자신의 스커트 자락을 찢은 뒤 에메랄다의 발목을 고정
하기 시작했다.

"어, 어떤가요? 여, 역시 부러졌나요?"

"아뇨, 골절은 아닌 것 같습니다. 멍은 들었지만……. 그래도
움직이는 건 최소화하시는 게 좋겠어요."

"그렇, 군요……."

안느의 말에 에메랄다는 마음이 한층 가벼워지는 것을 느꼈다.

발의 통증도 훨씬 더 가벼워진 것 같은 느낌이었다. 지금이라
면 걸을 수 있을 것 같다.

……참으로 단순한 사람이다.

"그런데 어째서 혼자 이런 곳에 계신 겁니까? 키스우드 씨가 동굴 안쪽은 위험하다고 하셨잖아요."

"어머. 평민 주제에 제게 잔소리를? 당신, 미아 님의 전속 메이드라고 해서 조금 건방진 거 아니야?"

말투에 살짝 짜증이 실렸다. 여느 때였다면 이것으로 니나나 다른 메이드의 입을 다물릴 수 있다.

하지만 안느는 다물지 않았다.

"저는 에메랄다 님께서 어떻게 되시든 상관없습니다. 하지만 미아 님께 폐를 끼치지는 말아주세요. 미아 님께선 분명 에메랄다 님을 걱정하고 계실 테니까요. 에메랄다 님께서 제멋대로 행동하셔서 무슨 일이 생긴다면, 미아 님께서 슬퍼하십니다. 얼마나 폐를 끼쳤는지 모르시는 거예요?"

"무슨?!"

강한 반론이 돌아오자 에메랄다는 말을 삼켰다. 하지만 다음 순간, 머리에 피가 쫙 몰렸다.

"다, 당신……, 기억해두세요! 제게 그런 말을 하다니……. 미아 님께 보고하겠어요. 그리고 황제 폐하께도 말씀드려서……."

"그런 건 여기서 무사히 나갈 수 있다면 그때 하세요."

"……어?"

에메랄다는 눈을 깜빡였다.

"나갈 수 있다면……? 나갈 수 있잖아요? 이렇게 찾으러 왔는데."

"동굴이 무너졌습니다. 제가 온 길은 안타깝게도 사용할 수 없어요. 이 앞에 출구가 있다면 좋겠지만요……."

"세, 세상에! 다, 당신 너무하잖아요. 이렇게 저를 기쁘게 해놓고 수렁으로 떨어뜨리다니, 정말 너무해요!"

안느는 울상이 되어 항의하는 에메랄다를 날카롭게 노려보았다.

'힉' 하고 숨을 삼키는 에메랄다를 보며 안느가 말했다.

"에메랄다 님, 여기서 살아나가기 위해서는 힘을 합칠 필요가 있습니다. 그러니 여기에서 나갈 때까지는 멋대로 행동하지 말아주세요."

"……으으, 그렇게 엄하게 말할 필요는……. 아, 알았어요. 당신의 말대로 하죠."

마지못해 고개를 끄덕이는 에메랄다에게 안느는 말했다.

"그럼 제가 탈출구를 찾아올 테니까 여기서 기다려주세요. 반드시 돌아올 테니까요."

그 후 안느는 발걸음을 돌렸다.

"잠깐, 기다려. 두고 가지 마세요, 아, 안느 양!"

"네……?"

이름을 부르는 목소리에 안느가 발을 멈췄다. 그 후 에메랄다의 얼굴을 빤히 바라보았다.

약간 민망해서 시선을 피하는 에메랄다. 안느는 아랑곳하지 않고 입을 열었다.

"에메랄다 님, 제 이름 기억하고 계셨어요?"

"당연하죠. 설마 당신은 저를 바보라고 생각했던 건가요?"

"…………."

"잠깐, 뭔가요! 지금 그 침묵은……."

"앗, 아뇨. 바보라고 생각한 적 없습니다. 하지만 이름을 기억하고 계셨던 건 의외라서요. 영락없이 그런 건 외우지 않는 분이신 줄……."

"당연히 알죠. 니나도 안느 양도 키스우드 씨도. 진심으로 그정도의 이름을 못 외운다고 생각했다니, 조금 뜻밖이네요."

"그럼 어째서 기억하지 못하는 척을 하시는 건가요? 저는 그렇다 쳐도 니나 씨가 불쌍하잖아요."

안느의 항의에 에메랄다는 가슴을 펴고 대답했다.

"그야, 그것이 귀족이니까요."

에메랄다는 그렇게 배웠다.

『무릇 귀족이란 평민의 이름을 기억하지 않는 법이다. 무상한 이름을 일일이 기억하는 건 노력의 낭비이고, 괜한 정이 들면 그릇된 판단을 내리게 되기도 하지. 황제 폐하의 수족으로서 나라를 다스리는 우리들은 언제, 어떤 때라도 냉정하고 합리적인 판단을 내려야만 한다.』

『무릇 귀족이란 선조에게 감사를 잊지 않고, 자랑스러운 역사와 전통을 중시하며 황제 폐하께 충성을 다해야 한다.』

『별을 지닌 공작 영애인 네게 최상급이 제공되는 것은 당연한 일이다. 하나하나 고맙다고 인사할 필요 없다. 당연한 것을 당연하게 받아들이거라.』

에메랄다는 아버지의 가르침에 충실했다.

그것이야말로 자신이 살아갈 길임을 의심하지 않았다.

그렇기에…… 에메랄다는 미아의 방식이 믿어지지 않았다.

"오히려 이상한 것은 미아 님이세요. 우리 귀족의 전통을 어떻게 생각하시는 건지."

"하지만, 그렇기 때문에 저는 미아 님께 충성을 바칩니다."

문득 들려온 강한 목소리. 에메랄다는 목소리의 주인을 보았다.

"미아 님께선 제 이름을 불러주십니다. 제게 친절하게 대해주시고, 제 가족도 배려해주십니다. 그렇기에 저는 미아 님을 위해서라면 목숨도 아깝지 않습니다. 제가 죽으면 미아 님께서는 분명 울어주실 테죠. 그런 미아 님이시기에 저는 목숨을 아끼지 않으며, 미아 님을 울리지 않기 위해서라도 저는 이런 곳에서 죽을 수 없습니다."

그 강인한 선언에 에메랄다는 무심코 흔들렸다.

지금 눈앞에 있는 메이드는 자신의 목숨을 아끼지 않는다고 했다.

그래, 그것은 대단한 충성심이지만 그 정도라면 자신 주위에도 있다…….

그렇게 호언하고 싶었으나……, 하지만 자꾸만 생각이 들었다.

정말 그럴까.

니나는, 호위들은 과연 눈앞의 메이드와 마찬가지로 자신을 위해 목숨을 버려줄까?

심지어 그녀는 이렇게 말했다.

미아를 울리지 않기 위해 살겠다고.

절망에 빠져서 무릎이 꺾여서 이상하지 않은, 이런 암흑 속에서 횃불처럼 사라지지 않는 결의의 불꽃.

자신의 종자들은 그녀처럼 생각해 줄까?

자신은 그녀 안의 미아 같은 존재로 자리하고 있을까?

──내가 죽으면 니나는 슬퍼해 줄까?

분명 슬퍼하지 않을 것이라는 막연한 생각이 든다. 하지만 그보다 더 무서운 것은.

──나는 니나가 죽으면 슬퍼하지 않을 수 있을까? 니나의 목숨을 희생해야만 할 때, 나는 그렇게 판단할 수 있을까?

심각한 의문이 가슴에 피어올랐다.

에메랄다의 행동은 눈을 돌리는 것.

귀족의 전통을 변명으로 삼고, 자신의 마음을 둔감하게 만들어 슬퍼하지 않도록 하려는, 단순한 도피…….

그런 에메랄다를 미아의 충신이 몰아세웠다.

"이름을 부르지 않고 상대를 한 명의 인간으로서 보지 않는 것, 그래서 잘라내기 쉽게 만드는 것은 무른 생각입니다. 미아 님께서는 누구 한 명 잘라내기 싫으실 테죠. 잘라낸다면 슬퍼하실 테죠. 그렇기에 아무도 버리지 않아도 괜찮도록 노력하며 행동하십니다. 그렇기에 그분께서는 예지라 불리며 사람들의 마음을 얻으십니다."

"예지…….."

불현듯 떠오르는 감정이 있었다.

에메랄다는 미아의 방식을 믿을 수 없어서, 그 행동은 비상식적이고 황당무계하게 보았지만……. 하지만……. 그렇지만…….

"에메랄다 님. 제가 두고 가는 게 싫으시다면 저와 같이 오실 수밖에 없습니다. 저는 발을 멈출 수 없어요. 저를 따라오시겠습니까?"

생각에 잠기던 에메랄다를 안느의 목소리가 붙잡았다.

그렇다. 지금은 고민에 빠져있을 때가 아니다.

에메랄다는 작게 고개를 끄덕인 뒤 천천히 일어났다.

제7화 미아의 뿌리

"신기하네요. 이건 대체 어째서 빛나는 걸까요?"

미아는 발치의 물을 손으로 떠 올려보았다. 하지만 손바닥은 빛나지 않았다.

물 자체가 빛나는가 했는데 아무래도 그게 아닌 모양이었다.

"이 빛은 어쩐지 반딧불이를 닮았는걸. 어쩌면 무언가 물속에 빛나는 생물이 있는 건지도 몰라."

그렇게 말한 뒤 아벨은 생각에 잠기듯 입을 다물었다. 그 후 살짝 긴장한 목소리로 말을 이었다.

"저기, 미아. 이런 상황이 의도적인 것이라고 생각해?"

"네? 무슨 말씀이시죠?"

"그, 시온이 말했잖아. 우리가 있던 동굴은 사람의 손이 닿았다고. 이 동굴이 빛나는 장치도 누군가 만든 것이라고 한다면……."

미아의 뇌리에 에메랄다가 한 이야기가 되살아났다.

"사교의 지하 신전……. 그렇군요, 그 괴담이 갑자기 현실성을 띠기 시작했어요……."

그렇게 말은 했으나, 아무리 그래도 그런 황당한 것이 나타나리라 생각하진 않는 미아였다. 오히려 중요한 것은…….

"그건 그거대로 생각에 따라서는 좋은 소식일지도 모르겠어. 사람의 손이 닿은 장소라면 출입구가 있다는 뜻이 되니까."

"네, 확실히 그래요. 어쩌면 이 앞에 출구가 있을지도 모르겠어요!"

만약 이쪽이 아니어도 반대 방향에도 길이 있었으니, 어떻게든 출구에 도달할 수 있을지도 모른다.

어쩐지 기분이 가벼워진 미아는 발걸음도 가볍게 앞으로 나아갔다.

하지만 그런 두 사람의 눈앞에 나타난 것은 안타깝게도 출구가 아니었다.

구불구불한 터널을 빠져나온 곳에 있는 것은 거대한 지하공동이었다.

"이것⋯⋯은?"

그곳은 불가사의한 공간이었다. 조금 전까지는 발치에만 존재했던 파란빛이 넓은 공동 안을 채우고 있었다. 물속에서 빛나는 것이 공기 중을 떠도는 게 아니었다.

여기저기에 있는 투명한 돌이 파란빛을 난반사하여 공동을 비추고 있었다.

그리고 그 빛을 받으며 조용히 자리하고 있는 것.

그것은⋯⋯, 말 그대로 신전이었다.

마치 얼음 같은, 반투명한 돌로 만들어진 건축물. 거대한 기둥도, 그 기둥이 받치고 있는 지붕도, 그 모든 것이 투명해서⋯⋯, 외부에서 받은 빛을 주위에 반사하고 있었다.

마치 건물 자체가 빛나는 것처럼 보였다.

그건 무척 환상적이며, ⋯⋯하지만 어딘가 모독적으로도 보이는 광경. 아름답지만. 어째서일까. 미아는 그 광경에서 배덕한 기운을 감지했다.

"저, 정말로 있었네요……. 지하 신전. 설마 있으리라고는 생각하지 않았는데요……. 이것이 사교도의 지하 신전…… 인 걸까요?"

"글쎄……. 이런 장소에 숨어있으니 떳떳한 곳은 아니겠지만……."

아벨은 반쯤 어안이 벙벙해진 듯 말수가 줄어들었다.

당연하다. 이러한 광경은 지금까지 어디서도 본 적이 없다.

어느 시대의 어떤 건축기술로 세워진 건지도 전혀 짐작이 가지 않았다. 단 한 가지, 알 수 있는 것은…….

"하지만……, 어쩐지 기분이 나빠……."

자신의 심정을 대변해주는 듯한 아벨의 말에 미아는 조용히 고개를 끄덕였다.

그렇다. 그야말로 꿈속에 나올 법한 아름답고 환상적인 건물을 앞에 두고 있는데도…… 미아가 느낀 것은 기묘한 혐오였다.

혹은 위화감이라고 부르는 게 적절할 수도 있다.

신전이란 '신의 영광을 드러낸다'는 설계 사상에 입각해 세워진다. 그곳에는 조화가 있고, 완성된 아름다움이 있어야 한다.

그럼에도 눈앞의 신전은…… 어딘가 어긋난 듯한, 그런 감각이 느껴졌다.

있어야 할 장소에 있어야 할 것이 없고, 없어야 할 것이 그곳에 존재한다. 그런 작지만 기묘한 위화감이 겹겹이 쌓여가 보고 있으면 왠지 불안정한 기분이 든다.

"사교도의 신전……."

그 단어가 이렇게까지 딱 어울리는 건물은 그리 많지 않을 것이다.

"미아, 나는 사교라고 들으면 반사적으로 그자들이 생각나는데."

"네, 혼돈의 뱀 말이죠. 저도 그들을 생각했어요."

인간이 만들어낸 질서를 혐오하고 거스르는 자들. 그렇다면 신전의 설계 사상을 모조리 모독하며 그에 반대되는 법칙에 따라 건물을 세운다고 해도 이상하지 않을지도 모른다.

"생각지도 못한 곳에서 생각지도 못한 것을 발견해버린 건지도 모르겠군요!"

수수께끼에 싸인 조직, 혼돈의 뱀.

그 꼬리를 잡을 수 있는 가능성이 나타나자 미아는 기합이 들어갔다.

"바로 들어가 봐요!"

그렇게 말한 뒤 미아는 신전 안으로 성큼성큼 발을 들여놓았다.

"이건……, 대단하군요……."

신전 안도 꿈같은 풍경이 펼쳐져 있었다.

발밑에서, 벽에서, 천장에서 은은한 푸른빛이 쏟아졌다. 그것은 마치 대지를 비추는 햇빛에 대항하는 것처럼 기묘한 빛이었다.

"여기, 어쩐지 불편하네요……."

그렇게 중얼거리며 미아는 주위에 시선을 굴렸다.

신전 안에는 문이나 칸막이가 없고, 있는 것이라고는 그저 굵은 기둥뿐이었다.

아니……, 하나 더. 가장 깊숙한 장소에 무언가가 걸려있었다.

투명한 신전 안에서 유일하게 색을 지닌 것.

잿빛의 그것은 바위에서 잘라낸 석판이었다.

"무언가가 적혀있는데……."

아벨은 석판에 얼굴을 가져갔지만 바로 한숨을 쉬며 고개를 저었다.

"틀렸어. 대륙 공통어가 아니야. 미아는 읽을 수 있어?"

"네, 이건 고대의 제국어예요."

현재 미아가 사용하는 언어는 대륙 공통어이다. 하지만 석판에 적힌 글씨는 먼 옛날, 티어문 제국에서 사용했던 언어였다.

참고로 미아도 어느 정도는 알고 있다. 황녀의 기초교양이기 때문이다.

"정말이야? 역시 미아구나."

아벨에게 칭찬을 받자 조금 득의양양해진 미아였으나…….

"후훗, 순식간에 독파해버리겠어요."

그런 식으로 장난스럽게 말할 수 있었던 것은 처음뿐이었다.

읽어나갈수록 미아의 미간에는 깊은 주름이 파였다.

그곳에 적힌 것은…… 한 남자의 망념……. 혹은, 저주였다.

그는 소중한 사람을 부당하게 잃고 마음속에 깊은 증오를 숨긴 자였다.

이 신전을 방문한 그는 대륙에서 쫓겨나 몸을 숨기고 있던 뱀과 만난다.

인간이 만들어낸 모든 질서를 증오하는 뱀. 그 파멸적인 사고 방식에 공감한 남자는 그 이념을 실현, 혹은 이용하여 세계에 복수하기를 소망했다.

그에게 뱀이 말했다.

대륙에는 비옥한 현월지대라 불리는 축복받은 땅이 있다고.

풍작이 약속된 그 땅에는 식량이 넘쳐나며, 그로 인해 대륙 전역은 안정을 약속받고 있다고.

남자는 알고 있었다.

인간은 먹을 것이 있다면 어지간한 것을 용서할 수 있다.

인간이 검을 쥐고 살육에 내몰리는 것은 먹을 것이 없어졌을 때이다.

그렇기에 인간이 만들어낸 문명을 모조리 멸하기 위해서는, 세계를 혼돈에 빠뜨려 복수하기 위해서는 비옥한 현월지대가 방해였다.

대체 어떻게 해야 할까?

하지만 고민은 없었다.

남자에겐 예지(叡智)가 주어졌기 때문이다.

인간의 사악한 면모를 풀어내는, 악의 예지가.

그는 생각했다.

그 현월지대를 더럽히는 사상을 퍼트리자.

식량을 만들어내는 농업을 경멸하고 증오하는 사상을 퍼트리자.

그는 생각했다.
사상을 효과적으로 퍼트리려면 어떻게 해야 할까?

답은 바로 나왔다.
사상을 퍼트리기 위해서는 나라를 세우는 게 좋다.
그 나라를 이용해서 《반농사상》을 서서히, 자연스럽게, 그 땅
에 사는 사람들에게 퍼트려…… 비옥한 땅을 농경지가 아닌 것으
로 변질시켜 사용할 수 없을 만큼 오염시킨다.

그렇게 그는 결의했다.
비옥한 '초승달의 땅'을 '눈물'로 물들이는 나라를 만들자.
그것은 한 남자의 망념. 혹은…… 제국을 만들어낸 저주.

남자의 이름은 알렉시스.
초승달을 눈물로 적시는, 티어문 제국의 초대 황제이다.

제8화 미아 황녀, 중요도를 부풀리다

"미아, 지금 한 이야기가 사실이야?"

"……사실인지 아닌지는 모르겠지만, 여기에는 그렇게 적혀있어요."

이거 진짜 말도 안 되는 것을 발견하고 말았네요……. 미아는 그렇게 생각하며 머리를 부여잡았다.

게다가 석판의 마지막에는.

『나의 혈족은 잊지 말지어다. 그 기억에 각인하라. 우리는 세계를 증오하는 자. 혼돈과 파괴로 세계에 복수하는 자. 절대 잊지 말고, 진력하라!』

이런 친절한 격려까지 붙어있었다.

──시끄러워요!

무심코 선조님에게 태클을 걸어버린 미아였다.

동시에 묘하게 수긍이 가는 부분도 있었다.

그 혁명의 시기, 미아가 아무리 노력해도 잘 풀리지 않았던 것.

그 원인은 제국 내에 잠복해있던 선크랜드의 밀정 '백아' 때문인 줄 알았는데, 그게 아니었다. 제국은 처음부터 '혼돈의 뱀'이라는 멸망의 요소를 내포한 존재였기 때문이다.

──모든 귀족이 초대 황제의 사상을 받아들여 행동하는 건 아

닐 테지만, 제국의 긴 역사에 걸쳐 조성된 흐름을 쉽게 뒤엎지 못한 건 이해가 가요. 게다가 혼돈의 뱀에 사대 공작가가 엮여있다는 이야기도…….

처음 그것을 들었을 때는 '세상에, 나라의 중진이?!'라며 놀랐지만 이렇게 되면 이해할 수 있었다.

공작이 혼돈의 뱀의 꼬드김에 넘어간 것이 아니다.

초대 황제가 이미 넘어간 상태였으나 황실이 그 초심을 잊어버렸을 뿐이었다.

──뭐, 잊어버리는 게 당연하지만요…….

기억해둘 가치가 없는 것이니 말이다.

이런 걸 기억해봤자 백해무익, 조금도 써먹을 구석이 없다.

──그나저나 이거, 보지 못한 것으로 할 수는 없을까요……? 괜히 이런 것을 알았다간 난리를 피울 자들이 있을 것 같은데요.

평범한 귀족에게 초대 황제의 사상은 솔직히 방해일 뿐이다.

현재의 체제에서 이권을 얻은 자들에게 그 구조를 뒤흔드는 요소는 보지 못한 것으로 치부해버리고 싶을 터……. 그렇기에 다들 잊어버린 것이다.

──아마도 아바마마께서도 모르실 거예요. 지금을 행복하게 살기에 방해만 될 뿐이니까요. 당연히 잊어버리죠.

하지만 영향은 제로가 아니다.

예를 들어, 몰락 귀족이라면 초대 황제 폐하의 의향이 어쩌고 하면서 현재의 체제를 규탄하는 요소로 사용할지도 모른다.

혹은 역사와 전통을 무비판적으로 수용하는 자에게 알려진다면……

 ──이거……, 적어도 에메랄다 양에게는 절대 보여주지 않는 게 좋겠는데요…….

"뭐, 뭐죠 이건……? 미아 님?"

그 목소리에 미아는 저도 모르게 펄쩍 뛰어올랐다.

생각에 잠긴 나머지 눈치채지 못했기 때문이다.

신전 안에 들어온 사람들의 존재를…….

"미아 님……."

불안해하는 얼굴로 자신을 바라보는 것은 미아의 소중한 충신 이었고……. 그리고 그녀의 어깨를 빌려 서 있는 사람은…….

"안느…… 게다가 에메랄다 양까지, 어떻게 이런 곳에?"

"그런 것보다 조금 전의 이야기 말이에요. 사실인가요?"

미아는 자기도 모르게 혀를 찰 뻔했다.

 ──성가신 사람이 듣고 말았네요.

솔직히…… 미아에게 초대 황제의 의지 따위는 알 바 아니었다.

설령 이 석판에 적힌 것이 사실이고, 티어문의 초대 황제가 여기에 적힌 동기대로 나라를 세웠다 한들…….

미아에게는 순순히 그 뜻에 따라줄 이유가 없다.

 ──아니, 선조님의 말을 고분고분 따랐다간 또 형장의 이슬이 되어버릴 거예요!

미아로서는 이런 쓸모없는 것 따윈 냉큼 바다 밑바닥에 던져버리고 싶을 정도였다.

그것은 국민을 위해?

아니면 내전에서 숨을 거둔 병사들을 위해?

아니다. 당연하게도 자기 자신을 위해서다.

미아는 마이 퍼스트다.

그렇기에 나라가 멸망하는 걸 바라지 않고, 혁명이 일어나는 것도 바라지 않는다.

언제까지고 달콤한 디저트를 먹으며 침대 위에서 뒹굴뒹굴 굴러다닐 수 있는 생활.

그것이야말로 미아의 이상향!

그 이상 앞에서 선조의 유언 따위는 헛소리에 불과하다.

아니! 오히려 해악이기까지 하다.

제국이 어떤 목적으로 세워졌다 해도 알 바 아니었다!

눈앞에 새로운 단두대가 있다고 쳤을 때. 미아는 그것을 처형에 사용하지 않는다. 딱딱한 과일을 잘라서 달콤한 주스를 만들기 위해 사용한다.

무엇을 위해 만들었는지가 아니다. 지금 어디에 사용하는 것이 가장 도움이 되는가가 중요하다.

하지만 그런 식으로 생각하지 못하는 사람도 당연히 존재한다.

그 필두에 선 이가 지금 미아의 앞에 서 있었다.

──에메랄다 양이 알게 된 것은 실수였어요. 정말 타이밍이 나쁘다니까요.

미아는 알고 있다. 에메랄다는 귀족의 전통이나 부모의 방침에 얽매이곤 하는 인간이다.

──에메랄다 양은 저와는 다르게 좀 단순한 구석이 있으니까,

이런 것에도 쉽게 영향을 받아버릴지도 몰라요.

"세상에……. 초대 폐하께서, 그런……."

부들부들 떨면서 석판의 글자를 뚫어지게 읽는 에메랄다.

"이, 이런 건 신경 쓸 필요 없어요. 괜찮아요……."

미아가 그렇게 말을 걸어도 전혀 반응을 보이지 않았다.

"우리의 제국이 이러한 짓을? 초대 폐하의 뜻을 행하기 위해……."

──아아, 큰일이에요. 제 목소리가 전혀 들리지 않잖아요!

공허한 눈으로 중얼거리는 에메랄다를 본 미아는 당황했다.

──아아아, 정말이지! 에메랄다 양은 권위주의적인 면이 있으니, 초대 황제의 권위를 내세우면 다소 불리할지도 모르겠어요.

확실히 미아는 황제의 딸일 뿐, 지고한 황제 본인이 아니다. 심지어 에메랄다와는 피가 이어진, 소위 친척 관계다.

'황공함'으로 따지자면 아무리 생각해 봐도 초대 황제의 말이 더 우위에 있다.

──으으으. 이거 어떻게든 해야겠는데요. 에메랄다 양마저 뱀에게 넘어가 버리겠어요!

미아는 현재 에메랄다나 그린문 공작은 혼돈의 뱀과는 관련이 없다고 생각했다.

이 초대 황제의 지극히 민폐이자 악질적인 사상을 성실하게 따르는 이는 분명 다른 공작가일 것이다.

──애초에 황녀인 저나 아바마마에게도 계승되지 않았던 것을 멋대로 실현하려고 생각하지 말란 말이에요!

아무튼. 그렇게 현재는 무해한 에메랄다이지만 이대로 초대 황제의 말에 영향을 받아버렸다간 몹시 성가셔진다.

어떻게 해야 할까……. 잠시 숙고한 미아는……, ……직후, 번뜩였다!

──그래요……. 저의, 황녀의 말이 가볍게 들린다면 중요도를 더 부풀리면 그만이에요!

권위로는 이기지 못한다. 하지만 미아에게는 초대 황제보다 더 뛰어난 것이 있다.

즉, 그것은!

"에메랄다 양……."

미아는 에메랄다의 정면에 서서 살며시 그 눈동자를 들여다보았다.

"확실히 초대 황제 폐하의 말씀은 무척 무거울지도 모릅니다. 제 말로는…… 도저히 당해낼 수 없겠죠. 그러니 다시 말하겠어요. 에메랄다 양, 귀를 기울여주실 수 있나요? 당신의…… 친우인 제 말에."

그렇다……. 미아는 자신의 황녀라는 지위에 보너스를 추가했다.

'친우'라는 요소를.

에메랄다는 평소에도 미아의 절친한 친구임을 공언하는 인물이긴 하다. 하지만 미아는 그것을 인정한 적이 거의 없었다.

딱히 친우라고 생각하지도 않았으니…….

하지만 지금 이곳에서, 미아는 정식으로 선언했다.

'당신을 저의 친우로서 인정해드릴 수도 있는데요?'

——라고.

확실히 초대 황제의 말은 무겁다. 초대 황제를 소중히 여기고 그 말을 지키는 것은 제국의 귀족으로서 당연한, 칭찬받아야 할 자세일지도 모른다.

하지만 초대 황제의 뜻을 알았을 때, 그것을 향하는 이는 딱히 에메랄다 한 명만이 아니다.

그렇기에 초대 황제의 뜻을 충실하게 지키는 충신이라는 것은…… 딱히 매력적인 요소가 아니다. 당연한 일이니까.

하지만 '황녀의 친우'라는 지위……, 이것은 매력적이다.

미아의 친우를 공언할 수 있는 인간은 물리적으로 그리 많지 않다.

다과 친구들은 100명 있을지도 모르지만, 친우는 100명일 수 없다.

그렇다면 어느 쪽의 희귀도가 위인지는 생각해볼 것도 없이 명백하다.

그런 전제를 깔고 미아는 말했다.

친우로서의 말이라는 무게를 에메랄다에게 들이댔다.

"초대 황제 폐하께서 어떠한 의도로 제국을 세우셨다 한들, 그것은 사소한 일. 그보다 중요한 것이 있습니다."

"주, 중요한…… 것?"

"백성이 안심할 수 있도록 다스리는 일이에요."

그것이…… 그것이야말로 먹고 싶을 때 디저트를 먹을 수 있는

환경을 유지하는 것.

침대 위에서 뒹굴뒹굴해도 별다른 불평을 듣지 않아도 되는 환경을 유지하는 것.

미아의 이상! 도원경의 비전이자 진정으로 가치가 있는 미래다.

"만약 티어문 제국이 그런 악독한 목적을 위해 세워진 것이라면……. 지금, 이 순간. 제가 그것을 파기하겠어요."

그렇게 말한 뒤 미아는 미소를 머금었다.

"에메랄다 양. 초대 황제 폐하가 아니라 제 말에 귀를 기울여주실 수 없을까요? 과거의 맹약에 사로잡혀 초대 황제에게 충의를 바치는 것이 아니라, 친우인 저와의 우애를 선택해주실 수 없나요?"

'그렇게 하면 공식적으로 황녀의 친우임을 내세워도 괜찮은데요?'라며. 슬쩍 비위를 맞추듯, 음흉한 미소를 짓는 미아였다.

제9화 친우

——아아, 이분은 늘 이래요…….

"이런 건 신경 쓸 필요 없어요. 괜찮아요……."

눈앞에서 난처하게 웃는 미아를 보며 에메랄다는 기억을 떠올렸다.

그것은 지금으로부터 5년 전.

그린문 공작가에서 열린 다과회에서 있었던 일이다.

그날, 에메랄다는 조금 긴장했다.

왜냐하면 그날의 다과회에는 황녀 미아 루나 티어문이 올 예정이었기 때문이다.

황녀 전하의 다과회 데뷔가 자신의 저택에서 이뤄진다. 그것이 정해진 뒤, 에메랄다는 아버지 밑에서 열심히 준비했다.

그런 보람이 있었던 건지 다과회는 막힘없이 진행되었다.

맛있는 케이크에 몹시 만족한 모습인 미아는 케이크를 추가로 더 가져온 메이드에게 생글생글 웃으며 말을 걸었다.

"어머, 고마워. 으음, 니나 양. 또 다 먹고 나면 더 가져다줘."

자랑스럽게 그 이름을 입에 담는 미아. 아무래도 메이드들의 대화를 듣고 이름을 외운 모양이었다.

그것을 자랑하는 듯한 태도에 에메랄다는 무심코 쓴웃음을 지었다.

분명 어린 황녀 전하는 그게 얼마나 경솔한 행동인지 모르는 것이라고 생각했으니······.

연상으로서 가르쳐줘야 한다고 생각했기 때문이다.

"미아 님, 고귀한 신분인 분께선 평민의 이름을 하나하나 기억하지 않는 법입니다. 그러니 메이드의 이름을 불러서는 안 돼요."

"어머? 어째서죠?"

어리둥절한 얼굴로 고개를 기울인 미아가 말했다.

"왜 이름을 부르면 안 되는 거죠?"

"그건······."

에메랄다는 순간 생각에 잠긴 뒤.

"그건 저나 미아 님이 고귀한 핏줄이기 때문입니다. 백성들의 위에 서는 자이기 때문입니다. 그것이 귀족의 전통이며······."

그것은 에메랄다가 서 있는 토양. 말하자면 그녀의 상식이다.

하지만······.

"그건 이상해요."

어린 황녀 전하는 고작 한 마디로 그걸 잘라냈다.

"이름을 외우는 게 더 편한데, 왜 그런 짓을 해야만 하는 거죠?"

에메랄다에게 그 말은 충격적이었다. 너무도 충격적이었다······.

과도한 충격을 받았기 때문에······.

"그 사람, 저희와 나이도 그리 다르지 않아 보였는걸요. 아무리 케이크를 가져다 달라고 부탁해도 거절하지 않을 것 같아요. 부탁을 할 때는 이름을 부르는 게 편한······."

뭐 이런. 그 후에 이어진 좀 뭣한 이유를 듣지 못했을 정도였다.

옛날부터 탐욕스러운 미아였다.

8살의 나이로 이런 타산……. 훗날 제국의 예지의 편린이 보이는 에피소드인 것 같으면서도 그렇지 않은 것 같은…….

그건 그렇다 치고. 에메랄다는 미아의 한마디에 감동을 받았다.

그 말(못 들은 부분 말고)은 에메랄다의 생각과 완전히 일치했기 때문이다.

메이드의 이름을 기억하고, 친숙한 메이드를 지명해서 보필하게 한다.

놀이 상대나 대화상대로 삼는다.

무언가를 해주면 고맙다고 하고, 나쁜 짓을 하면 사과한다.

그게 훨씬 편하고 기분도 좋은데, 왜 그렇게 하면 안 되는 걸까?

그렇게 하면 안 되는 이유는 무엇일까?

에메랄다는 싹이 튼 의문을 아버지에게 물었다.

하지만 돌아온 것은 난감해하는 미소였다.

"그게 귀족인 거란다, 에메랄다."

그 대답은 도저히 이해할 수 없는 것이었으나……. 에메랄다는 '그런 거구나' 하고 순응했다.

이해할 필요는 없다. 그렇다면 그런 것이다.

그것은 어느새 에메랄다를 구속하는 사슬이 되었다.

귀족의 전통은 에메랄다를 형성하는 것과 동시에 그녀를 옭아매는 튼튼한 사슬이기도 했다.

그리고…… 그렇기 때문에 동경했다.

그 사슬에 묶이지 않은 어린 황녀 전하, 미아 루나 티어문을.

"에메랄다 양……."

초대 황제의, 존중해야 하는 티어문 제국의 시조가 남긴, 얽매여야 하는 존엄한 말씀을 앞에 두고도……. 미아의 태도는 변하지 않았다.

신경 쓸 필요가 없다고 한다.

에메랄다가 저항조차 포기해버리는 강력한 권위를 앞에 두고도 미아는 흔들리지 않았다.

언제나 그랬다.

언제나 변하지 않았다.

귀족의 상식이라는 사슬에 얽매이지 않는 자유로운 날개를 지닌 사람.

에메랄다는 그것을 비상식적이라 생각했다.

황녀답지 않다고, 황실의 권위와 전통을 짓밟는 행위라고 비난했다.

하지만 사실은 계속……, 계속.

──아아, 그래. 그랬어요……. 저는 미아 님을 동경하고 있었던 군요…….

에메랄다는 떠올렸다.

미아를 동경했다. 그렇기에 계속 미아 옆에 서는 절친한 친구가 되고 싶어 했다.

에메랄다는 알고 있다. 자신은 사실 미아의 친우가 아니다.

계속 친우가 되고 싶다고 바라왔지만…… 이뤄지지 않았다.

왜냐하면. 미아처럼 자유롭지 못하니까.

에메랄다를 옭아매는 사슬은 예상했던 것보다 훨씬 굵고 튼튼했다.

자신에게는 그것을 끊어낼 용기가 없다는 것을 뼈저리게 잘 알고 있었다.

자신은 분명 미아의 친구가 되기에 걸맞지 않다.

에메랄다의 가슴에는 늘 그런 체념이 있었고…… 그랬는데…….

"과거의 맹약에 사로잡혀 초대 황제에게 충의를 바치는 것이 아니라, 친우인 저와의 우애를 선택해주실 수 없나요?"

미아는 사뿐사뿐 파고든다. 간단히, 에메랄다의 상식을 저버린다.

이렇게나 선뜻 친우라고……, 초대 황제에의 충성심이 아니라, 자신과의 우애를 선택하라고…….

에메랄다도 그렇게 할 수 있다고 말해준다.

별것 아닌 일이라며, 장난기 어린 미소마저 지으면서…….

하지만…….

"그럴 수…… 없어요."

입에서 흘러나온 것은 부정하는 말이었다.

그것은 그녀를 옭아매는 귀족의 관습 때문인가?

혹은 초대 황제의 권위가 그녀를 굴복시킨 것인가?

아니. 그렇지 않았다.

그러한 사슬은 미아가 손을 내밀어준 순간에 모두 녹아 사라져 버렸다.

하지만 마지막에 하나, 남은 것이 있었다.

에메랄다가 미아의 손을 잡는 것을 망설이게 만드는 것. 그것은 그녀의 가슴에 박힌 작은 가시였다.

하잘것없는 꿈속의 사건. 그날, 우울해하는 미아를 다과회에 초대해놓고 그 약속을 이루지 못했다는 후회.

언제, 어디서, 어떤 식이었는지는 모르겠지만 미아를 배신해버렸다는…… 감정.

정말 있었던 일이라고 생각하는 것은 아니다. 하지만 가슴에 남아있는 통증은 진짜였다.

그것이 에메랄다가 미아의 친구임을 칭하는 것을 허락하지 않았다.

"저는, 미아 님……. 당신을 배신했어요."

고해의 말이 흘러나왔다.

"네? 그런 적이 있었던가요?"

어리둥절한 얼굴로 고개를 작게 갸우뚱하는 미아를 향해 에메랄다는 말을 이었다.

"미아 님을, 다과회에 초대했는데. 그 약속을 지키지 못했어요."

자신은 대체 무슨 말을 하는 걸까……. 에메랄다는 자기 자신에게 기가 막혔다.

꿈 이야기를 해봤자 미아도 당혹스럽기만 할 텐데…….

하지만, 그렇지만…….

"그랬, 군요……. 그렇다면……."

미아는 웃지 않았다. 오히려 무척 진지한 얼굴이 되어…… 무언가 생각에 잠긴 뒤…….

"저는 달콤한 케이크를 요구하겠어요."

뜻밖의 말이 입 밖으로 나왔다.

"네?"

무심코 눈을 깜빡이던 에메랄다는 그 직후에 이어진 말에 숨을 삼켰다.

"그래요, 케이크. 무척 맛있는 케이크를 먹고 싶어요. 그러니까…… 이 섬에서 나가면, 저를 다과회에 초대해주실래요?"

미아는 말했다.

"그곳에서 제국에 충성을 맹세하는 거예요."

에메랄다를 똑바로 바라보며…….

"대륙을 멸망시키기 위한 과거의 제국에 하는 것이 아니라, 모든 신민의 안녕을 바라며 그것을 위해 헌신하는, 그런 새로운 제국에 충성을."

그 순간 에메랄다는 불현듯 깨달았다.

자신의 뺨에 뜨거운 눈물이 또르르 흘러내린 것을.

──우는 거야? 어째서……? 울 이유는, 어디에도 없는데요…….

그것은 머나먼 날의 약속.

이뤄지지 않고, 꿈과 함께 사라진 서글픈 약속.

──그건, 그냥 꿈인걸요……. 미아 님께서 아실 리 없어요. 하지만…….

에메랄다는 미아를 바라보았다.

어째서일까. 에메랄다는 그 얼굴에서…… 꿈속의 미아를 본 기분이 들었다.

미아가…… 그때의 약속을 지킬 기회를 주는 것처럼 보여서……. 그렇기에.

"네……. 미아 님. 반드시 초대하겠습니다. 최고의 장인을 불러서, 최고의 케이크를…… 마련하겠어요."

에메랄다는 자신을 향해 내민 손을 잡았다.

무엇과도 바꿀 수 없는 친구의 손을.

참고로………… 이때, 이미 시각은 밤이었다.

아침, 점심, 저녁. 모든 식사를 날려버린 미아는…… 몹시…… 무척이나 배가 고팠다.

뭐, 그게 딱히 어떻다는 건 아니지만…….

제10화 '바로 돌아올게요'라는 말을 남기고
에메랄다는 모습을 감췄다

"그럼…… 에메랄다 양이 초대해주기로 한 다과회에 참가하기
위해서도 어떻게든 탈출할 필요가 있겠네요……. 안느, 당신들은
어떻게 여기에 온 거죠? 아니, 애초에 왜 이런 곳에 있는 건가요?"

에메랄다를 설득하는 데 성공한 미아는 다시금 상황을 확인했다.

"네. 실은……."

안느의 설명을 듣고 미아는 무심코 한숨을 쉬었다.

"그렇군요. 그럼 그쪽에서 온 길도 무너져버린 거죠?"

자신들이 온 것과는 다른 길이 있다고 듣고 조금 기뻐한 미아
였으나, 바로 그 희망은 시들어버리고 말았다.

"네. 무너진 파편을 치우는 것은 저희 힘으론 어려울 것 같습니
다. 게다가 가파른 언덕을 올라가야 하니까요……."

안느는 에메랄다의 발목으로 힐끗 시선을 내렸다.

"아쉽지만 그쪽으로 나가는 건 어려울 것 같습니다. 미아 님은
요?"

"그게, 저희도 지면이 무너지는 바람에 함께 떨어진 거라서
요……."

미아는 조금 전에 추락했던 장소를 떠올렸다.

"그쪽도 올라가는 건 불가능할 거예요."

"그렇겠지. 에메랄다 양이 다쳤다면 더욱 힘들어."

"일단 저희가 떨어진 장소에는 반대쪽에도 동굴이 뻗어있었는데요……."

그게 지상으로 통한다는 보장은 하나도 없었다.

"아무튼 이 신전 주위에 다른 출구가 없는지 조사해보죠. 그리고 만약 다른 길이 없는 것 같다면, 조금 전에 저희가 떨어진 장소로 돌아가는 게 좋지 않을까요?"

서바이벌 전문가 미아의 제안에 그 자리에 있던 전원이 순순히 고개를 끄덕였다……. 괜찮은 걸까?

그때, 그동안 입을 다물고 있던 안느가 살며시 손을 들었다.

"저기, 미아 님. 잠시 쉬는 건 어떻습니까? 에메랄다 님께선 다리를 다치셨고, 미아 님도 조금 피곤해 보이세요."

지적받은 순간 미아의 입에서 큰 하품이 나왔다.

"그렇군요. 확실히 피곤해요……. 그럼 잠시 쉰 뒤에 행동을 개시하도록 하죠."

잠시 쪽잠을 잔 후 미아 일행은 신전 주위를 조사했다. 더 정확하게 말하자면, 미아가 쿨쿨 자는 동안에 잠깐 자고 일어난 세 사람이 갈라져서 주위를 수색했다고 해야겠지만…….

그 결과, 역시 지나갈 수 있는 길은 안느와 에메랄다가 온 길과, 미아와 아벨이 온 길 두 곳밖에 없다는 것이 판명되었다.

"중간에 봤던 그 통로가 밖으로 이어져 있다면 좋겠는데요……."

일말의 희망을 건 일행은 미아와 아벨이 떨어진 지점으로 돌아갔다.

도착하자마자 아벨이 입을 열었다.

"수위가 또 올라왔어. 여기까지 오는 길도 그렇지만, 조금 전보다 물이 불어난 느낌이야."

그 말대로 방금 전까지는 발목까지 오던 물이 지금은 무릎 위까지 올라와 있었다.

"그렇군요. 조수간만이 있다면 희망도 있어요. 바깥쪽 바다로 이어져 있다는 것이니까요."

에메랄다는 물에 손을 적셔 입으로 가져갔다.

"짭짤한 걸 보면 틀림없는 바닷물이네요. 밖으로 이어져 있을 가능성은 충분히 높아요. 다만……."

천장을 올려다본 뒤 일행들에게 시선을 돌렸다.

"밖으로 나가는 건 조금 기다리는 게 좋을 것 같아요. 밤바다는 아주 위험하다고 들은 적이 있거든요."

에메랄다의 의견을 받은 미아 일행은 다시 잠을 자기로 했다.

동굴 안은 약간 쌀쌀했기 때문에 다 함께 옹기종기 모였다.

——이 추위는 지하 감옥을 떠올리게 하지만, 후후후. 왠지 신기하게 즐거운데요?

배는 고프지만, 기분은 묘하게 즐거워진 미아였다.

——부디…… 이게 한여름의 즐거운 추억으로 남는다면 좋겠는데요.

이윽고 천장의 구멍에서 미약하게 햇빛이 들어오게 되었다.

아침이 온 것이다.

신기하게도 햇빛이 보이기 시작하자 물속의 파란빛이 사라졌다.

──흐음. 밤이 되면 빛나는 생물인 걸까요?

문제는 앞으로 향하는 곳이 어둠에 잠겨있다는 점이었다.

당연하게도 동굴 안까지는 빛이 들어오지 않는다. 그렇다고 횃불을 들고 갈 수도 없다. 물속에 들어가게 된다면 불이 꺼지기 때문이다.

"이런 일도 있을 것 같았죠!"

그때 에메랄다가 득의양양하게 외쳤다.

에메랄다가 가슴팍에서 느릿느릿 꺼내든 펜던트. 거기에 박힌 돌이 은은한 빛을 뿌리고 있었다.

"이게 있다면 한동안은 시야를 확보할 수 있어요. 이 앞이 어떻게 되어있을지 모르니 제가 상황을 보고 오겠습니다. 중간에 잠수할 필요가 있을지도 모르니까요……."

그렇게 말한 뒤 위풍당당하게 옷을 벗어 던지는 에메랄다. 물놀이를 할 때부터 계속 입고 있던 수영복 차림이 되자 물속으로 들어가려 했다.

"기다려. 여기선 내가 갈게. 영애들은 여기서 쉬고 있어."

아벨이 당황하며 막았지만 에메랄다는 그런 그를 내려다보며 말했다.

"그럴 수는 없습니다. 아벨 왕자님. 참고삼아 묻는 건데요. 당신은 수영이 특기이신가요?"

"아니, 헤엄을 칠 수는 있지만 특기라고 할 정도는 아닌데……."

민망한 표정을 짓는 아벨을 향해 에메랄다는 이겼다는 듯이 웃었다.

　"네. 그럼 여기는 제게 맡겨주세요. 저는 어릴 때부터 매년 여름마다 수영을 했으니까요."

　"하지만 여성에게 그런 위험한 일을 시킬 수는 없어."

　"배려는 감사합니다. 하지만 아벨 왕자님. 당신은 조금 자각이 부족하신 거 아닌가요?"

　"자각? 무슨 소리야?"

　고개를 갸웃거리는 아벨을 보며 에메랄다는 후후후 웃었다.

　"뻔하지 않나요. 미아 님의 반려가 될 자각 말이에요."

　"뭐?!"

　꽁꽁 얼어버린 아벨을 향해 에메랄다는 크게 웃었다.

　"별을 지닌 공작 영애, 에트왈인 제가 친우이자 황녀이기도 한 미아 님의 남편을 위험한 일에 떠밀다니, 말도 안 되죠. 하물며 이건 미아 님 본인의 목숨과도 관련된 일인걸요. 절대 실수할 수 없어요. 이건 양보 못 해요."

　이번에는 옆에서 이야기를 듣던 안느가 손을 들었다.

　"하지만 에메랄다 님, 발목을 다치신 것은요?"

　"네……? 다친, 거요? 앗…….."

　그러자 에메랄다는 조금 민망한 듯 시선을 돌렸다.

　"이, 잊어버렸어요. 아, 그래, 안느…… 씨가 잘 치료해줬으니까…… 그런 건지도 모르겠네요."

　"네……?"

에메랄다의 말을 듣고 미아가 의아해하며 고개를 갸웃거렸다.

"무, 무슨 불만이라도 있으신가요? 미아 님!"

발끈하는 에메랄다를 보며 미아는 작게 웃었다.

"아뇨. 아무것도 아니에요."

그러고는 머리를 깊이 숙인 뒤에 말했다.

"잘 부탁드려요, 에메랄다 양."

그런 미아에게 에메랄다도 작게 웃었다.

"네. 반드시 좋은 소식을 듣고 돌아오겠어요. 그래서 이 섬에서 무사히 나가면 이번에야말로, 미아 님과 성대한 다과회를 할 거예요!"

어쩌다 보니…… 말하면 안 되는 대사를 가슴을 당당히 펴고 날려버린 에메랄다가 웃음을 머금었다.

그 부드러운 미소는 그동안 그녀가 지어본 적이 없을 법한, 포근한 미소였다…….

"괜찮습니다. 바로 돌아올 테니까요."

하지만…… 그 말과는 달리……, 물속으로 모습을 감춘 에메랄다는 돌아오지 않았다.

……'바로'는.

제11화 미아 황녀, 견인되다

"에메랄다 양의 그런 순수한 미소는 처음 봤어요……."

물속으로 사라진 에메랄다를 배웅한 뒤 미아는 작게 중얼거렸다.

마치 독기가 쏙 빠져버린 미소.

그것은 참 멋진 미소였지만…… 어쩐지 가슴이 술렁거렸다.

어째서일까. 미아는 그 다과회 약속을 했던 날을 떠올리고 말았다.

그날 헤어질 때의 에메랄다도 저런 식으로 따뜻하게 웃지 않았던가?

"어쩐지 에메랄다 양답지 않게 든든했고……. 왠지 좀 걱정이에요……."

그렇게, 그 상태로 5분이 흘렀다.

"에메랄다 양, 괜찮을까요……."

걱정하며 중얼거리는 미아를 보며 안느가 미소 지었다.

"괜찮습니다, 미아 님. 게다가 아직 5분 정도밖에 안 지났는걸요. 에메랄다 님을 믿으세요."

"그래요, 그럴게요……."

그대로 10분이 지났다.

"……괜찮을까요, 에메랄다 양. 무리해서 다치거나 하면……."

"괜찮아, 미아. 그녀는 우리 중에서 가장 수영을 잘하니 별일 없을 거야."

미아를 안심시켜주기 위해서일까. 아벨이 밝고 가벼운 말투로 말했다.

하지만 미아는 무겁게 고개를 끄덕일 뿐이었다.

그렇게…… 점점, 조금씩 미아의 말수가 줄어들었고 30분이 지났을 때는 이미 울상이 되어있었다.

시간이 지날수록 뇌리에 나쁜 상상이 무한대로 부풀어갔다.

이런 장소에서 상황을 보러 간 사람이 돌아오지 않는다는 것이 무엇을 의미하는가……?

그건 생각할 필요도 없이 명백하고……. 게다가 조금 전의 부드러운 미소가 떠오르자…….

미아는 생각했다.

딱히 에메랄다를 친우라고 여긴 적도 없고, 기껏해야 소소한 친구 정도라고…….

하지만 되짚어보면 그녀와는 비교적 오래 알고 지냈다.

다과회 데뷔도 같이했고, 생일 파티에도 여러 번 초대 받았고, 미아의 생일도 꼬박꼬박 축하해주었다.

최근에는 바빠서 그렇게 자주 만나지 않았지만, 옛날에는 페어 드레스를 맞춰 입고 좋아했던 적도 있었다.

그러니까…… 미아는 딱히, 에메랄다를 유일무이한 친우라고 생각하는 건 아니지만……. 그래도, 좋은 친구라는 것은 변함이 없었다.

잃어버리면 눈물이 나올 정도로는…… 친한 사람이었다.

"흐, 으윽, 에메랄다 양……. 히끅. 꽤, 괜찮다고……, 반드시,

돌아온다고…… 했잖아요……. 너무, 너무해요……. 으흑, 당신은…… 또, 저를, 배신하고…….”

한 시간이 지나자 미아는 펑펑 울어버렸다.

얼굴을 온통 눈물로 적시며 히끅히끅 흐느끼는 미아. 그 머리를 다정하게 쓰다듬으면서 위로하는 안느도 조금 눈물을 글썽이고 있던 그때…….

촤악. 뒤쪽에서 물소리가 울렸다.

동시에 ‘푸하’ 하고 숨을 뱉는 소리가 들리더니…….

“후우. 기다리게 해드려서 죄송합니다. 지금 막 돌아왔어요.”

에메랄다가 아무렇지도 않다는 얼굴로 돌아왔다.

수영을 한 덕분에 기분이 좋았던 걸까. 얼굴이 약간 반지르르한 것이 참으로 기운이 넘쳐 보였다.

“바깥까지는 여기서 5분 정도 거리였어요. 괜찮습니다. 잠시 잠수하게 되는 구간도 있지만 미아 님께서도 가능하실 거예요.”

물을 뚝뚝 흘리면서 미아 일행 곁으로 걸어온 에메랄다가 의아해하며 고개를 기울였다.

“무슨 일 있었나요? 어쩐지 분위기가…….”

“엄청, 오래 걸렸네요…….”

스스슥 다가온 미아에게 에메랄다는 가슴에 매달린 펜던트를 가리켰다.

“아, 월등석에 햇빛을 모아왔습니다. 빛이 없으면 조금 까다로운 길이었거든요. 그리고 식어버린 몸을 데우기 위해 바위 위에서 잠시 일광욕을…… 어머? 왜 그러세요? 미아 님? 헉?!”

말하던 도중 미아가 에메랄다를 와락 끌어안았다. 그대로 배 부근을 꽉꽉 조이면서 말했다.

"걱정했잖아요! 아주 걱정했다고요! 이제 돌아오지 않을지도 모른다고……."

"어머, 미아 님……."

에메랄다는 조금 놀란 표정을 지었으나…….

"괜찮아요, 괜찮습니다. 미아 님. 저는 절대로 친우인 당신을 배신하지 않을 거예요. 네, 이제 다시는……."

바로 부드러운 미소를 지었다.

침착해진 미아는 다시금 에메랄다에게서 이야기를 들었다.

"조금 전에도 말씀드렸지만, 그렇게 먼 거리는 아니었어요. 길도 외길이니 헤맬 일도 없겠죠. 한두 곳 정도 물속에 잠겨서 나아가야 하는 장소가 있었지만…… 미아 님 정도로 헤엄치실 수 있다면 문제없을 거예요."

그 말을 듣고 안느의 얼굴이 흐려졌다.

평민인 안느는 미아보다 더 수영 경험이 없었기 때문이다.

"흐음, 그렇다면 안느 양은 저와 같이 가는 게 좋겠군요."

자연스럽게 말하는 에메랄다. 하지만 미아가 눈썹을 찌푸렸다.

"당신…… 에메랄다 양, 맞죠? 어떻게 된 일이죠? 머리라도 다쳤다거나……."

"어머! 너무하세요, 미아 님. 저는 그저 친우인 미아 님의 소중한 메이드니까, 조금은 친절하게 대해 줄 수 있다고 생각한 것뿐이에요!"

강한 어조로 그렇게 말한 뒤 에메랄다는 아주 살짝 시선을 돌렸다.

"게다가, 그…… 이래저래 신세도 졌고……. 받은 은혜를 제대로 갚는 것 또한 고귀한 핏줄의 예의가 아닐까요?"

──아아, 정말 에메랄다 양은 성가신 성격이라니까요. 도저히 제 친척으로 보이지 않아요…….

그렇게 생각하면서도 미아는 고개를 끄덕였다.

"알겠습니다. 에메랄다 양, 안느를 부탁할게요."

이렇게 대열이 정해졌다.

선두는 에메랄다가 담당하고, 이어서 안느가. 그 뒤에는 아벨과 미아가 이어졌다.

본래대로라면 아벨이 최후방을 지켜야 했지만, 그가 미아보다 앞에서 가야 하는 이유가 있었다. 그것은…….

"여기서부터는 조금 깊은데. 발이 안 닿겠어."

"알겠어요!"

미아는 크게 고개를 끄덕인 뒤 스윽 뒤로 돌아…… 하늘을 보고 누운 자세로 물에 떴다. 에메랄다와 마찬가지로 옷을 벗어 수영복 차림이 된 미아의 누워뜨기는 발군의 안정감을 자랑했다.

그런 미아의 목덜미를 잡은 아벨이 앞쪽에서 헤엄쳤다.

그렇다. 이런 순서가 된 이유는 아벨이 미아를 견인하며 헤엄쳐야만 하기 때문이었다!

……뭐, 그건 그렇고.

맨 앞에서 가는 에메랄다가 높이 든 불빛을 따라갔다.

에메랄다의 말대로 길은 그리 험하지 않았다.

몇 번의 수영과 잠수를 반복하자……, 이윽고 전방에 빛이 보이기 시작했다.

"조금만 더 힘내세요. 여러분!"

에메랄다의 격려가 들렸다.

딱히 힘을 내진 않았지만 그래도 미아는 그 목소리에 격려를 받아 물을 밀어내는 팔다리에 힘을 주었다. 그리고…….

"앗……."

눈 부신 빛이 시야를 찌르자 미아는 반사적으로 얼굴을 가렸다.

직후에 느낀 강한 바닷바람. 귀에 들리는 것은 밀려왔다 멀어지기를 반복하는 잔잔한 파도 소리.

점점 익숙해진 눈에는 맑게 갠 푸른 하늘이 들어왔다…….

"아……, 아아. 무사히 나왔어요…….."

안도한 나머지 무심코 힘이 빠질 뻔했다. 그래봤자 바다 위에 누운 자세로 떠 있기 때문에, 지금까지도 딱히 힘이 들어가 있던 것은 아니었지만…….

그 후 미아는 다시금 근처에 있는 사람들에게 시선을 주었다.

조금 떨어진 곳에 있는 에메랄다와 안느. 그리고 자신 바로 옆에는 아벨.

──아아, 전원이 다 살아나오다니…… 꿈만 같아요.

저도 모르게 감동할 뻔한 미아였으나, 그보다 더 꿈만 같은 일이 이어졌다.

"앗! 저것은 에메랄드 스타 호예요!"

에메랄다가 환호성을 지르며 가리킨 곳에는 그리운 배의 모습이 있었다.

"살았다……. 저희, 산 거예요?"

그렇게 중얼거리며 미소 지은 미아는 잠시 후…… 떠올리게 된다.

미아 황녀전에 있는 어떠한 기록…….

자신이 이런 무인도에 오게 된 그 원인을.

평화로운 바다에 나타난 거대한 그림자…….

그것이 자신들의 등 뒤로 소리 없이 가까워지고 있다는 사실을, 미아는 아직 눈치채지 못하고 있었다…….

제12화 대해의 용사 미아 황녀, 용맹하게 소리치다!

"보세요! 보세요, 보시라고요! 무사했어요, 역시! 저의 에메랄드 스타 호가 그 정도의 연약한 폭풍에 침몰할 리 없었다고요! 보세요, 상처 하나 없는 저 위용! 역시 저의 에메랄드 스타 호로군요!"

어째서인지 에메랄다가 승리의 미소를 지었다.

다소 짜증이 훅 밀려든 미아였으나, 이대로 아무 일 없이 돌아갈 수 있다면 다 괜찮다며 마음을 바꿨다.

그보다 중요한 것은······.

"그런데 어떻게 할까요? 저기까지 헤엄쳐가는 건 꽤 힘들 것 같은데요······."

에메랄드 스타 호까지는 대략 400m(문테일)의 거리가 있었다.

──구조가 온 것은 기쁘지만······, 공복에는 고통스러운 거리예요. 저쪽에서 와 준다면 편할 테지만요······.

미아는 작게 고개를 기울이며 말했다.

"올 때 탔던 조각배를 보내준다면 편할 것 같은데요······. 여기서 외치는 건 들리지 않으려나요?"

"아무래도 이 거리에선 어렵지 않을까······."

미아의 말에 아벨이 쓴웃음을 지었다.

"좋아. 그럼 내가 먼저 가서 조각배를 보내달라고 할게."

그러더니 쑥쑥 헤엄쳐갔다.

"흐음, 아벨 혼자 고생하게 하는 것은 조금 내키지 않지만……. 확실히, 저기까지 헤엄쳐가는 건 힘들겠네요……."

높은 곳에서 낮은 곳으로 흐르는 해류와도 같은 유연한 사고방식이 미아의 특징이다.

조금이라도 가까이 가는 게 저쪽에서 올 구조원과 합류하는 것도 빨라질 것…… 이라는 생각은 당연히 하지 않았다.

──아아, 정말 바다는 힘을 빼고 있으면 몸이 떠서 아주 편하다니까요.

멍하니 하늘을 올려다보았다.

하현 해파리의 면모가 생생하게 드러나는 광경이다.

그렇게 멍하니 해수면을 바라보던 미아는 불현듯 깨달았다.

자신을 향해 스으윽 다가오는 등지느러미를!

"…………어라? 저건 뭐죠?"

어벙하게 고개를 갸웃거리는 미아였으나, 직후 뒤쪽에서 비명이 터졌다.

"미, 미아 님! 크, 크크, 큰일! 큰일이에요, 저거, 저것은! 사, 사람 먹는 물고기예요!"

"…………네?"

순간 무슨 말을 들은 건지 전혀 알아듣지 못했던 미아였으나, 다시 등지느러미에 시선을 주고…… 그 크기를 확인한 뒤……, 그것이 식인어의 것이면 어떻게 되는지를 순식간에 이해했다.

그러니까 자신은 지금…… 사느냐 죽느냐 하는 기로에 서 있다는 사실을!

"서둘러 에메랄드 스타 호로 도망가요! 앗, 저쪽도 눈치채고 조각배를 보내주었어요. 아무튼 서두르세요!"

말을 마치기도 전에 에메랄다는 안느의 손을 잡아당기며 헤엄치기 시작했다.

"힉, 히이익! 히이이이이이이익!"

미아도 허둥지둥 헤엄쳤다. 하지만 미아가 할 수 있는 일은 그리 많지 않다.

매끄럽게 뒤로 돌아 누워뜨기 자세를 취한 뒤 버둥거렸다!

작고 가냘픈 다리로 열심히 물을 찼다!

하지만…… 당연하게도 그 속도는 느렸다.

지금은 당황한 탓에 더욱더 퍼덕퍼덕 작은 물보라를 일으킬 뿐, 그 몸은 전혀 앞으로 나아가지 않았다.

게다가.

"히이이익, 히이이이이이이이이이익!"

미아의 수영법은 숨을 쉬는 게 편하고 후방이 무척 잘 보인다.

자신을 향해 스으윽 다가오는 굵고 거대한 등지느러미가 적나라하게 보인다는 뜻이다.

"흐아아아아아아아아아아, 와, 왔어요, 다가오고 있어요!"

본래 식인 거대어, 메갈로돈에게 노려진 시점에서 도망치는 것은 불가능했지만……. 미아를 쫓아오는 등지느러미는 어째서인지 서둘러 거리를 좁히려 들진 않았다.

마치 먹이를 가지고 노는 것처럼…… 천천히, 천천히 다가오고 있었다.

——으, 으윽, 이, 이 자식, 우습게 보는 거로군요. 그렇다면……!

이렇게 된 이상……. 미아는 각오했다.

그렇다. 애초에 황녀전의 기록이 사실이라면 자신은 저 식인 거대어를 때려눕히게 된다. 쓰러뜨릴 수 있다!

이를 꽉 깨문 뒤 미아는 용맹한 기합을 내질렀다.

역전의 전사가 지르는 듯한 사나운 함성(미아 안에서는)은……. "흐라아아아!"

주위 사람들에겐 이런 괴성으로 들렸지만, 미아에겐 이미 그런 것을 신경 쓸 여유가 없었다.

미아는 가까워지는 거대 괴어를 향해 팔을 힘껏 붕붕 휘둘렀다.

그것은 딱, 어린 남자아이가 '이렇게 하면 아무도 접근하지 못하니까 최강이야!'라며 팔을 붕붕 돌리는 동작이었다. 아무도 다치게 하지 못할 법한, 참으로 어설픈 펀치였으나…… 기적이 일어났다!

미아의 손이 거대 괴어의 코를 퍽 갈긴 것이다!

물컹거리는 묘한 감각. 반사적으로 눈을 뜬 미아는 자신에게서 멀어지는 등지느러미의 모습을 보았다.

직후, 조각배가 다가왔다.

"대단해! 대단하세요, 미아 님! 식인 거대어를 쓰러뜨리시다니!"

조각배 위에서 에메랄다가 내민 손을 잡고 배에 올라탔다.

"후, 후후후, 다, 다다, 당연하죠. 이 정도는 제게 걸리면 가가, 간단, 간단하니까요! 올 테면 오라죠!"

득의양양하게 가슴을 펴고 말하는 미아였지만……, 부리나케 올라탄 조각배의 중앙으로 장소를 옮겨 단단히, 떨어지지 않도록 붙잡았다.

"그, 그럼, 돌아가죠! 빨리! 서둘러서!"

그러고는 울먹이는 눈으로 용맹하게 주장했다.

……참고로 이미 눈치챘을 테지만, 미아가 때려눕힌 것은 메갈로돈이 아니었다.

납작한 물고기를 세로로 세워놓은 듯한 외양의 얌전한 물고기……. 학명 '오션 풀문피쉬', 통칭 '달복치'라고 불리는 물고기였다.

바위에 부딪히기만 해도 죽어버릴 정도인 달복치지만, 다행히도 미아의 엉성한 주먹에 다치지는 않았다.

그저 '완전히 재난이었구나'라면서 스르륵 물러났을 뿐이었다.

평화로운 바다의 풍경이었다.

제13화 저마다의 충심(페티시즘)

한편, 미아 일행이 지하에 있는 동안 시온 일행이 무엇을 하고 있었냐면…….

이야기는 조금 과거로 거슬러 간다.

에메랄다를 찾기 위해 시온과 니나는 샘 부근을 꼼꼼히 돌아본 후 동굴로 돌아왔다.

하지만 동굴에서 기다리고 있어야 할 안느의 모습이 없었으며 이마와 아벨도 돌아오지 않았다.

"이런……. 티어문의 여성들 사이에선 무인도에서 행방불명이 되는 게 유행인 건가?"

그런 농담을 던지는 시온이었지만 얼굴에선 난처함을 숨기지 못하고 있었다.

돌아온 키스우드와 합류한 시온은 우선 어디에 갔는지라도 아는 안느의 행방을 쫓았다. 그리고 동굴 안쪽이 붕괴한 것을 발견했다.

게다가 미아와 아벨이 간 쪽에서 지면이 무너진 흔적을 발견하고는 말문이 막혀버렸다.

그런 시온에게 키스우드의 지극히 냉정한 목소리가 날아왔다.

"만약 여기에서 떨어졌다면……, 다치는 바람에 아래에서 움직이지 못하는 것일지도 모릅니다."

"그래……, 그렇겠지."

그의 지적이 무엇을 의미하는지 모르는 시온이 아니었다.

설령 미아와 아벨이 살아있다고 해도 구하는 것은 거의 불가능하다.

즉, 두 사람이 살아날 가능성은 절망적이라는 뜻…….

──아니, 포기하지 마. 방법은 있을 거다.

절망 앞에 굴복하지 않은 시온은 머리를 굴렸다. 하지만 아무리 생각해봐도 구출할 방법이 떠오르지 않았다.

다만 그 직후에 상황이 일변했다.

모래사장에서 해안선을 감시하던 니나가 달려왔기 때문이다.

"에메랄드 스타 호가 돌아왔습니다."

"뭐라고? 그렇다면 서둘러 선원의 힘을 빌리고 싶다. 밧줄이 있다면 저길 통해 내려갈 수 있을지도 몰라. 아직 희망을 버리기에는 이르니까."

그렇게 생각했던 시온이었으나 그 후 바로 들어온 소식에 한층 더 경악했다.

"설마 전원이 무사한 데다 이미 배에 타고 있을 줄이야……."

뭘 어떻게 하다 그렇게 된 건지……. 시온은 전혀 이해할 수 없었다.

"대체 무슨 마법을 쓴 거지? 미아는……."

"굉장했습니다! 거대한 식인어를 주먹으로 때려눕히셨으니까요!"

선원의 이야기를 들은 시온은 다시 중얼거렸다.

"……………대체 무슨 마법을 쓴 거지? 미아는…… ."

아무튼…… . 시온 일행 세 사람을 태운 조각배의 분위기는 퍽 밝았다.

생존이 절망적이었던 사람들이 별다른 상처도 없이 이미 구조되어있었기 때문이다.

자연스럽게 그들의 입이 가벼워졌다.

"그나저나 당신도 고생이군요. 니나 양."

문득 생각났다는 듯이 키스우드가 말했다.

"무슨 말씀이시죠?"

갑작스러운 키스우드의 말에 니나는 작게 고개를 갸웃거렸다.

"당신의 주인인 에메랄다 님 말입니다. 고생이 끊이지 않을 것 같은데요."

그 질문에 니나는 미약하게 고개를 기울이며 허공을 바라보았다.

"그렇지 않습니다. 즐겁게 일하고 있는데요…… ."

그러고는 표정 변화 없이 대답했다.

"네? 아니, 하지만 이름도 불러주지 않으시던데…… ."

"그게 좋지 않습니까!"

힘차게 달려드는 듯한 대답에 순간 침묵하는 키스우드. 그런 그에게 니나는 작게 한숨을 쉬었다. 마치 말을 안 듣는 어린아이를 부드럽게 타이르듯이…… .

"끈적하지 않은, 그런 드라이한 점이 좋은 겁니다. 그 점이 훅 오니까요."

……조금 무슨 소릴 하는 건지 모르겠다는 표정을 짓는 키스우드와 시온이었으나, 니나는 아랑곳하지 않고 말을 이었다. 아무래도 에메랄다가 이 자리에 없다는 점과 그녀가 무사하다는 점 때문에 몹시 흥분한 모양이었다.

"그리고 때때로 그런 설정을 잊고 이름을 부를 뻔했다가 당황하시는 것 또한 매력적이십니다. 미아 황녀 전하를 아주 좋아하셔서 같이 놀고 싶으신데도 고집을 부리느라 부르지 못하시는 모습을 지켜보고 있노라면 가슴이 따뜻해지죠. 대담한 수영복을 입고 왕자 전하께 잘 보이겠다며 기합을 넣으셨는데 막상 그 순간이 오자 조금도 용기를 내지 못하시는 그 소심한 면은 정말, 보기만 해도…….."

키스우드의 눈으로 봤을 때 니나는 마치 길거리에 굴러다니는 돌멩이에서 예술성을 발견하는, 안 팔리는 예술가 같았다.

──이건 이해하지 못하는 세계일지도 모르겠군.

그런 생각을 하던 키스우드의 어깨를 크게 두드린 니나가 말했다.

"에메랄다 님의 매력을 모르시겠다니, 키스우드 씨는 여성을 보는 눈이 없으시군요. 게다가 휘둘리는 것 또한 모시는 자로서의 기쁨 아니겠습니까."

"그렇군요. 앞부분은 동의하기 어렵지만, 뒷부분은 알 것 같습니다."

그렇게 키스우드와 니나는 서로를 보며 웃었다. 그것은 어딘가 공범자와도 같은 미소였다.

둘 다 까다로운 주인을 모시고 있으니, 모시는 보람이 있다는 측면에서는 어쩌면 일치하는 부분이 있는 건지도 모른다며…….

그런 식으로 웃음을 주고받는 두 사람을 본 시온은 의아해하는 표정을 지었다.

에메랄드 스타 호에 올라선 미아는 먼저 타고 있던 아벨, 에메랄다, 안느와 무사 생환을 기뻐했다. 아무래도 에메랄드 스타 호는 폭풍이 왔을 때 바람을 피하기 위해 배를 이동시켰으나 선체에 손상을 입고 흘러가 버린 모양이었다. 선장에게서 수리에 시간이 걸렸다고 사과를 받았으나 그건 어쩔 수 없는 일이다.

게다가 얼마 후엔 섬에 보낸 선원들과 함께 시온, 키스우드, 니나와도 합류했다.

미아 일행을 본 시온은 입을 열자마자 이렇게 말했다.

"너무 걱정 끼치지 말아줘, 미아. 에메랄다 양이 무사한 것은 다행이지만……, 대체 무슨 일이 있었던 거지?"

"이야기하면 길어질 거예요. 지하에서 터무니없는 것을 발견했답니다."

"터무니없는 것이라……."

시온은 살짝 쓴웃음을 지었다.

"너희가 누구 한 명 빠짐없이 이곳에 있다는 것부터 이미 터무니없으니 이 이상 놀랄 일도 없을 테지만……. 게다가 네가 괴물 물고기를 쓰러뜨렸다고 들었는데…… 그보다 더 터무니없는 일인가?"

그런 두 사람을 곁눈질하며 에메랄다에게 걸어오는 사람이 있었다.

메이드인 니나다.

그녀는 팔팔해 보이는 에메랄다를 보고는 무심코 안도의 한숨을 쉬었다.

"에메랄다 아가씨, 무사하셔서 다행입니다."

그러고는 평소와 같은 말투로 말을 걸었다.

"아……, 네, 그래요. 발을 조금 삐었지만……."

"그러셨습니까. 제가 곁에 있으면서도 에메랄다 아가씨께 불편을 끼쳐 대단히 죄송합니다."

"아니, 그렇지 않아요. 그건 제가 멋대로 저지른 일이고……."

우물우물. 자꾸만 말을 흐린 에메랄다는 마치 도움을 요청하듯 시선을 이리저리 굴렸다. 그 시선 끝에 미아 옆에 있는 안느의 모습이 있었다.

안느는 에메랄다의 시선을 알아차린 건지 작게 웃은 후 주먹을 불끈 쥐어 보였다.

그것은 용기를 쥐어짜려는 에메랄다에게 보내는 응원. 함께 역경을 헤쳐 나온 동료를 위한 격려였다.

그 응원을 받은 에메랄다는 작게 고개를 끄덕인 뒤 있는 용기 없는 용기를 다 끌어모았다.

"당신에게도 걱정을 끼쳤네요……. 으음, 그러니까……, 니, 니니, 니나……."

"………네?"

에메랄다에게 이름을 불린 니나는 뭐라 말할 수 없는 오묘한 표정을 지었다.

"저기, 무슨 일 있으셨습니까? 아가씨……, 그렇게 갑자기 제 이름을 부르시다니……."

안절부절. 조금 전 다리를 다쳤다는 이야기를 들었을 때보다 더 당황하는 니나에게 에메랄다는 온순한 얼굴로 설명했다.

"저는 반성했답니다. 지금까지 당신에게 무척 실례되는 태도를 보였어요. 이름도, 당신은 눈치채지 못했을지도 모르지만 제대로 기억하고 있었거든요. 그런데 저는…… 정말 미안한 일을 했어요."

진지한 사과의 말을 입에 담는 에메랄다에게 니나는…….

"아아……, 그 말씀을 해버리시는 건가요……."

어째서인지 몹시 실망했다는 반응을 보였다!

"저기…… 아, 아가씨? 그게, 그런 건 괜찮습니다. 저기, 평소처럼 해주세요. 저를 부르실 때는 아무쪼록 여태까지 그러셨던 대로, '거기 메이드' 같은 식으로 대충 불러주셨으면……."

"어머, 어째서죠? 제가 니나의 이름을 부르면 뭔가 문제라도 있나요?"

"이미지라는 게 있다고 말씀드려야 할까요……. 아, 그렇습니다. 메이드의 이름을 부르는 건 그린문 공작가의 관습적으로도 귀족의 상식적으로도 그리 좋지 않다고 해야 할지……."

니나는 단호하게 말했다.

"아무튼 그런 건, 좀…… 저기, 정말로 괜찮습니다."

그 말을 들은 에메랄다가 스으윽 시선을 움직였다. 그 시선이 향하는 곳에는 안느의 모습이 있었고…….

멀리서 에메랄다와 니나를 보고 있던 안느는…… 슬그머니 눈을 돌렸다.

세상에는 다양한 충성심의 형태가 있다는 것을 처음으로 알게 된 안느였다.

"자, 아무튼 돌아가죠!"

이 이상 여기에 있어봤자 의미는 없다.

미아의 호령을 들은 에메랄드 스타 호는 가누도스로 돌아가기 시작했다.

에필로그 개전의 서곡

무인도에서 출발한 지 이틀.

에메랄드 스타 호는 예정했던 것보다 훨씬 늦게 가누도스 항만국에 귀항했다.

항구에는 그린문 공작가의 가신들 외에도 황녀전속 근위대들도 모여있었다.

"아아, 드디어 도착했군요……. 어쩐지 문명의 냄새가 나요."

기본적으로 지극히 호화롭고 사치스러운 선상 생활을 즐길 수 있는 에메랄드 스타 호이긴 했으나, 미아에게는 목욕을 즐길 수 없다는 점이 치명적이었다.

그런 고로 항구에 도착하자 안도의 한숨을 쉬는 미아였다.

아무래도 안도한 것은 미아만이 아닌 건지, 두 왕자도 종자들도 지친 얼굴이었다.

무인도 생활은 익숙하지 않은 사람들에게는 어지간히 부담이 컸던 모양이다.

유일하게 에메랄다만은 얼굴이 반질반질했지만…….

"미아 님, 무사히 귀환하신 것을 진심으로 축하드립니다."

배에서 내리자마자 디온, 바노스를 대동한 루드비히가 걸어왔다.

"네, 지금 막 돌아왔습니다……. 퍽 고생이었어요. 하아암……."

미아는 하품을 짓씹으며 루드비히에게 시선을 주었다.

"쌓인 이야기는 내일 풀어놓기로 하고, 오늘 밤은 에메랄다 양의 별장에서 푹 쉬도록 하겠습니다."

"그렇습니까……. 그럼 호위로서 디온 씨와 바노스 씨가 함께하는 것을 허가해주십시오."

"흐음……?"

순간 고개를 갸웃거린 미아였으나, 그 직후 미아의 코가 위험한 향기를 감지했다.

루드비히의 말에서 미약하지만 긴장을 느낀 것이다.

"……경계해야 할 사태가 일어났다는 것이로군요. 알겠습니다. 에메랄다 양에게 부탁해보도록 하죠……."

참고로 에메랄다는 미아의 부탁을 흔쾌히 수락했다.

오히려 루드비히와 다른 황녀전속 근위대도 별장에서 머무는 것을 허가했다.

예전이었다면 생각할 수 없을 만큼 협력적인 태도에 루드비히는 깨달았다.

"……그래, 미아 님께선…… 마침내 에메랄다 양마저 휘어잡으신 건가."

……라고.

그렇게 일동은 가누도스 항만국 내에 있는 그린문 공작가의 별장으로 장소를 옮겼다.

참고로 별장에는 바다에서 수영하고 돌아왔을 때를 위해 작은 규모이나마 욕실을 만들어두었다.

따라서 미아는 도착하자마자 바로 목욕을 즐겼다.

그 후 보들보들한 가운으로 갈아입은 미아는 그대로 침대에 뛰어들어 다리를 버둥거렸다.

"우후후, 푹신푹신한 침대. 오랜만이에요."

그렇게 신이 나서 이불에 얼굴을 풍풍 눌러대며 즐기던 차에 루드비히가 다시금 찾아왔다.

"어머, 루드비히가……. 흐음, 확실히 조금 전의 분위기가 좀 마음에 걸렸죠. 좋아요, 들여보내세요."

그렇게 방에 들어온 사람은 루드비히와 디온, 두 명이었다.

루드비히는 목욕을 마치고 나와 릴랙스 모드인 미아를 보고 눈이 조금 커졌다.

"이런……. 피곤하신 와중에 대단히 죄송합니다."

"상관없어요. 자기에는 조금 이른 시간이었으니까요."

조금이고 뭐고 지금은 이제 막 저녁에 접어든 시각이었으나, 지적하는 사람은 없었다. 디온이 말없이 즐거워하는 미소를 지을 뿐이었다.

"그러십니까. 실은 한시라도 빨리 이 가누도스에 대해 말씀드리고 싶은 것이 있어 이렇게 찾아왔습니다."

"네, 저도 말해둬야 할 이야기가 있었어요. 우선은 루드비히의 이야기부터 듣기로 하고……."

그렇게 루드비히의 입에서 나온 것은 가누도스에 깔린, 지극히 완곡한 음모의 이야기였다.

──그 제국 혁명의 뒤에 그런 음모까지 있었던 거군요…….

적잖은 충격을 받으면서도 이번에는 미아가 무인도에서 본 것에 대해 루드비히에게 말했다.

솔직히 그것이 진짜인지 아닌지도 알 수 없고, 앞으로 어떻게 하는 게 좋은지도 잘 모르고 있는 미아였다.

그러니 생각 · 고찰 담당인 루드비히에게 꼭 기대고 싶었다.

"……미아 님께서 보셨다는 석판은 제국의 조상이 갈레리아 바다를 넘어왔다는 가설을 실증하는 것이라고 말할 수 있겠군요……."

미아의 이야기를 한차례 들은 루드비히는 깊은 한숨을 쉬었다.

그러고는 방에 놓여있던 책상 위에 지도를 펼쳤다.

"미아 님께서 발견하신 신전은 아마 이 근방에 있는 섬일 겁니다. 이 앞에, 갈레리아 바다 너머에 있는 어떤 땅에서 선조가 바다를 건너왔다는 가설이 있습니다. 이유는 불명이지만, 그 석판의 글귀를 바탕으로 생각해보자면 아마도 어떠한 전쟁에 패배한 것이겠죠."

심각한 피해를 입고 많은 희생을 낸 그자들은 안주할 땅을 찾아 바다를 건넜다. 그렇게 도착한 곳이 그 섬이었다.

"그 후 기진맥진하여 이미 희망을 잃어가던 자들을 고무하여 무인도에서 대륙으로 넘어온 리더. 그가 초대 황제 폐하였던 거죠. 그리고 그들이 도달한 최초의 땅이……."

"가누도스 항만국이었다…… 는 건가. 그렇군."

루드비히의 이야기를 받은 디온이 입을 열었다.

"그때 초대 황제 폐하의 머릿속에는 어느 정도의 음모가 구성되어 있었겠군. 그렇기에 언제든지 끊을 수 있는 식량 공급 루트를 확보하기 위해서 이 땅에 있는 사람들과 밀약을 맺은 뒤 비옥한 현월지대로 갔다는 건가."

루드비히는 고개를 끄덕인 다음 잠시 침묵했다.

"아니면 초대 황제는 이 땅에 신뢰할 수 있는 자를 남긴 건지도 몰라. 가누도스 항만국은 이 땅에 사는 어부들이 모여서 만들어진 나라지만, 그들을 이끈 사람은 어쩌면 초대 황제와 연이 있는 자였을 가능성도 있어. 그리고 마찬가지로, 믿을 수 있는 측근이었던 옐로문 공작에게 가누도스 국왕과 함께 체제를 만들게 한 거지."

"가장 약하고 가장 오래된 공작. 옐로문 공작가 말이죠……."

미아는 떠올렸다.

그러고 보면 자신 안에 옐로문 공작에 대한 인상이 거의 없었다.

딸은 세인트 노엘 학원에 다닌다고 하지만, 그럼에도 불구하고 그쪽의 얼굴 또한 전혀 기억나지 않았다…….

마치 미아에게서 모습을 감추는 것처럼. 혹은 인상에 남지 않도록 행동하기라도 하는 것처럼…….

"그래서, 어떻게 할 겁니까? 황녀님. 여기서는 아예, 간단하게 제가 가서 쓱싹하고……."

생각에 몰두했던 미아는 자칫 놓칠 뻔한 디온의 발언을 듣고 반발했다.

"그런 짓을 했다간 큰 혼란이 일어날 거예요!"

어쨌거나 별을 지닌 공작이다. 제국을 대표하는 사대공작가의 한 축이다. 암살이라도 일어났다간 큰일이 벌어진다.

하지만 그 이상으로. 미아에게는 그렇게 하고 싶지 않은 이유가 있다.

그렇다. 미아는 자신이 있었다!

만약 그런 거대한 음모를 꾸민 모략가가 미아와 마찬가지로 과거 세계에 날아간다면…… 자신은 틀림없이 패배할 자신이 있다.

그렇기에 미아는 최대한 죽이지 않고 사태를 수습하고 싶었다.

"게다가 내년에는 기근이 오는걸요……. 그때는 제국 내의 모든 귀족의 도움이 필요할 테죠. 여기서 옐로문 공작을 잃으면 그의 파벌에 있던 귀족에게 괜한 혼란을 주게 될 거예요."

옐로문의 파벌에 속한 모든 귀족이 블랙이라면 참으로 편하고 좋을 테지만, 만약 정상적인 귀족이 있다면. 그를 배제하여 혼란을 만들어내는 건 그거대로 옐로문의 꿍꿍이대로 흘러가는 것인지도 모른다.

그렇다면…….

──이상적인 건 옐로문 공작가 내부에 있는 혼돈의 뱀 관계자만 구속해서, 남은 핏줄에게 뒤를 잇게 하는 거겠죠. 공작만이 초대 황제의 뜻을 받아 음모에 가담하고 있다면 무척 편하겠지만요…….

미아는 한숨을 쉬며 고개를 저었다.

"옐로문 공작 및 그 주위의 감시 강화. 그리고 그들 중 누가 음모에 가담했는지 조사할 수 있을까요?"

미아의 얼굴을 본 루드비히는 작게 고개를 끄덕였다.

"미아 황녀 전하의 말씀이시라면, 이 몸을 바쳐서라도……."

이리하여 전쟁이 시작된다.

그것은 티어문 제국을 옭아매는 초대 황제의 맹약을 깨뜨리기 위한 싸움.

그 결말이 어디로 향하는지, 지금은 아직 아무도 모른다.

제2부 이정표의 소녀 완, 제3부『달과 별들의 새로운 맹약 I』로

번외편 벨의 작은 행복 Ⅱ

　밤의 발소리가 가까워지는 저녁.

　저녁 식사를 앞두고 몸을 깨끗하게 씻은 뒤 존경하는 할머니의
이야기를 듣는 것은 벨이 아주 좋아하는 시간이었다…….

　준비된 물통에 물을 가득 받아 그곳에 부드러운 천을 적신다.
겨울에는 얼어붙을 정도로 차가운 물이지만, 여름에는 오히려 시
원해서 기분이 좋다.

　에리스는 천을 가볍게 짠 다음 벨의 등을 문질러주었다.

　추격자의 눈에서 숨어야 하는 도망 생활이다. 좀처럼 욕조에
몸을 담그게 해주지 못하지만……, 그래도 할 수 있는 건 해주고
싶은 마음에 늘 벨을 깨끗하게 씻겨주었다.

　제국의 예지의 피를 이어받은 자에 걸맞게 아름다워야 한다며
기합을 넣고 어린 피부를 청결히 씻어낸다.

　하지만……. 문득, 그 손이 멈췄다.

　깨끗하게 도드라진 견갑골. 그 아래로 이어지는 등이 바싹 야
윈 것을 본 에리스는 입술을 깨물었다.

　야윈 벨의 몸은 과거의 자신을 떠오르게 했다. 피부의 탄력도
황족으로서는 말이 안 될 만큼 안 좋았다.

　──사실은 더 좋은 것을 먹여드리고 싶은데………. 죄송합
니다, 미아 님…….

안쓰러움과 미안함이 가슴 가득 퍼져나가던 그때…….

"그나저나 거대한 물고기를 쓰러뜨리다니, 미아 할머니는 수영도 무척 특기셨나 봐요. 에리스 어머니."

벨이 밝은 목소리로 말했다.

갑작스러운 말에 순간 당황했다가…… 그 뒤에 미약한 후회가 찾아왔다.

벨은 미아를 닮아서 무척 총명한 아이였다. 분명 에리스의 마음이 어두워진 것을 알아차리고 일부러 밝게 말을 걸었으리라.

에리스의 기운을 북돋우기 위해서…….

그걸 알기 때문에 에리스도 애써 밝은 목소리로 대답했다.

"그래, 무척 잘하셨다고 들었어. 안느 언니의 이야기로는 초승달처럼 아름답게 수영하셨다고 해."

"와아! 대단해요!"

초승달처럼 수영한다…… 는 게 어떤 것인지 구체적으로 상상이 간 건 아니었지만, 왠지 무척 아름다운 것 같다는 분위기에 휩쓸린 벨은 손뼉을 쳤다.

벨은 무척…… 그……, 순수한 아이이기 때문이다!

"미아 님께선 뭐든 잘하시는 분이셨어. 시인이나 극작가의 재능도 있으셨던 건지, 나와 처음 만났을 때는 내 소설을 순식간에 읽으신데다 뒷이야기까지 정확하게 맞추셨지."

그때의 기억을 떠올리면 지금도 신선한 놀라움이 가슴을 지배한다. 에리스의 머릿속에 있는 이야기를 적확하게 지적한데다 그걸 칭찬해주었으니 무리도 아니다.

"그때는 참 기뻤지……."

그런 이야기를 들은 벨은 눈이 휘둥그레져서 입을 떡하니 벌렸다.

"와아……. 미아 할머니는 정말 대단하셨네요."

"그렇지? 그리고 미아 님의 특기라고 하면 역시 승마를 빼놓을 수 없지."

"말이요?"

"그래, 미아 님께선 세인트 노엘 학원에서 승마부 소속이셨는데, 대단한 실력이었다고 해. 내가 들은 이야기로는 무려 천마도 타셨다나……."

그 말에 벨은 깜짝 놀라 눈을 부릅떴다.

"천마라고요?! 그런 게 있단 말이에요?"

당연하게 돌아온 의문에 에리스의 대답은…….

"우후후, 글쎄. 농담이었을지도 모르고, 그런 비유였을지도 몰라. 하지만 미아 님이시라면 정말 천마를 타셨다고 해도 나는 놀라지 않을 거야."

제법 악질적이었다!

천마가 있다고 단언하면 명확한 거짓말이 된다.

그렇다면 아무리 벨이라고 해도 눈치챘을 것이다. ……아마도.

하지만 에리스의 대답은 그게 아니었다. 천마가 있는지 없는지는 모르지만, 미아가 탔다고 해도 이상하지 않다……. 그런 식으로 단언하는 것을 피해버렸다.

이로 인해 천마의 존재 자체는 굳이 따지라면 의심스럽다며 냉정함을 어필하면서도, 그 냉정한 시점에서 봐도 미아는 천마를 탈 수 있을 정도의 실력을 지녔다는 주장이 완성되고 말았다.

……지극히 악질적인 말재간에 벨은 홀라당 속아 넘어갔다.

"미아 할머니, 대단한 분이셨군요."

참으로 순수한 아이였다.

벨의 반응에 기분이 좋아진 에리스는 한층 더 흥에 겨워 말했다.

"그래. 천마조차 타실 수 있으니 어떤 말이라고 해도 완벽하게 다루셨을 거야. 커다란 말도, 작은 말도, 빠른 말도, 힘이 센 말도……. 어쩌면 유니콘도 타보신 적이 있을지도 몰라."

"와아아, 대단해요!"

에리스와 안느와 루드비히. 미아의 충신들에게 교육을 받은 벨은 사람의 이야기를 의심하지 않고 믿는 순수하고 착한 아이로 성장했다.

장래가 조금 불안해질 정도였다.

"대단해라. 어떤 식으로 타셨을까? 미아 할머니가 말을 타시는 모습, 보고 싶었어요."

그렇게 벨은 눈을 반짝반짝 빛냈다.

사랑하는 안느 어머니가 식사를 만들어주는 걸 기다리면서 사랑하는 에리스 어머니와 존경하는 할머니의 이야기를 나누는……. 그 시간은 무척 소소하지만, 분명히 행복한 시간이었다.

제3부
달과 별들의 새로운 맹약 I
THE NEW OATH BETWEEN THE MOON AND THE STARS

프롤로그 루드비히, 날아오르다!

미아는 그린문 공작가의 별장에서 사흘간의 정양 기간을 가진 후, 가누도스 항만국을 뒤로했다.

가누도스 측이 대놓고 해를 가하지는 않을 테지만, 그래도 신중에 신중을 기하여 빠르게 행동하기로 했기 때문이다.

"아아, 어쩐지 바다를 떠나게 되니 갑자기 더워졌네요……."

기묘하게도 그날은 시원하던 여름 중에 예외적으로 기온이 몹시 높은 날이었다.

통풍이 그리 좋지 않은 마차 안……. 먼저 모국으로 돌아간 시온, 아벨 일행의 모습도 없이 그곳에는 루드비히와 안느만이 있었다.

그런고로 땀을 줄줄 흘리는 미아는 축 늘어져 있었다.

──아아, 정말로 더워요……. 피서지에서 2, 3일 정도 더 푹 쉬다 가고 싶어요……. 아, 그러고 보면 클로에가 북쪽 나라는 여름에도 선선하다고 그랬었죠…….

멍하니 그런 생각을 하던 미아는 무심코…….

"아……, 북쪽에 가고 싶어요……."

이런 말을 중얼거렸다.

그 말을 들은 루드비히는 순간 생각에 잠긴 얼굴로 침묵하더니…….

"그렇군요……. 그런 겁니까…… 역시 미아 님이십니다."

이해했다는 표정으로 고개를 끄덕였다.

"…………네?"

어리둥절하게 고개를 갸웃거리는 미아에게 루드비히는 든든한 미소를 지었다.

"초대 황제 폐하의 그 음모가 사실이라면……, 역사가 오래된 문벌 귀족일수록 믿을 수 없게 되니까요. 오히려 신흥 귀족……, 즉 변경지의 귀족들을 더 믿을 수 있고, 설득하기도 쉽다. 그런 생각이시죠?"

티어문 제국은 제도 루나티어를 중심으로 펼쳐지는 중앙귀족령에서 시작하여 남북으로 영토를 확장해갔다. 필연적으로 변경지라 불리는 새 영토는 남쪽과 북쪽에 있게 된다.

그리고 남쪽에는 루돌폰 변경백이 있기 때문에, 다음으로 아군으로 포섭해야 하는 귀족은 북쪽…….

"……이라는 겁니까?"

전혀 그런 게 아니었지만…….

"……네, 뭐어. 그런 셈이죠. 잘 알아들었군요, 역시 루드비히예요."

당연하다는 듯 미아는 편승했다.

아무리 작은 물결이라고 해도 거스르지 않고 몸을 맡긴다.

그렇다. 미아는 마침내 마스터했다.

궁극의 오의, '누워뜨기'를.

이것만 있다면 어떤 일이 일어나도 물에 빠지지 않는다!

견인해주는 상대만 있다면 미아는 힘을 빼고 있기만 해도 된다!

"그렇다면 전문가가 있는 게 좋을 테죠⋯⋯. 연락하는 시간도 포함해서 사흘 정도 주실 수 있겠습니까."

"네, 괜찮습니다."

그리하여 급히 미아의 샛길이 정해졌다.

"가능한 한 이런 일은 사전에 말씀해주시면 감사하겠는데요, 미아 황녀 전하."

제국 북부, 길덴 변경백령의 영도. 그곳의 여관에 찾아온 발타자르는 피로에 절여진 얼굴을 하고 있었다.

루드비히의 말대로 딱 사흘 뒤의 일이었다.

그런 발타자르에게 루드비히는 딱 한 마디를 무자비하게 던졌다.

"적응해."

그러고는 말을 이었다.

"그래서, 사전에 알아둬야 하는 정보는?"

"에릭키 길덴 변경백작. 28살. 아버지에게 이어받은 영지를 어떻게든 부흥시키려고 노력하고 있어. 다들 그렇듯이 중앙귀족에게서 반농사상을 철저히 주입 당했고."

발타자르는 머리를 벅벅 긁었다.

"나는 몇 번 와서 설득했는데, 농지를 밀어버리고 원형투기장이나 극장을 세우거나 유흥시설을 대대적으로 만들어서 귀족들의 피서지로 만들고 싶은 모양이야."

"오⋯⋯."

미아는 자기도 모르게 감탄했다.

──확실히 여기는 조금 시원한 편이니, 피서지에는 딱 좋겠네요. 바다가 있는 건 아니지만 제도보다는 쾌적하고……. 제법 나쁘지 않은 생각인 것 같아요…….

미아로서도 시원하고 놀거리가 많은 장소라면 여름 내내 틀어박힐 수 있었다.

"관광지로서 경제를 순환시킬 생각인 건가. 광산 같은 자원이 없는 장소로서는 적절한 사고방식이라 할 수 있을지도 모르지만……."

루드비히는 심각한 얼굴로 입을 다물었다가 바로 고개를 내저었다.

"아무튼, 직접 만나서 대화해보자."

길덴 변경백작저의 응접실로 안내받은 미아는 잠시 후에 나타난 에릭키 길덴을 빠르게 관찰했다.

──흐음, 겉으로 보기에 나쁜 인상은 없네요…….

벼락출세한 귀족처럼 과도하게 꾸미지도 않았고, 그렇다고 이교도 야만족처럼 이문화의 옷을 걸친 것도 아니다.

지극히 상식적이고, 굳이 따지라면 성실한 복장이었다.

애초에 변경지라고 해도 이 땅이 제국에 편입된 것은 미아가 태어나기 전이다.

언제까지고 야만족 같은 모습을 하고 있을 리가 없지만…….

──변경지라는 단어가 주는 이미지가 있으니까요.

"처음 뵙겠습니다. 미아 황녀 전하. 에릭키 길덴이라고 합니다.

이 땅을 통솔하는 변경백이라는 지위를 맡고 있습니다."

"반갑습니다, 길덴 변경백. 갑작스러운 면회에 응해주셔서 감사합니다."

미아는 완벽한 황녀 스마일을 머금고는 스커트 자락을 살짝 들어 올렸다.

"황녀 전하께서 원하신다면 응하는 것이 신하의 당연한 도리입니다. 저희 길덴가에도 이보다 더 큰 영광은 없습니다. 그런데…… 오늘은 어떤 용무로 오셨습니까?"

의아한 듯 고개를 기울이는 길덴을 향해 미아는 단도직입적으로 말을 꺼냈다.

"이 땅의 농경지를 축소하고, 대신 각종 시설을 만들려고 한다던데……. 그 이야기를 들으러 왔습니다."

"그렇군요……."

길덴은 미아의 뒤에 서 있는 발타자르에게 시선을 준 뒤 이해했다는 듯 웃었다.

"역시 그 이야기십니까……."

그 후 길덴은 자세를 바로잡고 양손을 깍지 낀 뒤 미아를 바라보았다.

"알고 계실지 모릅니다만, 이 영토는 제국의 북쪽 끝. 이 땅은 애초에 추위 때문에 작물을 키우기 어렵습니다. 그러니 사용할 수 없는 농경지를 전부 개간하여 별장지로 삼거나, 혹은 무언가 다른 산업을 만들어내는 것이 좋겠다는 생각에 영지민을 설득하고 있습니다."

──흐음……. 본심이 반, 명분이 반 섞였으려나요…….

미아는 냉정하게 분석했다.

아마도 이 땅에서 작물을 키우기 힘들다는 것, 즉 이 땅이 농사에 그리 적합하지 않다고 생각하는 건 진심일 것이다. 하지만 그보다 더. 다른 귀족의 반농사상에 영향을 받은 부분이 크지 않을까.

"그래요……. 당신의 생각은 알았습니다. 하지만 그보다는, 이 영지 특유의 것을 소중히 여기는 것이 좋지 않을까요? 모처럼 광활한 농경지를 보유하고 있는데 그걸 없애버리는 것은 아깝잖아요."

미아의 말에 길덴은 차가운 반응을 돌려주었다.

"하지만 제국에서는 아무리 농경지가 넓다 한들 아무런 평가도 해주지 않습니다."

──역시 그렇게 나오는군요……. 으음, 까다로운데요.

이 땅에 뿌려진 반농사상의 씨앗을 앞에 두고 미아는 머리를 부여잡았다.

그래도 포기하지 않고 말을 이었다.

"그렇죠. 하지만 평가받지 못하는 건 사람이 모이지 않는 한산한 건물을 만드는 것도 마찬가지입니다. 과연 대규모 투기장이나 극장을 만든다고 해서 사람들이 와 줄까요? 농경지를 없애서 농사를 지을 수 없게 된데다 도움이 안 되는 건물만 남아버리게 된다면 큰일일 텐데요."

길덴은 제대로 지식을 갖추고 있었다. 어떻게 해야 사람을 부르고 돈을 쓰게 하는지도 꼼꼼히 생각해주었을 것이다.

하지만 그 아이디어는 딱히 그에게만 존재하는 것이 아니다.

북쪽 끝에 막대한 돈을 들여서 관광지를 만들었을 때 정말 사람이 올까? 미아는 그 점을 흔들어보았다.

참고로 미아라면 시원한 장소에 극장이며 유흥시설이 생긴다면 주저하지 않고 이용할 테지만…….

──시원하고 놀거리도 있다면 그보다 더 적절할 수 없죠! 여기에 차가운 얼음과자도 준비해둔다면 더는 말할 게 없어요!

그렇게 생각하긴 하나……, 여기서는 일부러 개인적인 호오를 버리고 대의를 취했다. 지도자의 귀감이다.

"그러니 저로서는 농업 자체도 튼튼하게 유지하면서, 피서지로서 사람을 모을 수 있는 매력을 마련하는 게 좋다고 봅니다."

"……그럼, 구체적으로는 어떻게 생각하십니까?"

길덴이 마치 시험하는 듯한 눈으로 바라보았다. 그렇게까지 말하는 걸 보면 제대로 된 대안이 있는 거지? 하는 시선이다.

"그래요……. 으음, 예를 들어……."

문득 미아의 뇌리에 세인트 노엘 학원에 있는 화원의 풍경이 떠올랐다.

라피나가 정성스럽게 돌보는 화원은 참으로 아름다웠다.

그렇다. 제국 귀족은 농업은 경시하지만, 원예는 높이 평가한다.

그런 아름다운 화원을 만들면 농경지로서의 기능도 제대로 유지할 수 있지 않을까.

원래부터 미아가 해야 하는 일은 시간 벌이다. 내년에 올 대기근까지 농경지를 유지하게 만들면 그것으로 충분하다. 그걸 경험하면 농경지를 줄이겠다는 말을 꺼낼 수 있을 리가 없으니까.

그런 발상에서 미아는 말했다.

"……그럼 꽃을 심는 건 어떨까요?"

"네? 꽃…… 말씀이십니까?"

반사적으로 되묻는 듯한 길덴에게 미아는 고개를 크게 끄덕여 보였다.

"세인트 노엘 학원에는 아름다운 화원이 있답니다. 그건 한번은 볼 가치가 있어요. 다른 사람에게도 꼭 구경해보라고 추천하고 싶어지죠. 마찬가지로, 이 땅에도 다른 사람에게 추천해주고 싶을 만큼 멋진 화원을 만드는 건 어떨까요? 그렇게 하면 농경지를 없애지 않아도 괜찮을 것 같은데요."

"하지만…… 그런 것으로 관광객이 오겠습니까?"

"얼마나 아름다운 꽃을 심는가에 달렸겠지만……. 중앙정교회의 가르침에 의하면 저희가 죽은 후에 가는 천국은 아름다운 꽃으로 가득한 장소라고 들었습니다. 이 땅도 한때의 여름을 보내는 천국 같은 피서지라고 선전하면 사람들도 모이지 않을까요?"

길덴은 조용히 생각에 잠겨있다가, 불현듯 얼굴을 들고 미아를 보았다.

"한 가지 여쭙고 싶습니다. 황녀 전하께서는 어째서 그렇게까지 농경지를 남기라고 말씀하시는 겁니까?"

그 질문에 미아는 잠깐 고민했다.

──기근이 올 테니 농경지의 감소를 최대한 피하고 싶다고는 할 수 없죠…….

루드비히라면 모를까, 처음 만나는 길덴 변경백에게는 통하지 않을 것이다. 그렇다면 미아가 취할 전략은 하나밖에 없다.

미아는 최대한 오만해 보이는 미소를 머금으며 말했다.

"라피나 님께서 소유하신 아름다운 화원을 보고 저도 부러워졌다……. 그 외의 대답이 필요한가요?"

황녀의 막무가내로 밀어붙이기! 미아는 애초에 버릇없는 황녀로 유명하다.

──이 정도의 요구가 통하지 않을 리 없죠!

미아는 자신만만하게 가슴을 폈다.

"……그렇군요."

그런 미아를 보고 길덴은 수긍했다는 표정이 되어 고개를 끄덕였다.

미아에게 오산이 하나 있었다.

그것은 눈앞의 남자, 길덴이 예상했던 것보다 더 수완가라는 점이다.

정보수집에 여념이 없었던 길덴은 이미 미아가 일부에선《제국의 예지》라는 별명으로 불린다는 걸 알고 있었다.

따라서, 생각했다.

미아의 뜻을 추리했다.

깊이깊이 파고들어 가고, 또 파고들어 가서 속내를 읽어냈다!

그 결과 도달했다. 미아가 무슨 말을 하고 싶은 건지.

──그래. 미아 황녀 전하께선 변경 귀족인 우리에게도 자비로운 분이라 들었어. 우리 영지의 곤궁한 처지를 알고, 최대한 영지

민에게 부담이 가지 않는 방식으로 문제를 해결하라고 말씀하시는 건가…….

실제로 길덴은 고생하고 있었다.

농민 중에는 아직도 불만을 드러내는 자가 많았다. 조금이라도 실패한다면 길덴의 신뢰도가 단숨에 흔들리게 될 것이다.

게다가 원형투기장 같은 거대시설을 만들기 위기에는 자금이 압도적으로 부족했다. 그 결과 막대한 부채를 짊어지게 되기 때문에 절대 실패할 수는 없었다.

──하지만 황녀 전하께서 제안하신 방식이라면……, 지출은 그리 많지 않아. 돈을 빌리지 않아도 될 테지. 게다가…….

그것을 '미아가 라피나에게 대항하기 위해 만들었다'고 선전할 수 있다면……. 미아 황녀 전하가 보증한 피서지라고 퍼트릴 수 있다면…….

그것은 지극히 강력한 선전이 된다.

어쩌면 황제 폐하도 찾아올지도 모른다. 중앙 귀족들도 이 땅을 절대 경시하지 못하게 될 것이다.

──여름 동안 꽃을 심는 것뿐이라면 영지민의 부담도 최소한으로 끝나. 그렇게 해서 피서지로서 외부의 돈을 긁어온다면…….

머릿속으로 빠르게 계산하는 길덴이었다.

한편 일련의 대화를 듣고 경악한 사람은 루드비히 옆에 서 있던 발타자르였다.

그는 순간 어안이 벙벙해진 뒤 떨리는 목소리로 말했다.

"밀을 심지 않는 시기에……, 꽃을 심어 땅이 메마르는 것을 막으라고……, 그런 겁니까……."

"응? 왜 그래, 발타자르."

의아해하며 물어보는 루드비히에게 발타자르는 흥분한 얼굴로 대답했다.

"그래, 몰라도 이상하진 않지……. 실은 나도 최근에 알게 된 건데……, 한 작물을 같은 밭에 연속적으로 심다 보면 땅이 메말라서 작물이 병에 걸린다고 해. 연작장해라고 한다던데……."

발타자르는 목소리를 낮추고 말을 이었다.

"그래서 페르쟝 농업국 등지에선 동일한 밭에 두 종류의 작물을 심어서 그걸 방지한다는 모양이야."

"뭐라고? 그렇다면 국내에선 왜 그 기술을 퍼트리지 않는 거지?"

"아쉽게도 농민들이 보수적이라서. 자기들의 농경지에 별로 손을 대고 싶지 않은가 봐. 게다가 그 빌어먹을 반농사상 때문에 영주인 귀족도 농업개혁에 관심이 없어."

본래대로라면 그럴 때야말로 귀족의 권력을 사용해서 밀어붙이고 싶었다며 발타자르는 기가 막힌다는 듯 고개를 내저었다.

"그런데 봐봐. 미아 황녀 전하의 제안. 이 땅의 농민은 자신들의 농경지를 없애는 것에 이미 마지못해 받아들이긴 한 상태였어. 그보다는 밀을 심는 사이사이에 꽃을 심게 하는 게 더 나을 거야. 반대는 거의 나오지 않을걸."

그렇다면 영주 쪽은 어떨까.

그도 거절하지 않을 것이다. 꽃밭을 조성해서 귀족의 피서지로

써 매력을 만들어내면 그만이니까. 심지어 미아 황녀가 공인한 퍼서지라는 보증을 맡을 수 있으니 불평할 구석이 없다.

굳이 농경지를 없애라는 말을 꺼내지 않을 것이다.

"남은 건 밀 휴작기에 귀족들을 끌어모을 법한 꽃을 찾으면 되는 건가……."

루드비히도 감탄하며 고개를 끄덕였다.

"미아 님께서는 설마 그 꽃도 이미 생각해두신 게 있으실까……?"

그렇게 중얼거린 뒤 발타자르는 무심결에 쓴웃음을 지었다.

"아니, 이렇게까지 방향성을 제시해주셨는데 마무리까지 맡기기에는 우리가 면목이 없지. 좋아, 꽃을 선정하는 건 내 쪽에서 진행하도록 할게."

의욕이 자극된 발타자르를 두고 루드비히는 생각했다.

──하지만 이 북쪽 땅이 농경지로 그리 적합하지 않다는 것도 사실이야……. 아마 미아 님께선 그런 북쪽 지역조차 예외 없이 농경지를 줄이지 않는다는 자세를 보여주기 위해 이렇게 하신 거겠지…….

그렇게 예상하던 루드비히였기에……, 이 북쪽 땅이 성 미아 학원의 우수한 연구자, 아샤와 세로의 신개발 현장이 되어…… 마침내 한랭지에 강한 밀가루를 만들어내게 되었을 때는 너무나 놀라서 눈이 빙글빙글 돌 뻔했다.

"미아 님께서는 여기까지……, 여기까지 생각하셨단 말인가……."

이렇게 루드비히는 망상의 날개를 힘차게 펼치며 끝없이 높은 곳으로 날아올랐다.

제1화 얇아진다……, ……미아 황녀전이!

길덴 변경백령에서 나와 드디어 제도에 도착한 미아는 피로의 기색을 숨기지 못했다.

"아아, 놀러 간 것이었는데 어쩐지 무척 피곤해요……."

뭐 그런 변명을 하면서 미아는 열흘 정도 침대 위에서 뒹굴뒹굴 놀았다.

하지만 당연하게도 그런 농땡이 모드의 미아를 내버려 둘 만큼 이 세계는 친절하지 않았다.

이틀 정도 지났을 때는 루드비히가 찾아와 제국 내의 상황을 보고하게 되었다.

뭐, 그래도 미아는 뒹굴거리기를 멈추지 않았지만…….

미아에게도 고집이 있었다……. 황녀의 자존심이라는 것이…….

뒹굴뒹굴하겠다고 정한 이상은 뒹굴뒹굴할 것이다!

"그나저나…… 제국의 낮은 식량자급률이 설마 초대 황제 때문이었을 줄은 상상도 못 했어요……."

미아는 다시금 루드비히에게 받은 자료를 넘겨보았다.

"그 길덴 변경백에 대해서는 그래도 이해가 갔죠……."

그의 영지는 농업에 적합하지 않은 기후였다.

가난한 영지민을 어떻게든 해주고 싶다며 열심히 고뇌했으니, 그 마음을 모르는 것도 아니다.

"하지만 다른 귀족들은 이 상황을 보고도 계속 농경지를 줄이

려고 하는 건가요? 이래서는 언젠가 나라가 휘청거린다는 걸 알
법한데요…….”

"사람은 보고 싶지 않은 것은 보이지 않게 되는 법입니다. 자신
의 입맛에 맞는 것에만 시선이 가기 마련이니까요…….”

루드비히는 한숨 섞인 말을 하며 고개를 절레절레 흔들었다.

"다들 미아 님처럼 있는 그대로의 정보에 귀를 기울여주신다면
좋겠는데요…….”

그런 루드비히에게 미아는 작게 고개를 저었다.

"그렇지 않아요……. 저도 보고 싶지 않은 것은 보지 않을 때가
있으니까요…….”

미아의 가슴에 씁쓸한 실감이 퍼졌다. 왜냐하면 그녀 또한 그
런 실수를 저질러버렸기 때문이다.

이전 시간축에서 있었던 일…………을 말하는 게 아니었다. 얼
마 전, 무인도에서의 경험이다!

──저는…… 읽는 게 부끄럽다는 이유로 미아 황녀전을 제대
로 읽으려 하지 않았어요.

자신에게 불리한 것, 보기 싫은 것을 멀리했다. 과잉 각색이 들
어갔으니 참고할 수 없다고 믿으려 했다.

그 결과가 그 바다에서 일어난 사건이다.

──설마 정말로 그런 괴물 물고기가 있었다니, 생각지도 못했
어요……. 무시무시한 괴물이었죠. 그 등지느러미의 크기를 봤을
때, 분명 입은 인간 정도는 쉽게 삼켜버릴 수 있을 만큼 크지 않
을까요…….

미아의 머릿속에 뾰족뾰족한 이빨이 달린 초대형 물고기의 모습이 떠올랐다.

——그 사건은 똑똑히 적혀있었는데……. 사전에 알 수 있었는데……, 실수예요. 더 대비해두어야 했어요. 운 좋게 저에게 왔으니 제 화려한 일격으로 쓰러뜨릴 수 있었지만, 안느나 에메랄다 양에게 먼저 갔다면……. 게다가 만약 아벨이 잡아먹혔다면…….

자신의 소중한 사람들에게 위해가 가해졌을 때를 상상하기만 해도 미아의 등골이 오싹해졌다.

——이래서는 안 돼요. 좀 더 정신을 차려야죠…….

마음을 다잡는 미아였다.

자신의 뺨을 찰싹찰싹 때리며 힘껏 기합을 넣었다.

——다시는 그런 실수를 하지 않겠어요. 아무리 못마땅한 사실이라고 해도 저는 절대 눈을 돌리지 않을 거예요!

……참고로 이렇게 진지한 분위기를 잡고 있으나……, 미아가 쓰러뜨린 것은 거대 식인어가 아니라 달복치다.

아마도 바다에 사는 생물 중에서는 톱클래스로 온화한 물고기다.

뭐, 아무튼. 미아는 학원에 돌아가면 한 번 더 황녀전을 읽어보기로 결심했다.

그렇게 여름방학이 끝나고……, 미아는 세인트 노엘에 귀환했다.

"잘 돌아오셨어요, 미아 언니!"

방에 들어가자 벨이 활발한 목소리로 맞아주었다.

어쩐지 얼굴이 반질반질하고 보동보동한 벨을 보고 미아는 무심코 숨을 삼켰다.

"어머, 벨. 조금 살이 쪘네요……."

"네? 그런가요? 헤헤헤, 그렇지 않다고 보는데요……."

방긋방긋 웃는 벨을 보고 미아는 한숨을 쉬었다.

──안느가 없다고 달콤한 것을 잔뜩 먹은 거군요. 린샤 씨는 벨에게 좀 무르니까……. 정말이지…….

그래도 처음 만났을 때의 비참한 몰골을 생각하면 이쪽이 훨씬 보기 좋다고 생각을 바꿨다.

"벨, 당신은 조금 운동을 하는 게 좋겠어요. 저와 함께 승마부에 들어가요. 그리고 댄스도 가르쳐드릴게요."

"네? 미아 언니가 가르쳐주시는 거예요?"

"네. 잘 생각해보니 겨울에 있는 성야제에서도 댄스 시간이 있을 테니까, 제 손녀로서 부끄럽지 않도록 만들어드리겠어요."

그 말을 들은 벨은 눈을 반짝반짝 빛내며 미아를 바라보았다.

"감사합니다! 미아 할머니! 저 열심히 할게요!"

미아는 거들먹거리면서 고개를 끄덕였다.

"아, 맞다. 그보다 벨, 미안하지만 당신의 황녀전을 조금 보여주실 수 있을까요?"

"네? 네, 물론 괜찮은데요……."

신기해하는 표정을 짓던 벨은 바로 자신의 베개 아래에서 한 권의 책을 꺼냈다. ……베개 높이를 조절하는 용도로 사용했던 걸까?

——이 아이는 이상한 구석에서 덜렁대는 면이 있단 말이죠. 누굴 닮은 걸까요……?

고개를 이리 갸웃, 저리 갸웃하는 미아였다.

"여기 있습니다, 미아 언니."

"네, 감사합니다."

벨이 내민 '미아 황녀전'을 받아든 미아는 '응?' 하고 고개를 작게 기울였다.

"어라……, 이상하네요……. 어쩐지 황녀전이…… 얇아진 것 같은데요?"

예전에는 더 무거웠던 것으로 기억하는데, 지금은 미아의 일기장의 절반 정도의 무게였다. 시험 삼아 손가락으로 두께를 재 보았더니 전보다 확실하게 얇아진 느낌이었다.

"이상하네요. 저기, 벨. 이거 몇 페이지 빠진 거 아닌가요?"

미아는 황녀전을 뒤집어서 자세히 관찰했다.

——으음, 딱히 이상은 없는 것 같은데요.

영락없이 황녀전의 비밀을 안 누군가가 페이지를 뜯은 줄 알았는데 그런 흔적은 없다.

굳이 따지라면 책 자체가 얇아졌다는 인상이었다.

그것은…… 마치, 황녀전이 처음부터 이 두께로 만들어진 것처럼.

——신기하네요……. 이건 대체 어떻게 된 일이죠……?

책을 펼친 미아는…… 그 심각성을 바로 깨닫게 되었다.

왜냐하면…… 황녀전은 제대로 끝까지 적혀있었기 때문이다.

"무슨…… 이, 이건……."

미아의 인생을 처음부터 끝까지 기록한 황녀전. 그 두께가 얇아졌다는 것은 즉……!

"제, 제, 제가, 죽는다고요……? 오, 올해, 겨울에……?!"

미아 루나 티어문. 향년 13세 11개월.

성야제의 밤에 살해당하다.

제2화 미아벨, 할머니에게 친구를 소개하다!

"이, 무슨…… 흐어?"

뭐라 말할 수 없는 비명이 튀어나왔다.

——저는 대체 어떤 식으로 죽게 되는 거죠?

그러면서도 자신의 사인을 확인하는 것은 미아의 서글픈 습성이었다.

단두대에 독살……. 그다음에 온 것은 과연 무엇인가…….

편하게 죽을 수 있는 것인지, 아니면…….

가장 먼저 관심이 간 부분은 그것이었다.

미아는 재빨리 황녀전을 읽어나갔다. 그 결과…….

"도, 도적의 공격을 받은 끝에 죽고……, 그 후에 시체는 늑대에게 먹힌다고요? 이건 너무 비참한 죽음이잖아요……."

미아의 몸이 떨렸다.

독에 당해 전신이 피투성이가 되어 죽는 것도 상당히 처참했지만……, 이번 것도 그와 비슷하게 처참한 것 같았다. 침대 위에서 죽지 못하는 만큼 오히려 악화했다고 할 수 있을지도 모른다.

"뭐, 뭐어, 죽은 뒤에 먹히는 것만 따지면 그건 아프지 않긴 한데요……. 도적에게 살해당한다는 건…… 어떻게 된 거죠?"

미아는 제국의 황녀 전하다.

당연히 인질로서 가치가 높을 텐데, 몸값을 요구했다는 이야기도 없다.

"……그렇다면 잡기 전에 죽여버렸다는 게 되겠군요. 화살로 쏜 건지, 칼로 찔러 죽인 건지……. 으, 으윽……, 상상했더니 정신이 아득해졌어요……."

미아는 비틀비틀 침대 쪽으로 걸어가더니 그대로 풀썩 쓰러졌다.

"그나저나……, 저는 어째서 도적의 습격을 받은 거죠……?"

미아는 다시금 황녀전을 읽었다. 그 결과 다음과 같은 정보를 알아냈다.

먼저 미아가 성야제 도중에 세인트 노엘 섬을 빠져나왔다는 것.

아무래도 한밤중에 말을 타고 섬 밖에 있는 평야를 달리던 도중 도적의 공격을 받은 듯하다는 것…….

"그렇군요……, 흐음…… 으으음……."

미아는 그 페이지를 두, 세 번 다시 읽은 뒤 깊이 한숨을 쉬었다.

"전혀 모르겠네요. 제가 대체 왜 이런 짓을 한 거죠?"

애초에 성야제 도중에 세인트 노엘 학원을 빠져나가는 것 자체를 이해할 수 없었다.

대체 왜 이런 일을 한 것일까……?

"어쩐지 시시한 목적을 위해 빠져나갔다는…… 냄새가 풍겨요. 하지만 뭐……, 다행히 세인트 노엘 학원에 틀어박혀 있으면 문제없을 테니까요. 경솔하게 섬에서 나가지만 않는다면 괜찮아요…… 괜찮을 거예요……."

애초에 이 세인트 노엘 섬은 라피나가 구축한 안전지대다. 섬에서 나가는 것도 쉽지 않을 터…….

그렇게 생각하면서도 미아 안에 일말의 불안이 남았다.

왜냐하면 그날은 성야제. 세인트 노엘에서 가장 사람의 출입이 많아지는 시기이다.

따라서 암살자 대책 등으로 들어오는 사람에겐 만전의 대책을 할 것이다. 하지만…… 그렇다면, 나가는 사람은?

무언가에 몰래 숨어서 나가는 건 가능하지 않을까?

미아가 상인에게 은밀히 돈이라도 쥐여주고 밤 산책을 하고 싶다며 부탁하는 건……, 어쩌면 가능하지 않을까?

만약 가능하다고 친다면 대체 왜 이러한 사태에 빠지는 건지…….

"아무튼 방심은 죽음으로 이어진다는 거군요……. 세인트 노엘 섬에 틀어박히는 게 가장 좋은 방법이고. 하지만 여차할 때를 위해 대비해둬야겠어요."

이 경우, 우선 성야제에 어떤 일이 일어나는지 사전에 제대로 예상해두어야 한다.

"먼저 라피나 님께 성야제 때 어떤 것을 할지 물어볼 필요가 있겠어요. 정보수집이군요."

그리고 또 하나…….

"말을 타고 나간다고 하니……, 승마 기술을 갈고닦아야겠군요."

상대는 도적. 혹은 늑대다.

자신의 발로 달린다면 모를까, 말에 타고 있다면 어떻게든 도망칠 가능성도 있을지도 모른다.

"체중 감량을 위해서도 승마부 활동을 성실히 해야겠네요……."

그나저나……."

당장의 방침이 정해지자 미아의 관심은 다른 것으로 옮겨갔다.

황녀전은 미아가 사망한 시점에서 끝났다. 그러니 학원도시가 어떻게 되는지, 신형 밀가루와 기근이 어떻게 되는지도 모른다.

그리고 그보다 더 신경 쓰이는 것이…….

──제 자손, 특히 벨이 마음에 걸려요……. 제가 죽어버리면 손녀인 벨도 태어나지 못하게 될 텐데……. 그건 어떻게 되는 거죠?

보아하니 눈앞에서 고개를 갸웃거리는 벨에겐 이변이 없어 보이는데, 그건 황녀전의 기록과 상이한 부분이다.

──설마……, 벨이 거짓말을? 절 속이려고 하는 자객인 건가요?!

미아는 가늘게 뜬 눈으로 벨을 바라보았다. 벨은 '무슨 일이세요?'라는 얼굴로 고개를 갸우뚱거리고 있다. 뺨이 매끈매끈한 것이 참으로 평화로운 분위기다.

……도저히 살벌한 자객으로는 보이지 않는다.

──게다가 애초에 황녀전을 가져온 게 벨이니까요. 황녀전은 믿으면서 벨의 말은 믿지 않는다는 것도 이상해요. 하나를 믿는다면 다른 하나도 믿어야 하죠. 즉, 기록이 들어맞지 않는 건 역시 무언가 이유가 있는 거예요.

'흐으음' 하고 신음하며 벨과 황녀전을 번갈아 본 미아는……, 이윽고 한가지 결론에 도달했다!

"아아…… 그렇군요. 귀찮아서 그런 거예요……."

미아 안에서 톱니바퀴가 철컥 들어맞는 느낌이 들었다.

즉 이렇게 된 거다.

일기와 황녀전의 기록을 바꾸는 것. 그것은 아마도 그리 어려운 게 아니다. 적은 노력으로도 할 수 있는 일이다. 따라서 바로바로 반영한다.

하지만 벨……. 즉, 인간의 기억을 수정하거나 혹은 그 인간을 없앴다가 다시 나타나게 하는 등의 것들은 아마도 어려운 일이다.

자신의 작은 행동에 따라 그걸 일일이 수정하려면 무척 피곤할 것이다.

──그래서 신께선 어느 정도 역사의 흐름이 정해진 뒤에 수정하시는 게 아닐까요?

생각해보면 참으로 간단한 이야기다.

빵에 바르는 잼의 종류라면 쉽게 바꿀 수 있다. 하지만 디너의 메뉴를 획획 바꿔댔다간 요리하는 쪽에서는 어마어마한 고생이 동반된다.

전부 맨 처음에 정해서 확실해진 뒤에 명령하라고 항의할 것이다.

……사실 미아는 이전 시간축에서 그런 말을 들은 적이 있었다. 당시에는 아직 미아의 막무가내가 통하던 시기였으니, 아주 아주 우회적인 표현을 사용했지만…….

──우후후, 그나저나 노력을 최대한 덜 들이려고 한다니, 신도 의외로 게으름뱅이네요.

멋대로 추리하질 않나 급기야 멋대로 친근감을 느끼는 미아였다.

그런 식으로 복잡한 것에 대해 생각했기 때문일까. 미아는 벨의 말을 흘려듣고 말았다.

"저기, 미아 언니. 듣고 계세요?"

"앗, 네. 못 들었어요. 미안해요."

미아는 작게 숨을 내쉰 뒤 고개를 저었다.

"너무 많은 일이 있어서 잠시 생각에 잠겼답니다. 그래서, 무슨 일이죠?"

"네, 실은요, 미아 언니. 저 여름방학 동안에 무척 친해진 친구가 있어서……, 그 애를 소개해드리고 싶은데요……."

"어머, 벨에게 친구가 생겼다고요? 꼭 만나봐야겠네요."

재빨리 침대에서 일어난 뒤 친절한 할머니 스마일을 짓는 미아. 하지만 직후, 그 미소가 경직됐다.

왜냐하면…….

"처음 뵙겠습니다. 미아 황녀 전하……."

방에 들어온 소녀가……, 가련하게 생긋 웃고 있는 소녀가…….

"황제 폐하의 충실한 신하, 옐로문 공작가의 장녀 슈트리나 에트와 옐로문입니다."

그렇게, 이름을 밝혔기 때문에…….

제3화 진리의 체현자, 미아 황녀

"…………네?"

미아는 저도 모르게 입을 떡 벌리고 눈앞의 소녀를 쳐다보았다.

부드럽고 반짝이는 황금빛 머리카락. 바람에 머리카락이 흔들릴 때마다 좋은 꽃향기가 풍겨왔다. 뺨을 아주 살짝 붉힌 슈트리나는 화사하게 웃으며 미아를 바라보고 있었다.

하지만 그 잿빛 눈동자에 점점 의아한 빛이 깃들었다.

미아가 계속 아무 말도 하지 않고 슈트리나를 쳐다보았기 때문이다.

──앗, 실수를…….

미아는 순간적으로 미소를 만들어내며 입을 열었다.

"처음 뵙겠습니다. 저는 미아 루나 티어문. 앞으로 잘 부탁드려요."

그 후 미아는 작게 고개를 갸웃거렸다.

"그나저나, 혈연이기도 한 옐로문가의 당신과 처음 만난다니, 어쩐지 신기한 기분이 드네요."

"네. 죄송합니다. 리나는 태어났을 때부터 몸이 약해서……. 미아 님의 탄신일 파티에도 참석하지 못했습니다."

"어머, 그랬군요. 이상한 질문을 하고 말았네요."

"후후, 이제 옛날이야기입니다. 미아 님께서는 친절한 분이시네요."

그렇게 슈트리나는 살랑살랑 흔들리는 꽃처럼 웃었다.

숲에서 노래하는 새처럼, 웃었다.

완전무결한 귀족 영애. 잘 웃고, 사랑스럽고, 밝고……. 도무지 나쁜 인상을 품을 요소가 없는 소녀였다.

그래서 미아의 뇌리에선 땡! 땡! 땡! 하고 경종이 울려 퍼졌다.

──이, 이 타이밍에 옐로문 공작가의 영애가 저에게 접근하다뇨? 아, 아무리 생각해도 수상해요! 애초에 왜 저는 이 아이를 몰랐던 거죠?! 너무 이상하잖아요!

이전 시간축에서도 미아에겐 슈트리나에 대한 기억이 없었다. 정확하게는…… 옐로문가 관계자의 기억 자체가 몹시 적었다.

다른 사대공작가의 사람들은 어느 정도 인상에 남아있는데…….

『저희는 역사가 오래되었을 뿐, 사대공작가 중에서는 가장 약하니까요…….』

그런 겸손한 말을 들었던 기억은 있지만…… 기껏해야 그 정도다.

그들의 정보가 압도적으로 부족하다.

이건 대체 어떻게 된 일이냐며 당황하는 미아에게 벨이 기뻐하는 얼굴로 말을 이었다.

"리나, 아니지. 슈트리나 양과는 도서실에서 만났어요. 그 후로 계속 같이 공부하고 있고요."

"앗, 네, 으음, 그랬, 었군요……. 벨이 신세 지고 있습니다, 슈트리나 양."

미아가 시선을 주자 슈트리나는 차분한 얼굴로 머리를 숙였다.

"아뇨, 천만입니다. 인사가 늦어져서 죄송했습니다."

"그건 딱히 상관없는데요……."

그렇게 말하면서도 미아는 슈트리나를 찬찬히 관찰했다.

──확실히 입학한 뒤에도 저를 찾아온 적이 한 번도 없었죠. 그런데 이 타이밍에……? 절대로 수상해요!

초대 황제의 꿍꿍이가 판명되었고, 거기에 맞춘 것처럼 얇아진 미아 황녀전.

그리고……, 옐로문 공작가 관계자의 출현.

모든 것이 한 가닥의 실로 이어져 있는 것 같은 느낌이 들었다…….

──정말 수상해요. 너무 수상해요!

명탐정 미아의 감이 고했다.

눈앞의 소녀는 흑. 범인! 가까워지기에는 건 몹시 위험하다.

──이건, 벨에게 친해지지 말라고 말을 해줘야 할까요……?

미아는 잠시 고민했다. 하지만…….

──아니예요. 오히려 제가 전혀 알 수 없는 곳에서 움직이는 건 오히려 무섭죠. 그렇다면 차라리 단단히 연결고리를 만들어두는 게 좋을 거예요. 모처럼 적 쪽에서 와 주었으니, 그게 감시하기도 쉬울 테죠.

사피아스를 학생회에 넣었을 때와 같은 논리였다.

게다가……. 미아는 벨을 보았다.

생글생글 좋아하며 웃는 벨. 기뻐하면서 친구를 소개해준 손녀를 앞에 두고 찬물을 끼얹는 짓은 별로 하고 싶지 않았다.

일단 벨의 종자인 린샤에게는 조심하라고 일러둘 생각이지만.

"부디 앞으로도 벨과 친하게 지내주세요, 슈트리나 양."

"네. 리나도 멋진 친구를 사귀어서 무척 기쁩니다."

슈트리나는 꽃처럼 화사하게 웃었다.

그 흠 잡을 곳 없는 미소에 미아는 역시나 경계심을 품었다.

──흐흥, 이상한 짓을 하며 바로 꼬리를 잡아주겠…….

"아, 그러고 보면 미아 님께선 나물 종류에 관심이 있다고 들었는데요……."

불현듯 슈트리나가 말했다.

"어머……? 잘 알고 계시네요. 벨에게 들었나요?"

"아뇨, 소문을 들은 것뿐이지만, 실은 리나도 좋아하거든요. 풀도, 꽃도. 그래서 영지 안에 있는 나물을 찾아보거나 책을 읽고 공부도 하고 있습니다."

"……오오!"

미아는 슈트리나를 조금 다시 보았다.

영락없이 저택에 틀어박혀 무언가 수상한 책략에 가담하는 음침한 소녀일 줄 알았으나…….

──흐음, 저와 같은 서바이벌 스킬이 있을 줄은 생각지도 못했어요……. 아쉽네요……. 만약 적이 아니라면 함께 혁명이 일어났을 때는 어떻게 살아남는가를 주제로 즐겁게 이야기할 수 있었을지도 모르는데…….

그렇게 조금 아쉬워하던 미아였으나…….

"게다가 버섯도 재미있죠."

그 한마디에 낚였다.

"어머나! 슈트리나 양, 버섯을 좋아하나요?!"

홀라당 낚였다.

"네. 실은 버섯도 연구하면서 찾아보고 먹어보곤 합니다. 냄비 요리 같은 게 좋더라고요."

"어머, 어머! 그건 저도 해보고 싶었어요. 괜찮다면 다음에 가르쳐주실래요?"

훌륭하게 낚였다!

"물론입니다. 다음에 같이 버섯을 채집하러 가요."

콰르릉! 미아의 등에 벼락이 떨어졌다.

여태까지 미아를 버섯 채집 같은 위험한 놀이에 권한 사람이 있었던가? 아니, 없다!

미아는 환하게 웃었다.

슈트리나의 호감도가 단숨에 올라갔다.

──어쩌면 슈트리나 양은 평범하고 좋은 아이일지도 몰라요. 아버지인 옐로문 공작은 틀렸지만, 이 아이는 음모와 관련이 없을지도……?

뭐 그렇게……, 완전히 마음을 열어버리기 시작한 미아였다.

사람은 보고 싶은 것만을 보고 보고 싶지 않은 것은 보지 않는 법.

그런 진리의 체현자가 바로 미아였다.

제4화 그 원한의 유통기한

버섯 담론에 열정을 불태우며 슈트리나와의 친교를 다진 후, 미아는 라피나의 방을 찾아왔다.

"평안하셨나요, 라피나 님. 오랜만이에요."

자신의 방을 찾아온 미아를 보고 라피나는 봄날 햇살처럼 밝은 미소를 지었다.

"어머, 미아 님. 오랜만이야. 어서 들어와."

"……실례합니다."

반면 미아의 표정은 딱딱하다. 그것도 당연했다. 초대 황제가 라피나의 천적, 혼돈의 뱀의 음모에 가담했었다고 보고해야만 하니까.

──라피나 님이시라면 조상의 죄는 자손의 죄라고 말씀하진 않으시겠지만…….

그래도 기분은 좋지 않을 것이다.

하물며 이번에 할 이야기는 그것만이 아니다.

──성야제에 대해 조금이라도 정보를 모아서 방비해야 해요. 어떻게든 죽음의 운명에서 도망쳐야…….

비통한 각오를 했던 미아였으나…….

그런 미아의 긴장을 느낀 것인지 라피나는 잠시 침묵하고는 미아의 얼굴을 빤히 쳐다보았다.

"지금 차를 가져올게. 미아 님과 함께 먹을 생각에 특제 베리

파이를 준비했거든.”

“어머! 그러셨어요? 잘 먹겠습니다!”

순식간에 기분이 V자로 회복한 미아였다.

바삭바삭하고 사르르 녹는 달콤한 파이를 먹고 행복한 한숨을 쉬었다. 행복이 입에서 줄줄 새어 나왔다.

“아아, 이 파이의 단맛과 스텔라베리의 새콤함이 절묘하게 잘 어우러져요. 근사한 맛이네요. 무척 행복한 기분이 들어요.”

방긋방긋 환하게 웃는 미아.

그런 미아를 보고 라피나도 기뻐하는 표정을 지었다.

“후후, 다행이다. 기운이 났나 봐. 그래서, 좋은 여름방학 보냈어?”

그 말에 미아는 자신이 무엇을 위해 여기에 왔는지를 떠올렸다.

“네⋯⋯. 무척 유익한 여름방학이었다고 할 수 있을 테죠⋯⋯.”

그렇게 미아는 말하기 시작했다. 이번 여름에 겪은 일을, 그 섬에서의 일을⋯⋯.

남쪽 섬에서 일어난 대모험을 즐겁게 듣던 라피나는 초대 황제의 이야기로 넘어가자 경악을 숨기지 못하는 듯했다.

“그래⋯⋯. 그런 일이⋯⋯. 설마 티어문 제국에 그런 비밀이 있었다니⋯⋯.”

라피나는 생각에 잠긴 얼굴로 작게 한숨을 쉬었다.

“이야기를 정리할까⋯⋯. 즉 이런 거지? 먼 옛날 대륙에서 쫓겨난 사교 집단이 있었다. 훗날 혼돈의 뱀이라 불리게 되는 자들은 갈레리아 바다의 섬에 몸을 숨기고, 그곳에서 몰래 살아왔다.”

"지하에 신전이 있었는데, 무척 대단한 건물이었어요."

암흑 속에서도 빛을 확보하고 행동할 수 있도록 만드는 그 기법은……. 그 섬에 살던 자들의 기술이 얼마나 뛰어났는지를 보여주었다.

"그에 관해 조사하면 뱀의 뿌리를 알 수 있을지도 모르겠어. 그 신전의 구조를 조사하면 어느 시대의 어떤 건축양식에 기반한 것인지, 등등……."

라피나는 잠시 생각에 잠겼으나…….

"그리고 섬에서 생활하던 그들에게 이윽고 기회가 찾아왔다. 그것이 티어문 제국의 선조인 수렵 민족들. 초대 황제가 이끌었던, 마찬가지로 고향에서 쫓겨난 그들은 혼돈의 뱀들과 만나 감화되었다……."

"그게 초대 황제만인지, 다른 귀족들도 마찬가지인지는 불명이지만요……."

"받은 영향의 크기도 문제야. 과연 초대 황제는 진심으로 혼돈의 뱀에 심취하고 말았던 걸까. 아니면 이용하려고 한 것인가……."

지금까지 만났던, 음모에 가담한 사람 중에도 백아 같은 사람들도 있고 젬 같은 사람도 있었다.

"티어문 제국이라는 대국을 만들어버릴 만큼 우수한 사람이니까, 뱀의 교의든 사고방식이든 신자든 이용했다고도 볼 수 있겠지만……. 반대로, 자신의 소원을 위해 나라 하나를 세울 만큼 집념이 강한 점을 보면 뱀에 강력한 신앙심을 품었을지도 모르고."

그때 라피나가 작게 고개를 갸웃거렸다.

"그나저나 미아 님의 아버지……, 티어문 제국의 황제 폐하께선 이 사실을 알고 계셔?"

"글쎄요……, 아바마마께서요?"

미아는 순간 머리에 아버지의 얼굴을 떠올렸다.

"말도 안 됩니다."

그러고는 단호하게 부정했다.

미아 안에서 아버지에 대한 신뢰는 흔들리지 않는다. 그렇다. 미아는 진심으로 아버지를 믿고 있다.

"아바마마께선 저에게 어떻게 호감을 살지만 생각하는 분이시니까요."

아버지의 팔불출을……!

딸에게 '아빠라 부르거라!'라는 명령을 하는 아버지가 딸의 목숨을 위험에 빠뜨리는 음모에 가담할 리가 없다.

"우후후, 그래. 서로 고생이 많구나. 애초에 황제 일족이 그렇게 될지 몰랐다는 계산 착오 덕분에 이렇게 웃을 수 있는 거지만……."

라피나는 쓴웃음을 짓더니 그 후 불현듯 입을 다물었다.

무언가 생각지도 못한 것을 깨달아버린 것처럼…… 심각한 표정을 짓고 있다.

"무슨 일이세요?"

"아니, 별로 대단한 건 아니지만…… 조금 이런 생각이 들어서. 바닥부터 나라를 세워버릴 만큼 능력이 뛰어난 사람이 그런 계산 착오를 할까?"

라피나는 잠시 뜸을 들이듯 홍차를 입에 가져갔다. 잠시 생각을 정리하기 위해서인지 눈을 감고 조용히 시간이 지난 뒤……

"원한은 행복으로 덧씌워지는 법이야, 미아 님. 만약 황제가 되었을 때. 그럼에도 사람은 선조의 복수심을 지켜오며 실현하려고 할까?"

라피나가 묻는 것은 지극히 당연한 의문이었다.

예를 들어, 아버지가 품은 원한을 자식이 해소하는 것은 그리 말도 안 되는 일은 아닐 것이다. 할아버지의 원한을 손주가 해소하는 것도 있을 법 한다. 그럼 증조부는? 고조부는……?

본 적도 없는 조상을 위해 복수심을 유지하는 것이 가능할까?

"심지어 그것만이 아니야. 제 손으로 나라를 세웠다는 것은, 필연적으로 백성을 이끄는 가장 높은 신분을 얻었다는 뜻이 돼. 실제로 그 사람은 초대 황제가 되었고 그 핏줄은 미아 님에게까지 이어져 내려왔지. 하지만 나라의 정점에 선 2대, 3대 황제가 나라를 바쳐가며 세계를 멸망시키려 할까? 자신은 행복한데? 그걸 망가뜨리면서까지 조상의 원한을 풀어주려고 할까?"

자신이 놓인 환경. 그게 행복할수록 조상의 복수심을 유지하는 건 어렵다. 그런 건 무시하고 지금을 즐기자는 생각이 들 가능성이 크기 때문이다.

초대 황제의 전략은 처음부터 파탄 났다고 해도 과언이 아니다.

"그건 계산 착오인 걸까……? 하지만 그것조차 계획에 들어있는 걸까."

생각에 자는 라피나를 보며 미아는……

──어쨌거나 완전히 민폐예요! 아바마마도 그렇고, 조상님도 그렇고, 우리 일족은 정말……. 이러니까 상식인인 제가 고생하는 거잖아요!

이렇게 화를 내고 있었다.

진정한 상식인인 루드비히의 고생이 그리워지는 반응이다.

그건 그렇다 치고…….

"저기, 라피나 님. 그래서 부탁이 있는데요……. 그 섬에 성 베이르가 공국의 사람을 보내 조사해주실 수 있을까요?"

본래대로라면 티어문에서 조사단을 파견해 자세히 조사하고 싶었다. 하지만 초대 황제의 음모를 알아버린 지금은 도저히 그럴 수 없게 되었다.

"음모가의 자손이 조사하러 갈 수도 없는 노릇이니……."

"그래……. 혼돈의 뱀의 뿌리를 알 수 있을지도 모르는 귀중한 섬인걸. 우리 베이르가가 움직이지 않을 수 없지……."

라피나가 흔쾌히 받아들여 주자 미아의 마음이 조금 가벼워졌다.

"감사합니다. 지도 수배는 에메랄다 양에게도 이야기해두도록 할게요……. 그런데 라피나 님, 여쭤봐도 괜찮을까요?"

"응? 무슨 일인데?"

의아해하며 고개를 갸웃거리는 라피나.

"올해 겨울에 치러질 성야제 말인데요……."

미아는 조심조심 입을 열었다.

"어떻게 준비하고, 저는 뭘 하면 좋을지 미리 가르쳐주실 수 있을까요?"

그 말을 듣고 라피나는 기쁘게 웃었다.

"어머⋯⋯. 이런 상황에도 학생회장 일에 대해 생각해주는구나."

"다, 당연하죠! 라피나 님께서 맡기신 일이니까요."

미아는 얼버무리듯 웃었다.

제5화 소심한 사람의 전술

"미아 님은 작년 성야제를 기억해?"

"네, 물론이죠."

라피나의 질문에 고개를 끄덕이며 미아는 작년의 일을 떠올렸다.

성야제── 그것은 세인트 노엘 최대의 행사다. 지상에 내려온 성신이 사람들에게 희망의 등불을 주었다는 전승에 기반하여 한 해의 감사를 신에게 바치는 축제이다.

1년의 마지막 달 첫째 주에 열리는 성야제는 엄숙한 촛불 미사와 그 후의 떠들썩한 축제로 구성되어있다.

미사는 다 함께 성당에 모여 각자 일회용 목제 램프를 들고 치러진다. 정해진 성가와 라피나의 설교를 듣고, 마지막에는 다들 밖에 있는 캠프파이어에 램프를 던져서 커다란 불꽃으로 만든다.

신의 희망이 지상을 비추는 것을 상징적으로 표현한 의식이다.

그 후 밤 동안 연회가 열린다.

연회는 학원 내부만이 아니라 세인트 노엘 섬 전체에서 이뤄지며, 학생들은 마을로 놀러 나가 그날을 축하한다.

작년엔 미아도 친구들과 함께 노점을 돌고, 기숙사에 돌아온 뒤에도 클로에의 방에 모여 아침까지 수다를 떨었다.

……참고로 이전 시간축의 미아가 어떻게 보냈는지는 대충 눈치챘을 것이다.

방에서 시온이 부르러 오기를 가만히 기다렸다.

중간에 에메랄다 등의 친구들이 놀자고 찾아왔지만, 만약 같이 나가 있는 사이에 시온이 오면 큰일이었다.

그래서 계속 기다렸다. 약속도 하지 않았는데, 계속.

기다리고 또 기다리고…… 정신을 차리자 아침이 되어 새가 짹짹 우는 것을 듣고 일어나는 패턴을 반복했다.

그런 적적한 이벤트를 보냈기 때문에 작년 성야제 때는 아주아주 즐거웠다. 잊을 수 없는 추억이 되었다.

"그래. 그럼 축제의 흐름 자체는 알고 있겠네. 학생회에서 담당해야 하는 건 주로 후반에 있는 연회야. 보통은 학원에 들어오지 않는 상인의 출입도 허락되니 사전에 심사하고, 경비체제도 평소와 달라질 필요가 있어. 그렇다고 해도 학생회가 직접 세부 사항을 지시하는 건 아니고, 각 담당자에게서 올라오는 보고서를 확인한 뒤 부족한 게 없는지 확인하는 작업이지만……."

"그렇군요. 사전 작업이 많을 것 같네요. 당일에는 어떻게 되죠?"

"당일은 학생회의 일은 거의 없어. 일일이 이쪽에 보고하지 않고 현장에서 대처할 수 있도록 준비해두니까."

──흐음, 그렇군요. 확실히 라피나 님은 당일엔 자유롭게 움직이지 못하니까요.

성 베이르가 공국의 공작 영애인 라피나는 중앙정교회의 성녀이기도 하다.

성야제 당일은 학원 소속 사제를 도우며 촛불 미사에 참가하고,

그 후의 파티에서는 내빈객에게 인사하며 도는 등 무척 바쁘다.

따라서 라피나가 없어도 문제없이 돌아가도록 사전에 체제를 갖춰두는 것이다.

"고생이 많아 보이지만, 매년 치르는 행사니까. 경비책임자도 운영을 관리하는 집사장도 잘 알고 있을 테니 그렇게까지 부담되진 않을 거야."

라피나는 미아를 격려하듯 다정하게 웃었다.

하지만 미아는 당연히 안심할 수 없었다.

오히려 불안이 커질 뿐이었다.

왜냐하면 당일에 할 일이 별로 없다는 건, 바꿔 말하자면…….

──밖에 나가려고 생각하면 얼마든지 나갈 수 있다는 뜻이에요…….

학생회 일로 정신없이 바쁘다면, 혹은 학생회실에 틀어박혀서 일에 치여야 한다면……. 미아가 섬에서 나가 도적의 공격을 받는 게 물리적으로 불가능해진다.

라피나나 다른 학생회 임원을 설득하면서까지 미아가 혼자 섬 밖으로 나간다는 건 상상하기 어렵기 때문이다.

하지만 자유행동이 허락된다면 황녀전의 기록이 순식간에 현실성을 띠게 된다. 미아가 섬 밖으로 나가는 행동의 난이도가 내려가 버리기 때문이다.

──아, 하지만 이 성녀전 속의 저는 섬 밖으로 나가면 죽는다는 걸 몰랐으니까, 경솔하게 말을 타고 놀러 가기 위해 섬 밖으로 나갔을 가능성도…….

미아는 그런 자신을 상상해보았다.

——몹시 그럴싸해요!

무심코 중얼거렸다.

예를 들어, 사전 준비를 하느라 이런저런 욕구가 쌓였고 그걸 발산하기 위해 말을 타고 섬 밖에 나간다든가.

축제로 떠들썩한 섬 안에서 말을 달릴 수는 없으니까, 당연히 장소는 섬 밖이 될 테고……. 자신이 그런 짓을 저지를 가능성은 충분히 커 보였다…….

——그렇다면 간단하죠. 아무리 바빠서 이런저런 욕구가 쌓였다고 해도 이 세인트 노엘에서 나간다는 어리석은 짓을 하지 않으면 그만이에요. 아니, 아예 방에서 한 발자국도 나가지 않으면 되죠. 뭣하면 학생회실에서 위로회라도 열어 하룻밤을 보내는 것도 괜찮겠네요……. 거기서 버섯 냄비 요리라도 내놓으면…….

그렇게 정리하려고 했지만……. 어째서인지 가슴속의 답답함은 전혀 개운해지지 않았다.

——아, 아무튼, 당일까지 할 수 있는 일을 해둬야겠네요. 그것만은 확실해요!

방심은 쉽게 죽음으로 이어진다.

따라서 미아는 절대로 방심하지 않는다.

이것에 바로 소심한 사람의 전술이다.

제6화 아름다운 적월의 영애가 보낸 도전장

다음 날부터 미아의 승마훈련이 시작되었다.

매일매일 수업이 끝나면 승마 훈련장에 가서 저녁까지 말을 타는 나날.

덕분에 온몸이 근육통에 시달렸지만 그걸 신경 쓸 여유는 없었다.

"아, 아가씨. 오늘도 왔어?"

마구간에 가자 린 마롱이 쓴웃음을 지으며 맞아주었다.

"요즘은 왕자 전하들보다 더 열심히 연습하는 거 아니야?"

"어머? 그렇지 않답니다."

미아는 그렇게 말하며 마구간의 말들을 보았다.

참고로 세인트 노엘의 마구간에는 말이 20마리 정도 있다.

미아가 좋아하는 말은 성격이 온순한 백마이다. 초심자라고 해도 쉽게 탈 수 있는 좋은 말이자, 털도 아름답기 때문에 미아도 마음에 들어 했다.

"뭐, 열심히 연습하는 건 좋은 일이지만……. 응? 혹시 아가씨, 이번……."

"실례."

마롱의 말을 가로막으며 늠름한 소녀의 목소리가 울려 퍼졌다.

"어머……, 이 목소리는……."

미아는 그 목소리를 들은 적이 있었다.

별 뜻 없이 목소리가 들리는 쪽으로 시선을 돌리자 그곳에 있는 건.

"오랜만에 뵙습니다. 미아 황녀 전하."

공손히 머리를 숙이는 붉은 머리카락의 영애……, 루비 에트와 레드문이었다.

"어머, 루비 공녀……? 이런 곳에서 무슨 일이죠?"

그녀를 본 미아는 어리둥절한 얼굴로 고개를 갸웃거렸다.

참고로 미아는 루비와는 얼굴을 몇 번 본 정도의 관계이다.

사대공작가의 저택에 갈 기회는 적지 않고, 가면 상대해주었던 기억도 있으나…….

──그렇다고 친근하게 대화할 느낌도 아니었고요. 사이가 좋다고는 할 수 없죠.

따라서 미아 안에서 그녀의 인상은 좋지도 않고 나쁘지도 않았다.

레드문 공작가 자체에는 이전 시간축에서도 출병을 주저한 것 때문에 그리 좋은 인상이 없지만…….

──뭐, 당시엔 어떤 귀족도 자신의 영지를 지키는 데 필사적이었다는 건 알지만요. 실력이 뛰어난 레드문 가에서 사병을 파병해주었다면 전황은 바뀌었을지도 몰라요……. 아, 하지만 그 시점에선 적에 시온과 귀신 대장 디온 씨가 있었으니……. 그렇게 되면 레드문 가의 원군이 있어도 별로 의미가 있었을 것 같진 않네요…….

뭐 그런 생각을 하는 바람에 자칫 루비의 말을 놓쳐버릴 뻔했다.

"실은 황녀 전하께 결투를 신청하고자 찾아왔습니다."

"······네? 결투······라고요?"

루비는 시원스러운 미소를 지으며 마구간을 향해 걸어왔다.

"소문을 조금 들었습니다. 황녀 전하께선 최근 승마술 단련에 열을 올리고 계신다고······."

마구간에 있는 말의 코를 쓰다듬으면서 말했다. 어쩐지 말을 익숙하게 잘 다루는 것 같은데, 그러고 보면 레드문 가에서는 여자도 검술과 승마를 배우게 한다는 이야기를 들은 적이 있었지······, 라는 생각을 하며 미아는 고개를 끄덕였다.

"네, 뭐 그런데요······. 그게 어떻다는 거죠?"

"그건 즉······, 겨울에 열리는 승마 대회에 출장하실 생각이신 거죠?"

"···········네?"

승마 대회? 고개를 갸웃거리는 미아. 그러고 보면 그런 게 있었다는 걸 떠올렸다. 아무래도 아벨과 시온도 출장할 예정인 건지, 최근에는 미아와 마찬가지로 여기에 다니고 있다고 한다.

솔직히 미아에게는 그런 것에 신경 쓸 여유가 없었기에 나갈 예정은 전혀 없었으나······.

"오오! 역시 그랬구나. 요즘 열심히 연습하니까 그런 게 아닌가 생각은 했어."

마롱이 이해했다는 듯 감탄했다.

──아니, 아직 저는 아무런 말도 하지 않았는데요······.

미아가 그렇게 반론할 새도 없이 루비가 바로 말했다.

"그래서, 승마 대회의 《빨리 달리기》에서 황녀 전하께 결투를 청하고 싶습니다."

상큼한 얼굴에 도발적인 미소를 머금은 루비가 한쪽 무릎을 꿇었다.

"미아 황녀 전하, 받아주시겠습니까?"

정정당당한 결투 신청.

그걸 앞두고, 미아는…….

──이거, 받아들일 이유가 하나도 없잖아요…….

거절할 생각밖에 없었다.

안타깝게도 미아는 결투장을 받았다고 순순히 응해줄 의무는 없다.

에메랄다처럼 뒤에서 몰래몰래 움직이는 것보다는 이게 더 낫다고 할 수 있지만, 그렇다고 해서 그런 귀찮은 것을 받을 필요는 어디에도 없었다.

──애초에 단순히 승부를 내고 싶은 것도 아닐 테고요…….

오로지 승마 실력을 겨루고 싶은 것뿐이라면, 이렇게 하지 않아도 승마 대회에 나가면 그만이다. 미아가 출장한다고 믿고 있으니 자연스럽게 그곳에서 우열이 드러나게 된다.

그걸 일부러 '결투'라고 말한다는 점에서 참으로 수상했다.

그런 미아의 예상이 들어맞았다.

"그리고 만약 제가 이긴다면, 미아 황녀 전하의 병사를 한 명 받고자 합니다."

"아, 레드문의 병사 수집이로군요…….."

미아는 이해했다며 중얼거렸다.

군사를 담당하는 흑월청에 강한 인맥이 있는 레드문 공작가는, 가문의 사병 강화에 여념이 없다. 국내외로 장래성이 있을 법한 병사를 탐욕스럽게 스카우트하고 있다.

그 사실은 '레드문의 병사 수집'이라고 불리며 널리 알려져 있었다.

──하지만 아쉽게도 저에게는 그런 승부를 받을 이유가…….

"뭐 어때. 아가씨. 이렇게 당당히 승부를 신청하는데 위에 선 사람으로서 안 받을 수는 없잖아?"

"…………네?"

문득 돌아보자 마롱이 참으로 멋지게 웃으면서 미아를 보고 있었다.

그 얼굴에서는 미아가 거절할 것이라고는 조금도 생각하지 않는 게 엿보였다.

"네……? 아니, 하지만…….”

"걱정하지 마. 승마부에서도 전력으로 응원할게. 아벨 녀석도 분명 응원해줄 거야."

호쾌한 미소를 짓는 아벨을 보고 미아는 빠르게 알아차렸다.

──이, 이, 이건…….

미아는 아연하게 질려서 자신을 집어삼키려고 하는 흐름을 눈치챘다.

──큭! 여느 때의 그, 거절할 수 없는 흐름이 만들어지고 있어요.

과거를 반성하며 미아는 자신에게 중요할 법한 인물의 관찰과 분석을 게을리하지 않고 있다.

그리고 린 마롱이라는 선배는……, 말을 좋아하는 사람에게 무조건적으로 물러지는 경향이 있다. 쉬운 남자다!

그리고 조금 전 말의 코를 다정하게 쓰다듬는 루비에게 따뜻한 눈빛을 보내고 있었다.

참으로 쉬운 남자다!

또 표리가 일치하는 호쾌한 성격이다. 즉 정정당당, 정면에서 부딪히는 결투 같은 것을 아주 좋아하다.

따라서 이 결투 신청을 거절한다면 마롱과 확실하게 불편한 분위기가 될 것이다.

승마술 훈련에서 그의 조언은 상당히 유효하다.

그리고 앞으로 올 위기를 넘기기 위해 필수불가결한 것이라 할 수 있다. 그렇다면 최대한 친하게 지내고 싶다.

더불어 그는 아벨의 형님 같은 존재이기도 하다. 앞으로 조금의 장해물도 없이 아벨과 알콩달콩한 시간을 보내기 위해서는 마롱의 축복을 받아야만 한다!

미아는 잠시 숙고하며 장단점을 검토했다.

──우선 승부를 받아들이지 않으면 제가 병사를 잃지 않는 대신 마롱 선배와의 사이가 조금 나빠지겠죠. 가능하다면 그건 피하고 싶어요. 그렇다면 승부를 받아들였을 경우에는?

미아가 이겼을 때는 당연히 병사를 잃지 않는다. 게다가 어떠한 조건이든 당연히 걸어둘 수 있을 것이다. 예를 들면 레드문 가의 사병에서 병사를 빌려 무언가를 한다는 것도 가능해질지도 모른다.

그럼 졌을 경우에는……?

──루비 공녀가 원하는 병사라면 십중팔구 디온 씨겠죠…….

미아의 뇌리에 강철창을 순식간에 날려버린 흉악한 미소의 기사가 떠올랐다.

제국 최강임을 호언장담할 수 있는 그 실력. 확실히 레드문 가가 원한다고 해도 이상하지 않다.

"으음, 디온 씨라면…… 뭐, 딱히…….”

무심코 그런 중얼거림이 흘러나왔다.

아무튼 자신의 목을 베어버린 남자다.

물론 그가 레드문 가의 스카우트를 받아들일지는 모르지만, 그렇게 된다고 해도 그리 문제는 아니라는 생각을 한 미아였으나…….

어째서일까. 조금 속이 시끄러워졌다.

그 기사를 잃는 게…… 어쩐지 큰 손해를 보는 것 같은 느낌이 들었다.

──잘 생각해보면 그분은 여러 번 목숨을 구해주었으니까요……. 한 번의 죽음이 한 번의 구명으로 덮어지는 것이라면, 그의 공적은 충분히 넘쳐나는 셈이고……. 잘 생각해보니 상당한 충신이라는 느낌도? 하지만 그분은 가까이서 검을 들고 있으면, 어쩐지 방심했다간 목이 떨어질 것 같은 무서운 긴장감이 느껴진단 말이죠…….

끙끙 고민하는 미아에게 루비는 작게 고개를 갸웃거렸다.

"음? 디온? 누구지……."

팔짱을 끼고 잠시 생각에 잠겨있던 루비가 바로 손뼉을 쳤다.

"아, 그러고 보면 있었지. 실력이 좋은 기사라고 들었습니다
만……. 제국 최강이라고 명망이 드높은 기사였던가요……. 하지
만……."

루비는 눈을 가늘게 뜨며 미아를 바라보았다.

"아쉽게도 제가 원하는 이는 그가 아닙니다."

마치 역전의 기사처럼 날카로운 살기를 발하는 안광을 미아에
게 보내며…… 말했다!

"왜냐하면, 그는……."

가슴을 펴고 선언했다!

"조금 작지 않습니까. 키가……."

"……네?"

미아는 반사적으로 디온의 모습을 뇌리에 떠올렸다.

"그리 작은 편은 아니지 않나요? 평균적인 신사보다는 오히려
큰 편이라고 보는데요……."

"뭘 모르시는군요, 황녀 전하. 기사라는 것은 조금 더 크고, 강
인해야 합니다! 몸의 크기는 영혼의 크기, 인간으로서의 그릇의
크기입니다! 강한 것만으로는 안 됩니다. 커야 합니다!"

……선언했다!

루비 에트와 레드문.

제국군에 막대한 영향력을 자랑하는, 레드문 공작가의 아름다
운 영애는…….

"커야 합니다!"

중증의 거구 마니아로도 유명했다.

제7화 미아 황녀, 결투를 흔쾌히 받아들이다!

"으음······? 큰 사람이라면······."

아, 그러고 보면 루비가 그런 취향이라는 이야기를 들어본 적이 있었다며 미아는 자신의 황녀전속 근위대의 대원들을 떠올렸다.

그중에서 해당하는 사람은······.

"혹시······ 바노스 씨를 말하는 건가요?"

그 질문에 루비는 황홀한 얼굴로 대답했다.

"네. 저는 그를 원합니다. 아아, 그가 우리 레드문의 사병단을 이끌어준다면······."

──디, 디온 씨를 막을 수 있는 유일한 양심이잖아요?! 그분을 잃는다면 저는 마음의 안정을 유지할 수 없어요. 빼돌리기 결사반대!

만약 이 승부에 임한다고 쳤을 때······, 무엇을 걸어야 바노스와 급이 맞게 될까······.

잠시 검토했지만, 미아는 그 대답을 찾아내지 못했다.

미아 안에서 천칭이 순식간에 기울었다. 승부를 받아들이지 않는다는 방향으로.

──크으······. 하, 하지만 마롱 선배와의 관계가······. 어, 어떻게든 해야 하는데······, 어쩌죠······?

궁지에 몰린 미아의 뇌가 급속도로 활성화했다.

어떻게 해야 이 위기를 극복할 수 있을지······.

생각에 잠긴 시간은 기껏해야 몇 초. 하지만 미아의 예지는 여기서 하나의 진리에 도달했다!

그것은, 바로…… 결투 성립에 필요하면서도 불가결한 법.

바로…… 무언가를 보상으로 건 승부는 '거는 보상이 동등한 가치'를 지녀야 성립한다는 궁극의 진리. 누가 싸구려 금전을 위해 제 목숨을 도박판에 칩으로 올려둘 수 있을까?

목숨을 건 승부라면 승리했을 때 얻는 보상은 목숨과 동등, 혹은 그 이상의 가치를 지녀야 할 필요가 있다.

미아는 쾌활하게 웃었다.

그 진리에 도달해버렸으니 도망치기도 쉽다.

──제가 거절하는 것이 아니라……, 상대방이 물러나게 하면 되는 거예요! 후후후, 마음껏 바가지를 씌우겠어요!

즉석에서 작전을 세우고 타이밍을 노린 미아가 입을 열었다.

"승부를 받아들이는 것 자체는 상관없지만……. 만약 제가 이겼을 때는……, ……어떻게 하실 거죠?"

"물론 황녀 전하께서 원하시는 것을 바치겠습니다."

그 대답에 미아는 히죽히죽 올라가려는 입꼬리를 열심히 참으면서 얼굴을 찡그렸다.

"그럼, 그래요……. 저는 당신의…… 검을 원합니다."

"네……?"

루비는 어리둥절한 얼굴로 눈을 깜빡였다.

"그건…… 저기, 무슨 의미입니까?"

"말 그대로예요. 레드문 가는 명문 무가. 그 집안에 태어난 자는 남자도 여자도 검술을 익히죠. 검을 무엇보다 소중히 여기고 자랑스러워하는 가문이잖아요?"

"즉……, 제가 지면 검을 버리라는 겁니까."

그렇다. 미아가 내놓으라는 것은 바로 그것이었다.

루비에게 가장 소중한 것, 긍지인 검. 그것을 배팅하라고 말하는 것이다.

——흐흥, 레드문의 병사 수집이라고 해도 어차피 컬렉션 감각이겠죠. 분명 이것도 가벼운 유흥의 연장선으로 신청한 결투일 게 분명해요.

미아는 냉정하게 분석했다.

애초에 공작가의 영애가 황제의 딸인 미아에게 당당히 드러내놓고 결투를 신청한다니, 말이 되는가? 아니, 그렇지 않다.

티어문 황제의 권세는 아직도 건재하다.

루비가 자신에게 '진심 어린 결투'를 신청한다는 것은 말이 되지 않는다.

그렇다면 그녀가 말하는 결투를 어떻게 해석하면 좋을까……?

——진지한 결투가 아니라면 그건 어디까지나 가벼운 놀이……. 여흥 같은 것이죠.

그렇다. 그것이 가능하도록 성립하려면 그건 결투라는 명목의 놀이에 불과할 터이다.

생각해보면 루비가 달라고 말하는 인물……, 바노스는 미아에게는 중요한 인물이 맞다. 하지만 객관적으로 보았을 때 그는 어디까지나 서민. 일개 병사에 지나지 않는다.

일개 서민의 처우를 둘러싼 승부라니, 사대공작가의 일원에게는 놀이일 뿐이다.

심지어 딱히 목숨을 내놓으라고 하는 것도 아니다. 제국군에서 공작의 사병단으로 이동한다고 해도, 따지자면 그냥 제국 내에서의 배속처가 바뀌는 것이다.

——아마 제가 승마 대회에 나가는 줄 알고 심심풀이로 놀자는 정도의 의도일 테지만요…….

따라서…… 그러한 놀이에 '목숨만큼 무거운 검', 즉 '자신의 긍지'를 달라고 하면 그녀도 취소할 수밖에 없을 터이다.

게다가!

"해석은 자유롭게 하시길. 하지만 제 병사는 예외 없이 저의 소중한 충신입니다. 본래 그것을 내기의 상품처럼 대하는 것 자체가 불쾌하기 그지없는 것. 그래도 당신이 원한다면, 그에 맞는 각오를 해주셔야겠어요."

단순한 놀이에 대체 뭘 요구하는 거냐는 항의를 받지 않도록 핑계도 착실하게 깔아두었다.

바노스는 자신에게 소중한 사람임을 주장하여, 상대에게도 그에 맞게 무거운 대가를 요구할 수 있도록 조성하는 것이다.

이건 단순한 놀이로는 끝나지 않을 텐데 그래도 괜찮겠냐고 협박하는 셈이다.

——흐흥. 어때요? 고작 병사 한 명을 자신의 사병단에 이적시키기 위해서 당신의 소중한 것을 걸 수 있으신지? 할 수 있다면 해보도록 하세요!

모든 것을 끝마쳤다는 상쾌함에 젖은 미아는 만족스럽게 숨을 내쉬었는데…….

"……알겠습니다."

"…………네?"

루비는 미아를 똑바로 응시하면서 말했다.

"제 긍지, 영혼이기까지 한 검을 걸어라……. 확실히, 그래야 제 각오에 걸맞겠군요."

시원스러운 미소마저 지으며, 말했다.

"그래야 결투에 걸맞습니다. 미아 황녀 전하, 황녀 전하의 각오를 똑똑히 받아들이겠습니다."

──어? 어? 거절하지 않다뇨? 뭐, 뭐죠? 이 사람 얼마나 거구를 좋아하는 건가요?!

미아는 잘못 생각하고 있었다.

루비 안에 있는 것……. 그것이 단순한 수집욕이라고…….

렘노 국왕 같은, 취미의 연장선에 불과하다고…….

그 감정이 좀 더 순수하고…… 몸이 찢어질 듯한 마음이라는 것을……, 그 각오가 제 몸을 불살라버릴 정도로 강렬한 불꽃이었음을…….

상상도 하지 못했다.

"정정당당한 승부를 기대하겠습니다. 미아 황녀 전하."

그렇게 머리를 크게 숙인 뒤, 루비 에트와 레드문은 위풍당당하게 그 자리를 뒤로했다.

"……어라?"

남겨진 미아는 그저 멍하니 그 등을 바라볼 수밖에 없었다.

──어, 어째서, 이렇게 된 거죠……?

한동안 넋을 잃은 뒤 미아의 마음이 조급해졌다.

──자, 잘 생각해 보면……, 옐로문 공작가도 의심스럽지만 레드문 공작도 믿을 수 있는 사람이 아니고…….

딱히 혼돈의 뱀과 연관이 있는 사대공작가가 하나만이라는 보장은 없다. 벨이 있던 미래 세계에서는 사대공작가가 2대 2로 갈려서 싸웠다고 했다.

──레드문도 혼돈의 뱀과 연관이 있고, 제 전력을 갉아먹기 위해 왔을 가능성도 충분히 생각할 수 있어요. 여기서 바노스 씨를 잃어버린다면 전력 다운은 물론이고 디온 씨를 억제해줄 사람도 사라지잖아요.

미아는 '끄으응' 하고 신음했다.

배를 누르고 한 번 더 '끄으응' 하고 신음을 흘렸다.

"배, 배가 아프기 시작했어요……. 큭, 어째서 이런 일이……."

"하하핫, 이것 참. 아가씨도 제법인데? 멋있었어."

일련의 대화를 옆에서 지켜보던 마롱이 호쾌하게 웃음을 터트렸다.

"뭐, 승마부에서도 전면적으로 응원해줄 테니까 열심히 해."

──으윽. 웃을 일이 아니란 말이에요. 마롱 선배, 남 일이라고 생각하는 거죠…….

원망 어린 눈으로 바라보는 미아를 두고 마롱은 팔짱을 꼈다.

"그나저나 빨리 달리기에서 승부를 가른다면, 아가씨. '월토마(月兎馬)'를 다룰 수 있게 되어야겠어."

"……월토마라고요……? 그게 뭐죠?"

"이름 그대로, 달토끼처럼 빨리 달리는 말이야. 역사에 등장하는 유명한 기사들은 대부분 이 말을 탔지. 빠른 말이라고 하면 거의 이 월토마를 가리켜. 승마부의 마구간에도 두 마리가 있는데……. 한 마리는 지금 출산을 앞두고 있어서 움직일 수 없고. 다른 한 마리는……."

거기서 마롱은 장난기 어린 미소를 지었다.

"음, 절묘한 인연인데. 아가씨."

"네? 무슨 뜻이죠?"

"지금 움직일 수 있는 월토마는 아가씨에게 재채기를 날렸던 그 말이거든."

그 말을 듣고 떠올린 것은 신입생 무도회 날의 사건이었다.

"아, 그 말이로군요……."

미아는 살짝 경직된 얼굴로 마구간에 시선을 주었다.

제8화 변화무쌍한 미아의 손바닥

마롱이 데려온 말을 보고 미아는 '흐음' 하고 중얼거렸다.

"이 아이가 월토마……. 참고로 이름은 있나요?"

"그래. 이 녀석의 이름은 황람(荒嵐)이라고 해."

"황람……. 어쩐지 무척 용맹한 느낌의 이름이에요."

미아가 바라보자 황람은 콧김을 뿜으며 입을 쭉 벌렸다.

"……어머? 이 말, 혹시 지금 저를 향해 웃는 건가요?"

"하하하, 나도 말이 웃는 건 본 적이 없는데."

마롱은 쓴웃음을 지으며 어깨를 으쓱했다.

"그, 그렇죠? 하지만 어째서일까요……. 왠지 무척, 비웃는 것 처럼 보이는데요……. 역시 착각인 걸까요……."

미아는 낮게 중얼거리며 말을 관찰했다.

그 말은 겉으로는 평범한 말과 큰 차이가 없었다.

크기도 평범하고, 뿔이 돋아나 있거나 날개가 달린 것도 아니 었다. 어디에나 있을 법한 말…….

"흐음……. 겉보기만으로는 모르겠어요. 역시 직접 타 봐야…… 으음?"

그 순간, 미아는 떠올렸다.

"그러고 보면 저는 이 말을 타본 적이 없네요……?"

고개를 갸웃거리는 미아에게 마롱이 장난기 어린 미소를 지었 다.

"그야 그렇지. 이 녀석들은 아무튼 빠르거든. 어지간히 숙련된 학생이 아니면 바로 낙마해서 다치니까."

"어머!"

미아는 다시 월토마, 황람에게 시선을 주었다.

——그렇군요……. 즉 마롱 선배는 저라면 이 말을 타도 문제가 없다고 판단하셨다는 거죠……?

미아의 얼굴이 순간 우월감에 젖을 뻔했으나…….

"뭐, 솔직히 아가씨는 튼튼해 보이니까 낙마해도 어떻게든 괜찮겠지."

"……음? 어라? 이상하네요. 칭찬하신 걸 텐데 별로 기쁘지 않은 느낌……."

"하하하. 뭐, 농담은 이쯤하고. 어때? 잠깐 타보겠어?"

"아, 그러죠. 익숙해지는 게 좋을 테니까요……."

마롱은 그렇게 말했으나 사실 미아는 자신이 있었다.

최근 미아는 전에 없을 만큼 열심히 노력하고 있었기 때문이다.

——흐흥, 월토마도 별거 아니죠. 제가 멋지게 다뤄 보이겠어요.

의욕에 가득 찬 미아는 황람의 등으로 몸을 날렸다.

……고 하고 싶었는데…….

——이상하네요. 왜 제가 이런……?

황람의 등에 올라탄 미아. 그 뒤에는.

"단단히 붙잡아야 해, 아가씨. 손에서 힘이 빠지면 위험하니까."

미아를 감싸 안듯이 마롱의 커다란 몸이 자리하고 있었다.

——이 이래서는 마치 제가 어린아이인 것 같잖아요?

미아는 그런 항의의 뜻을 담아 말했다.

"저기, 마롱 선배? 둘이서 같이 타는 건 괜찮은데요, 전에 아벨과 같이 탔을 때는 제가 뒤에서, 이렇게…… 앞을 붙잡는 느낌이었는데요……."

"아, 그건 우리 일족의 방식이야. 보통은 덜 익숙한 쪽이 앞에 타는 게 안정적이거든."

"어머? 몰랐어요."

영락없이 그렇게 타는 게 평범한 건 줄 알았다며 고개를 갸웃거리는 미아에게 마롱은 미소 지었다.

"우리 일족에선 노인부터 어린아이에 이르기까지 다들 말을 탈 수 있는 게 일반적이니까."

"아, 그렇다면 제대로 아벨에게 가르쳐주시지 그랬어요. 심술도 참."

미아는 입술을 삐죽였다.

——제가 낙마하다니 이상하다 생각했어요! 역시 타는 방식에 문제가 있었던 거잖아요!

미아의 정신이 다른 곳에 가 있었던 게 주된 낙마 원인이었지만……

——정말이지, 마롱 선배는 중요한 부분에서 배려심이 부족하다니까요. 그러고 보면 조금 전에도 루비 공녀의 이야기에 덥석 낚였고 말이죠…….

미아가 입술을 삐죽였다.

미아 안에서 마롱의 호감도가 1점 내려갔다.

"하하하, 미안해. 하지만 뭐, 아가씨가 타는 건 역시 그 위치가 맞을 거라고 생각했어. 아가씨는 아벨의 소중한 사람이잖아?"

마롱은 그렇게 말한 뒤 의미심장하게 웃었다.

"네? 무슨 뜻이죠?"

"원래 그 승마법은 부부 승마법이라고 해서, 전사가 소중한 연인을 등 뒤로 감싸면서 싸울 때의 방식이야. 우리의 선조인 대영웅이 사랑하는 아내를 등으로 감싸며 수백 명이나 되는 적들 사이를 돌파했다는 이야기에서 유래했지. 그래서 그렇게 뒤에 타는 건 그 남자에게 소중한 사람이라는 뜻이 되는데……."

마롱은 익살스럽게 한쪽 눈을 감았다.

"아벨과 아가씨에게 딱 맞는 승마법이지?"

──역시 마롱 선배! 참으로 재치가 넘쳐요! 잘 생각해보면 그때 낙마한 덕분에 아벨과 좋은 분위기도 되었으니까요! 좋은 일이었어요! 게다가 루비 공녀 일도, 이렇게 월토마와 만나는 계기가 되었으니까요. 정말, 역시 마롱 선배예요!

미아 안에서 마롱의 호감도가 120점 올라갔다!

엎었다가 뒤집었다가. 미아의 손바닥은 변화무쌍하게 팔랑거린다.

"하지만 설마 말에서 떨어질 줄은 몰라서, 그때는 정말 간이 철렁했어. 아, 그러고 보면 제대로 사과하지 않았었지. 그 일은 미안해."

"우후후, 그런 건 전혀 신경 쓰지 않는답니다. 마롱 선배답지 않아요. 사과할 필요는 전혀 없으니까요!"

미아는 금방금방 뒤집히는 손바닥을 살래살래 내저으며 흡족하게 웃었다.

조금 전에 느꼈던 불만은 이미 기억 저편으로 날아갔다. 기억의 저편이 코앞에 있는 것이 미아의 몇 없는 미덕이다.

"그래? 하하, 역시 아가씨야. 여전히 도량이 넓은걸."

감탄한 듯 웃는 마롱이었으나 미아는 이미 듣고 있지 않았다

──그나저나 정말 멋진 이름이네요. 부부 승마법, 아벨과 제가 부부. 우후후, 왠지 그 말을 탔을 때부터 운명으로 맺어졌다는 느낌이라……, 그 뭐냐…… 참 좋아요!

그때 자신을 감싼 아벨이 정말 멋있었다며 행복한 망상 모드에 들어가 버린 미아.

때문에 마롱이 입에 담은 불길한 말조차 깔끔하게 흘려 넘겼다.

"뭐, 이번에는 아가씨를 뒤에 태웠다간 날아가 버릴 것 같고, 그럼 안전을 보장할 수 없으니까. 그랬다간 아벨이 화낼 거야."

그런 불길한 말을…….

"그럼 갈까. 단단히 붙잡고 있어, 아가씨. 떨어지지 말고."

"네? 앗, 네. 그 정도는 쉽죠. 멋지게 다루겠어요."

미아는 가슴을 펴고 선언했다.

"아예 마롱 선배가 안 계셔도 가뿐히 다뤄 보여야죠! 지난 며칠간 제가 해온 노력을 보여드리겠어요."

이렇게 호언장담한 미아는……, 몇 초 후, 바람이 되었다!

제9화 미아 황녀, 바람이 되다

"히이이이이이이이익, 아아아아아아아아아악!"

넓은 승마장에 미아의 절규가 울려 퍼졌다.

자그마한 몸을 쓰러뜨리려고 하는 것처럼 전방에서 불어닥치는 바람! 강풍! 폭풍!

그것은 마치 두꺼운 벽처럼 미아의 전신을 강타했다.

다행히 미아의 뒤에는 마롱의 튼튼한 몸이 있기 때문에 뒤로 날려가지 않을 수 있었으나……. 그만큼 거센 바람과 흥근이라는 두 개의 벽 사이에 끼인 미아는 납작하게 눌릴 것 같은 기분을 맛보았다.

흐르는 바람에 머리카락이 흐트러지며 무시무시한 기세로 나부꼈다.

미아는 날려가지 않도록 필사적으로 고삐를 움켜쥐며 앞으로 숙인 몸에 힘을 주었다.

눈물로 얼룩진 시야 한구석에서 주위 풍경이 실선을 그으며 뒤로 날아가는 게 보였다.

승마장과 외부를 구분하는 울타리가, 푸르게 우거진 나무가, 풀이, 주위에서 보는 사람들이 어마어마한 기세로 뒤로 날아갔다.

불현듯 전방에서 날아오는 낙엽. 그것이 대단한 기세로 미아의 머리카락을 스치고 사라졌다. 지나가는 순간 쌩! 하고 날카로운 소리가 귓가에 울렸다.

미아는 그 소리와 비슷한 것을 알고 있다.

예전에 룰루 족이 화살을 쏘았을 때 똑같은 소리를 들은 기억이 있다!

"흐어어어어어억, 흐아아아아아아아아악!"

미아는 계속 절규하면서 조금 전 자신이 한 발언을 후회했다.

──아아, 왜 저는 그런 말을 하고 만 거죠? 왜, 그런 소릴……?

승마장으로 나온 미아는 바로 마롱이 조종하는 월토마에 타보았다.

한 바퀴, 두 바퀴 돌아보자 그 속도는 지난번 미아의 말이 폭주했을 때보다 더 빨랐다.

그 폭력적일 정도로 빠른 속도감에 빠르게도 눈물이 살짝 고이는 미아. 그런 반응을 알아차린 마롱이 이렇게 말했다.

"오늘은 가볍게 돌아보는 정도에서 끝낼까? 점점 익숙해지면 되니까……."

그 말에…… 미아는 뻣뻣하게 굳은 미소를 지었다…….

──가볍게? 지, 지금 그게 가볍게 돌아본 정도인 거예요?

속으로는 잔뜩 쫄아버린 미아.

그때 솔직하게 말할 걸 그랬다. 오늘은 이것으로 끝내자고. 오늘은 가볍게 돌기만 하고 끝내자고…….

하지만 미아는 그만 말하고 말았다.

"흐흥, 여유로워요. 가볍게 돌아보았을 뿐이라고 하셨는데, 확실히 이 정도라면 가볍네요."

자존심이었다……. 마롱 없이도 다뤄내겠다는 등 큰 소리로 호 언장담한 이상, 약한 모습은 보여줄 수 없다.

게다가.

"사, 상상했던 것보다 전혀 힘들지 않은데요. 월토마라고 해도 별것 아니네요!"

그런 말까지 입에 담고 말았다.

『월토마의 실력도 가늠했으니, 오늘은 이쯤에서 참아주겠어요.』

이런 말로 홀라당 튀려고 했던 미아는 거기서 퍼뜩 눈치챘다.

눈앞에 있는 말의 귀가 살짝 다른 각도를 그리고 있다는 사실을.

마치 자신들의 대화를 들으려고 하는 것처럼, 이쪽을 향하고 있다는 것을…….

직후, 황람이 히이이이이이잉! 하며 크게 투레질했다.

"엇, 이런……."

뒤에서 들리는 마롱의 불길한 중얼거림. 그 직후.

"아가씨, 단단히 붙잡아. 그리고 입은 벌리지 마. 혀 깨문다!"

"……네?"

날카롭게 경고하는 목소리. 동시에 다시 크고 용맹한 울음소리를 낸 황람이 달려 나갔다.

쌩. 바람이 내는 폭음이 귀에 꽂히고…….

그렇게 미아는 바람이 되었다.

──아, 아아, 자꾸만 으스대는 제 나쁜 습관 때문이에요…….

황람이 모퉁이를 돌았다. 동시에 미아는 몸이 허공으로 붕 뜨려는 것을 필사적으로 참았다. 근성으로 매달려서 간신히 눈을 떴다.

그 순간 시야에 들어온 것. 그것은 이쪽을 힐끗 돌아보는 황람의 얼굴이었다.

그 입이 씨익 웃는 것처럼 보였다…….

──큭, 이, 이 녀석……. 저를 우습게 봤다 이거죠?! 마구마구 우습게 본 거죠?!

미아의 투지에 불이 붙었다.

──이, 이 정도로 항복할 줄 알았다면 큰 착각이에요. 이, 이런 것쯤은 단두대에 비하면……. 게다가 디온 씨의 살기를 뒤집어썼을 때를 생각하면 사, 산들, 산들바람이죠! ……악, 역시 거짓말이었습니다. 죄송합니다, 죄송합니다. 히이이익! 살려주세요!

그런 식으로 월토마의 속도를 만끽한 미아는 간신히 말에서 내려올 수 있었다.

땅에 발을 디딘 순간 몸이 휘청거렸다.

"어이쿠, 아가씨. 괜찮아?"

마롱이 당황해서 달려오려고 했지만 그 전에…….

"이런, 미아. 발밑을 조심해야지."

"너치고는 부주의했군."

"…………흐어?"

누군가가 두 팔을 부축했다. 멍하니 얼굴을 들자 두 명의 왕자가 미아의 얼굴을 살피는 것이 보였다.

"……어, 어라? 아벨과 시온……. 이런 곳에서 무슨?"

"승마 연습을 하러 온 건데……. 와 봤더니 미아가 빠르게 달리는 것을 보고 견학하고 있었어."

산뜻한 얼굴로 말하는 시온. 그 말을 받아 아벨이 말했다.

"드디어 미아도 월토마 데뷔인가. 탑승해본 느낌은 어땠어? 다리가 휘청거리는 것 같았는데, 괜찮아?"

다정하게 웃는 아벨에게 무심코 넋을 놓을 뻔했던 미아는…….

"네, 네에, 문제없습니다."

한껏 허세를 부리며 말했다.

"흐, 흐흥. 이, 이 정도야 저에게 걸리면, 벼, 별것…… 아니죠."

부축해준 두 사람에게 인사한 뒤 미아는 황람을 향해 우아하게 걸어갔다.

코를 부드럽게 쓰다듬으면서 작은 목소리로 중얼거렸다.

"……조금 전에 저를 비웃었죠? 아주 우습게 보고 말이에요. 제가 누구인지 알고…… 응?"

그때. 불현듯 황람이 크게 숨을 들이마셨다. 그러더니 다음 순간……, 미아 쪽을 향해…….

푸에에에에에에엣취! 요란하게 재채기했다.

"으허어어억!"

바람과 침과 콧물 폭풍에 휘말린 미아는 그 자리에 엉덩방아를 찧었다.

"아……, 아아……."

멍하니 황람 쪽을 보았다가 이어서 자신의 몸을 내려다보았다.

뺨에 끈적하게 달라붙는 머리카락의 감촉, 축축하게 젖은 셔츠가 참으로 불쾌했다.

"으음, 아가씨. 황람은 사람의 말을 어느 정도 이해할 수 있으니까 너무 우습게 보이지 않도록 조심해."

마롱의 주의와 동시에 황람은 입꼬리를 씨익 끌어올리며 미아를 내려다보았다.

——이, 이 자식. 저를 완전히 우습게 보고 있군요!

제10화 미아 황녀, 복수귀가 되다!

"……아아, 정말 처참한 일을 당했어요…….

철퍽철퍽. 미아는 습한 발소리를 내면서 공중목욕탕으로 향했다.

"괜찮습니다, 미아 님. 바로 깨끗하게 씻으면 되니까요."

미아 옆에서 안느가 위로해주었다.

"금방 여느 때의 아름다운 미아 님으로 만들어드릴게요!"

소매를 걷어붙이는 안느의 눈동자에는 투지의 불꽃이 타오르고 있었다.

다행히 세인트 노엘의 공중목욕탕은 온천을 끌어오는 구조상 언제나 뜨거운 물을 받아두고 있다. 당장에라도 들어갈 수 있는 것이다.

"으으, 축축해요…….

흠뻑 젖은 옷을 벗어도 얼굴과 머리카락이 끈적거려서 전혀 개운해지지 않았다.

우중충하게 어두워진 기분으로 목욕탕에 발을 들여놓은 미아였으나…….

"어머?"

코를 간질이는 향기에 작게 고개를 갸웃거렸다.

수증기에 섞여서 감도는, 향초의 뭐라 말하기 어려운 좋은 향기. 그 향기를 맡고 있으면 편안해지면서 졸음이 올 것 같은, 기분을 차분하게 달래주는 향이었다.

"어쩐지 좋은 냄새가 나는데요?"

평소와는 다른 향기에 미아가 주위를 둘러보았다. 그러자…….

"안녕하세요, 미아 황녀 전하."

"어? 미아 언니? 무슨 일이세요?"

탕 쪽에서 목소리가 들렸다. 시선을 돌린 미아는 그곳에서 아는 사람의 모습을 발견했다.

"그건 제가 할 말이에요, 벨. 그리고 슈트리나 양까지, 이런 곳에서 뭘 하는 거죠?"

손녀 미아벨과 그 친구인 슈트리나였다.

──흐음, 이런 시간에 둘이서 목욕을 하다니. 별일이네요…….

고개를 갸웃거리면서도 미아는 탕 밖에 놓인 나무 의자에 앉았다. 그러자 바로 안느가 걸어와 미아의 머리카락을 감기기 시작했다.

샥샥샥. 머리 위에서 들리는 기분 좋은 소리에 미아는 만족스러운 듯 눈을 감았다.

말이 내뿜은 끈적한 점액이 씻겨나가고 찰랑찰랑한 머리카락이 돌아오는 것을 실감하며 미아는 슈트리나에게 말을 걸었다.

"별일이네요. 티어문의 귀족은 공중목욕탕을 그리 좋아하지 않는다고 아는데요…….'

그렇게 말하며 미아는 슈트리나를 곁눈질로 관찰했다.

──저를 잘 포섭했다고 생각하고 있을지도 모르지만, 그렇게는 안 되니까요!

미아는 의욕을 끌어모았다.

상대는 적일 가능성이 지극히 농후한 옐로문 공작가의 영애다. 방심은 금물. 수상한 태도를 보이면 당장 규탄해주겠다며 미아의 시선이 날카로워졌다.

탕 가장자리에 앉은 슈트리나의 어리면서도 가냘픈 몸은 지난번에 봤을 때와 마찬가지로 잘 만들어진 고급 인형 같았다.

살이 별로 없는지 마른 팔다리. 그 피부는 병적일 정도로 하얗다.

그 모습을 보면, 스스로 병약하다고 말한 건 거짓말이 아닐지도 모른다.

적어도 힘이 강해 보이지는 않았다.

──그보다 이 아이……, 주먹질로 싸워도 이길 수 있지 않을까요……?

타고난 관찰력으로 상대의 대략적인 전투 능력을 감지한 미아는……, 묘한 자신감이 붙었다.

그런 미아에게 슈트리나는 가련한 미소를 지었다.

"실은…… 벨에게 상담해서……. 나중에 미아 황녀 전하도 부를 생각이었습니다."

"어머, 저를요……? 여기에요?"

"네. 라피나 님께 부탁드려서 리나가 아는 향초를 목욕물에 넣었습니다."

그렇게 말하며 슈트리나는 두 손으로 뜨거운 물을 퍼 올렸다.

"후우……."

조금 전 안에 들어왔을 때 맡았던 좋은 향기는 이거였구나……, 라고 생각하면서 몸을 씻은 미아는 서둘러 탕으로 다가갔다. 그러자 물에 둥실둥실 떠 있는 향초 주머니가 보였다.

"이건 무슨 풀이죠?"

"네. 그건 문비즈라는 이름의 허브입니다. 딱딱하게 굳은 몸을 풀어주는 효과가 있다고 합니다. 부디 느껴보세요."

그렇게 말한 슈트리나는 싱긋 웃었다.

그 미소에 홀리듯 미아는 물속으로 몸을 집어넣었다.

무심코……, 목소리가 새어 나왔다.

"아아……, 이건……. 확실히 몸이 풀리는 느낌이 들어요. 따뜻한 기운이 올라와서 무척 기분 좋군요."

뜨거운 물에 목까지 담근 미아는 팔다리를 길게 뻗었다.

발끝에서부터 서서히 기분 좋은 열이 퍼져나갔다.

작게 입을 벌린 미아가 짧게 숨을 내쉬었다.

……뭐라고 해야 하나, 좀…… 방정맞은 한숨이었다.

"벨에게서 최근 미아 황녀 전하께서 승마 특훈을 하신다는 이야기를 들었습니다. 조금이라도 피로가 풀렸으면 해서요."

다시 물속에 들어가 미아의 바로 옆으로 온 슈트리나.

그 배려 넘치는 말에 미아는.

"어머나! 그랬군요!"

몹시 감동했다! 마음속 깊은 곳에서 감동이 끓어오르고 눈동자에는 눈물마저 맺혔다!

기본적으로 쉬운 여자이자 목욕 애호가인 미아는 목욕과 관련된 분야에서 고배율의 호감도 포인트가 존재한다.

슈트리나의 행동은 그 포인트를 훌륭하게 저격했다.

여기에 뭔가 목욕하면서 먹을 수 있는 디저트를 지참해왔다면 친우로 인정받을 수 있었을지도 모른다.

"벨은 무척 좋은 친구를 사귀었군요."

생글거리면서 밝게 웃는 미아. 그에 대답하듯 벨도 환하게 웃었다.

"우후후, 감사합니다. 미아 언니. 저도 리나를 아주 좋아해요."

서로를 보며 만족스럽게 웃는 할머니와 손녀. 참으로 평화로운 광경이었다.

"아아, 정말 근사한 목욕물이에요……."

미아는 매끈매끈해진 오른팔을 물 위로 들어 올렸다. 두 손으로 물을 퍼담아 얼굴에 촤악촤악 끼얹었다.

이, 조금 뜨거운 정도의 온도가 참으로 기분 좋았다.

미아는 물에서 나오고도 한동안 몸이 따끈따끈한, 조금 뜨거운 온도를 좋아한다.

"그런데 미아 황녀 전하. 그렇게 승마 훈련을 하신다는 건 혹시 가을에 있는 승마 대회에 출장하시는 건가요?"

문득 슈트리나가 물었다.

"아, 역시 그렇게 생각하나 보군요. 사실은 그럴 생각이 없었지만, 어쩌다 보니 나가게 될 것 같네요……."

미아는 조금 전의 일을 떠올리며 한숨을 쉬었다.

"그럼 다음에 연습하시는 걸 견학하러 가도 괜찮을까요?"

"어머, 슈트리나 양도 승마에 관심이 있나요?"

의아한 얼굴로 고개를 갸웃거린 미아가 곧바로 웃으면서 말을 이었다.

"그렇다면 사양하지 말고 오도록 하세요. 말도 꽤 귀엽고……, 일부 아닌 녀석도 있지만요……."

미아의 뇌리에 히죽히죽 웃으며 재채기를 날린 그 말의 모습이 떠올랐다.

──그 녀석만큼은 용서할 수 없지만……. 그래요, 그 건방지기 짝이 없는 말만큼은 절대 용서할 수 없어요!

주먹을 불끈 쥐고 굳게 맹세하는 복수귀 미아.

──다음에는 눈앞에서 스위트 당근 케이크를 먹어주겠어요! 과시하는 거예요!

……참고로 그것은 제국의 주방장이 고안하고 세인트 노엘에 레시피를 보낸 채소 디저트다.

식당에서 채용될 예정인 메뉴였다.

제11화 그 사랑에 몸이 타버린다 하여도……

루비 에트와 레드문이 첫사랑에 빠진 것은 그녀가 10살 때였다.

티어문 제국의 사대공작가 중 하나, 레드문 공작가에서 태어난 그녀는 순조로운 인생을 보내왔다.

선천적으로 운동능력을 타고난 그녀는 검술도 승마도 빼어나게 잘했다.

세 명 있는 남동생들을 능가하는 그 실력에 아버지인 레드문 공작도 몹시 만족스러워하면서, 반쯤 진심으로 '데릴사위를 들여서 가문을 물려주마'라는 말을 떠들어댈 정도였다.

또 그녀 본인도 어린 마음에 자신에게 향하는 아버지의 기대에 최선을 다해 보답하고자 연마를 거듭해왔다.

찬란한 영웅의 재능은 그녀의 밝은 미래를 약속해주었다.

그런 그녀에게 한 전환점이 찾아왔다.

그것은 그녀가 아버지와 함께 군대를 견학하러 갔을 때였다.

"강해 보이는 분들이 많이 있습니다, 아버지."

"하하하, 그래. 이렇게…… 강해 보이는 남자를 보면 두근거리지!"

병사 수집이 취미인 아버지는 피가 끓는 건지 어린아이처럼 신이 났다.

그 후 군 수뇌부와 회의하러 가는 아버지와 떨어진 루비는 기마 연습장에 왔다.

"지루하면 말이라도 태워달라고 해라."

그런 아버지의 말을 이행하러 온 것이다.

이미 몇 번이나 말을 타본 적이 있는 그녀는 그날도 지극히 평범한 말을 타고 시간을 보낼 생각이었다.

하지만 거기서 사고가 일어났다.

루비가 탄 말이 갑자기 폭주하고 말았다.

"이, 이 녀석. 멈춰! 아, 안 돼, 안 된다고!"

어떻게든 말을 세우려고 고삐를 힘껏 잡아당긴 순간, 놀란 말이 앞다리를 크게 들어 올렸다.

"앗……."

부웅. 몸이 허공을 날았다.

빙글빙글 돌아가는 시야.

소리가 사라진 세계, 기묘하게 속도를 잃은 시간……, 천천히 닥쳐오는 땅바닥.

루비는 눈을 질끈 감고 몸에 힘을 줬다.

검술 스승에게는 낙법을 취하라는 말을 들었으나, 너무 갑작스러운 일이라 몸이 뜻대로 움직여지지 않았다.

그녀가 할 수 있는 것은 그저 곧 들이닥칠 고통을 각오하는 것뿐…….

하지만 땅을 향하던 몸이 갑자기 멈췄다.

"……어?"

무슨 일이 일어난 건지 알 수 없어 굳어있던 루비.

"괜찮습니까? 아가씨."

그런 그녀에게 말을 거는, 굵고 깊이 있는 남자의 목소리.

조심조심 눈을 뜬 루비는 그곳에서 한 남자의 모습을 보았다.

──와아……, 크다…….

소녀가 무서워하지 않도록 어설프게 웃고 있는 남자. 그가 바로 바노스였다.

그날의 고동은 루비의 가슴 속에서 줄곧 사라지지 않았다.

말하자면 그것은 그저 첫눈에 반한 것…….

어린 날에 느낀 찰나의 두근거림, 아직 어린아이인 소녀의 동경, 사랑 미만의 사소한 감정이었던 건지도 모른다.

하지만 루비 안에서 그 찰나는 보물처럼 반짝이면서 점점 더 강하게 빛이 났다.

──그 사람을 만나고 싶어. 한 번 더, 그 사람을 만나서 말을 나누고…… 그리고.

그 마음은 어느새 삶의 목적으로 변해있었다.

성장하여 군 내부에 대해 어느 정도 이해할 수 있게 된 루비는 흑월청에 들락거렸다.

그날 자신을 구해준 사람이 누구인지……. 아직 살아있는지.

몇 년에 걸쳐서 조사한 루비는 마침내 그 남자를 찾아냈다.

백인대 부대장 바노스.

그게 남자의 이름이었다.

루비는 그를 찾아내기만 한다면 손에 넣을 방법은 얼마든지 있다고 생각했다.

가장 간단한 것은 감독관으로서 사병단에 와 달라고 하는 것이다.

흑월청에 압력을 가하면 그 정도는 어렵지 않다. 병사 수집이 취미인 아버지도 바노스의 실력이라면 불평하지 않을 것이다.

그러고 나면 제 옆에 둔 바노스에게 천천히 다가가면 된다.

신분 차이가 나니까 쉽게 맺어지진 못할 테지만, 여차하면 집을 버릴 수 있을 만큼 루비의 사랑은 열렬했다.

루비는 덩치 큰 남자를 좋아하는 취향인 것과 동시에 사랑의 불꽃에 몸을 불사르는 정열적인 사람이기도 했다.

아무튼 그를 자기 옆에 두고 싶다. 그게 가장 큰 바람이었다.

하지만 그 계획은 실현되지 않았다.

루비가 움직이기 전에 이미 황녀 미아가 그와 그의 부대를 근위병으로 데려갔기 때문이다. 심지어 황녀전속 근위대라는, 자신의 직할 부대에 편입해버렸다.

황녀의 권한이 강하고 반쯤 사병과 마찬가지인 그 부대에는 흑월청이라고 해도 쉽게 간섭할 수 없다.

결과 루비는 사랑하는 남자를 미아에게 빼앗긴 꼴이 되고 말았다.

"남의 연애를 방해하다니, 미아 황녀 전하께서도 참 몹쓸 짓을 하시는군……."

그렇게 투덜거리면서도 루비는 발을 멈추지 않았다. 소중한 사람을 얻기 위한 그녀의 싸움은 이미 몇 년 전부터 시작되어 있었다.

이 정도의 일로 포기할 수는 없다.

미아가 세인트 노엘 학원에 입학한 뒤로……, 루비는 계속 기회를 엿보았다

그리고 때가 왔다고 판단하고…… 움직였다.

솔직히 결투를 신청한다고 해서 받아들여 줄지 않을지는 모르는 일이었다.

애초에 황녀에게 공작 영애가 결투를 신청한다는 것 자체가 지극히 비상식적인 일이다. 제국 내에서는 도저히 불가능하다.

그렇기 때문에 루비는 이곳, 세인트 노엘 학원에서 시도했다.

중앙정교회라는 권위 아래에 성녀 라피나가 다스리는 이 학원이라면 어느 정도는 관대하게 눈을 감아준다. 어린 학생들 사이의 트러블은 일상다반사이니, 그걸 하나하나 국가 간, 혹은 가문 간의 문제로 삼을 수 없기 때문이다.

게다가 에메랄다나 사피아스에게 들은 미아의 인품. 최근 황녀 전하는 몹시 관대하며, 다소의 무례는 개의치 않는 인물로 성장했다고 한다.

그렇다면 결투를 받아들여 줄지도 모른다.

또 승마부에 결투를 신청하러 간 것도, 입회인으로 린 마롱을 선택한 것도 계산한 결과였다. 비교적 키가 큰 마롱 또한 루비의 관심 대상이었기 때문에 그의 성격도 이미 조사해두었다.

그 자리라면 아마도 다른 결투 내용으로 바뀌진 않으리라고 계산했다.

미아는 승마 대회를 위해 맹렬한 특훈을 하고 있다고 하고, 마롱 앞에서 다른 것으로 승부를 겨루자고는 하기 어려울 것이다.

이리하여 루비는 자신에게 압도적으로 유리한 결투 조건인 '승마 대회에서의 승부'를 설정하는 데 성공했다.

싸움이란 싸움이 시작되기 전에 추세가 정해지는 법.

검을 나누는 것은 어디까지나 결과를 확정시키기 위한 행위에 불과하고, 실제 승패는 이미 그보다 앞 단계에서 정해진다.

예전에 들었던 전략론의 이야기가 머리를 스쳤다.

따라서 졌을 때의 위험부담은 고려하지 않았다. 아니, 그게 아니라…….

"아니, 그분을 손에 넣기 위해서야. 조금은 무모한 짓도 감수할 수밖에. 내 목숨 정도라면 싸게 먹히는 것이지……. 공작가의 존속 역시 관심 없어."

게다가 설령 승산이 없다고 해도 상관없었다.

가장 괴로운 것은 패배가 아니다. 소중한 사람을 얻기 위해 싸우지도 못하는 것이니까.

지금도 가슴을 태우는 감정이 있다.

그날의 만남으로 피어난 사랑의 불꽃은 아직도 소녀의 가슴 속에 깃들어 결코 꺼지지 않는다.

"바노스 님, 당신을 반드시 내 손에……."

루비 에트와 레드문.

붉은 달의 공작 영애는 타오르는 듯한 사랑의 정열을 지닌 소녀였다.

한편, 그런 사정은 눈곱만큼도 모르는 미아는……

"우후후, 스위트 당근 케이크를 손에 넣었어요. 예정대로 이걸 눈앞에서 먹으며 과시해주겠어요! 딱히 복수라는 치졸한 행위는 아니랍니다. 어디까지나 승마술의 향상을 위해……. 그래요, 말에게 얕보이지 않기 위해서예요!"

룰루랄라 콧노래를 흥얼거리며 마구간으로 향했다.

"흐흐흥, 아아, 정말정말 맛있어요. 최고예요. 우후후, 어때요? 부럽죠? 전부 당신의 눈앞에서 먹어주겠──히익?! 안 돼……, 잠깐, 멈춰, 이, 이건, 제 케이크, 아, 아아아! 아, 안 돼요! 제, 제 케이크가…………."

무사히 황람과 함께 당근 케이크를 먹으며 친목을 다졌다.

해피 엔딩.

제12화 페가수스 프린세스 미아, 고전하다

"갑니다, 황람."

그날도 미아는 승마장을 찾아왔다.

최근 미아는 월토마인 황람과 함께 연습 삼매경에 빠져 있었다.

부드럽게 목을 쓰다듬은 뒤, 미아는 말의 옆구리를 가볍게 찼다.

사실…… 미아는 승마에 관해서는 꽤 진지하게 임하고 있다.

단두대에 목이 잘려 죽을 운명이었던 시절부터 말은 미아의 목숨줄. 따라서 승마는 결코 게을리할 수 없는 기술임을 명심하고 있기 때문이다.

그리고 최근의 집중 승마 훈련도 있었다. 그 결과 미아는 이곳에 와서 마침내 하나의 진리에 도달했다.

"승마란 결국은 말과 호흡을 맞추는 것이 핵심……. 즉, 댄스 스텝을 밟는 것과 같은 거예요!"

……라는 진리에.

천천히 걷기 시작하는 말. 그 옆구리를 미아가 오른쪽, 왼쪽 하며 가볍게 신호를 보냈다.

이때 말이 걷기 쉬운 리듬으로 신호를 보내는 게 중요하다. 그렇게 하면 말은 기분 좋게, 편안하게 걸을 수 있게 된다.

속도를 올릴 때도 마찬가지다. 말의 호흡에 맞춰서 몸의 균형을 잡으며 다리로 적절한 지시를 내리는 게 중요하다.

——요컨대 말의 호흡에 맞추는 게 중요한 거죠.

그리고 미아는 깨달았다.

상대방의 호흡을 파악하고 움직임을 맞추는 것……. 알고 보면 아무것도 아니다. 춤과 마찬가지 아닌가. 상대방의 스텝에 맞춰서, 음악에 맞춰서 몸을 움직이는 것.

그건 완전히 사교댄스와 일치했다.

그런데 이미 잊어버렸을 테지만, 미아는 춤을 잘 춘다. 달인의 영역에 도달했다고 해도 과언이 아니다. 따라서 미아는 비교적 순조롭게 승마술을 체득했다.

이미 평범하게 달리는 정도는 문제가 없는 걸 넘어서 그 실력이 제법 괜찮았기에, 이 정도면 '페가수스 프린세스'라고 불러도 되지 않을까? 라는 자만에 빠져 있을 정도였다.

"흐음, 이 속도일 때는 3박자, 조금 더 빨라지면 4박자의 스텝이 되겠군요. 그렇다면 이쪽에서 신호를 보내는 타이밍은……."

이렇게 자신의 댄스 경험과 승마술을 연관 지어 더 깊이 이해해갔다.

그렇다. 마침내 미아는 '댄스 기능'에서 '승마 기능 C-'라는 파생 스킬을 얻은 것이다!

그러므로 미아가 월토마를 다루는 것도 가능하다 믿게 된 것도 이상한 일은 아니……었으나…….

"으음……."

마롱의 추천으로 느린 걸음부터 보통 걸음까지 황람을 조종해 본 미아는 말 위에서 작게 신음을 흘렸다.

——묘하게 리듬이 어긋난단 말이죠, 이 녀석……. 이쪽이 기

분 좋게 타고 있을 때만 꼭…….

그렇다……. 미아가 기분 좋게 리듬에 맞춰서 신호를 보내면 황람이 불현듯 리듬을 바꿔버린다.

그것도 노골적으로 바꾸는 게 아니라 천천히, 느릿느릿 바꾸는 것이기에 그 어긋난 감각이 묘하게 신경에 거슬렸다.

이게 보통 걸음일 때는 괜찮지만 조금 속도를 올린 빠른 걸음일 때는 문제가 커진다. 말의 움직임이 커지기 때문에 말 위에 있는 인간은 앉았다가 일어나기를 반복하며 그 충격을 이완하는 '경속보'란 동작을 할 필요가 생기는데…….

이것도 어째서인지 황람과 미묘하게 호흡이 맞지 않아서 미아는 몇 번이나 엉덩이를 부딪치게 되었다…….

"으윽. 어, 엉덩이가 얼얼해요……. 이, 이 녀석. 분명 일부러 이러는 거예요!"

그런 원한이 들린 건지 어쩐 건지……. 황람이 미아 쪽을 휙 돌아보고는 입꼬리를 끌어당기며 히히힝 울었다.

"이게 진짜……. 어제 눈앞에서 당근 케이크를 먹은 것에 앙심을 품은 거군요……. 애초에 그거, 반 넘게 당신이 먹어버렸잖아요……."

미아는 이를 갈며 황람에서 내렸다.

──아아, 궁합이 최악이에요……. 저는 좀 더 온순하고 귀여운 말이 취향인데…….

참고로 승마 대회에 참가하는 사람들은 대부분 자신의 집에서 말을 데려온다.

그리고 빨리 달리기에 참가하는 자들은 대부분이 월토마를 데려오니 당연하게도 루비 또한 월토마를 준비했을 것이다.

대항하기 위해서는 마찬가지로 월토마에 탈 수밖에 없으나…….

──끄으응. 어째서 승마부에는 이런 녀석밖에 없는 거죠?

그렇다고 제국에서 말을 보내달라고 할 수도 없었다. 예전에 승마부에 갓 들어갔을 때, 평범한 말을 보내달라고 부탁한 적이 있었다.

"덩치가 큰 말에 탔다가 떨어지기라도 하면 큰일이 아니냐!"

하지만 황제에게서 이런 간섭이 들어오는 바람에 안전한 소형 말밖에 보내주지 않았다.

──그나저나 어떻게 해야 할까요……. 이대로는 승부가 되지 않을 텐데요…….

팔짱을 끼며 생각에 잠기는 미아. 그때였다.

"안녕, 미아. 연습은 어때?"

따그닥, 따그닥. 말에 탄 아벨이 다가오는 것이 보였다.

"어머, 아벨. 오늘도 훈련인가요?"

"물론이지. 이기고 싶으니까."

참고로 아벨이 출장하는 건 마상 검술 부문이다. 시온도 마찬가지다.

"그나저나 역시 아벨이군요. 능숙하게 말을 다루고 있잖아요."

"그런가? 미아도 열심히 하는 것 같은데……."

"저는 열심히 하고 있지만, 이 말이…… 히익!"

뒤에서 무언가가 꾹 밀어버리는 바람에 미아는 앞으로 구를 뻔했다.

"아앗?!"

그쪽을 돌아본 미아는 자신을 코로 밀어대는 황람의 모습을 발견했다.

——이, 이 녀석이……. 역시 저를 우습게 보고…….

날카롭게 노려보려고 한 미아였으나…….

"아, 혹시 내가 미아와 친하게 대화하니까 질투한 건지도 모르겠네."

문득 아벨이 그렇게 말했다.

"분명 미아를 좋아하는 거야."

"어머, 저를 좋아한다고요……?"

미아는 작게 고개를 갸웃거렸다.

——흐음, 그렇군요……. 그러고 보면 남자는 좋아하는 여자의 관심을 끌기 위해 심술을 부리는 법이라고 안느가 그랬었죠…….

미아는 황람을 보고는, 그…… 참으로 재수 없게 씨익 웃었다.

"에이, 그런 거였어요? 그런 거라면…… 응?"

그때 미아는 깨달았다. 황람의 코가 벌름거리고 있다는 사실을…….

이런 움직임을 보인 뒤에는 대부분…….

"서, 설마……. 도망! 으아아아아아아!"

푸엣취이이이!

축축…….

폭풍 같은 재채기에 휘말린 미아는 그 자리에 털썩, 엉덩방아를 찢었다.

제13화 미아 황녀, 응원하다! ……말을

"저, 저저, 정말, 참을 수 없어요! 참을 수 없어요!"

마구간에 황람을 끌고 온 미아는 이를 득득 갈았다.

수건으로 닦긴 했지만, 그 머리카락은 축축하게…… 무언가로 젖어있었다.

"으으, 빨리 목욕하고 싶어요……. 하지만, 그 전에! 마롱 선배에게 파트너 말을 바꿔 달라고 해야겠어요!"

굳게 각오한 뒤 마롱이 있다고 하는 특별 마구간 쪽으로 향한 미아……, 였으나…….

"어머? 없네요……."

마구간 안에는 아무도 없었다. '아무도'라고 해야 하나, '한 마리도'라고 해야 하나…….

신기하게도 그곳은 텅텅 비어서 말의 모습을 전혀 찾아볼 수가 없었다.

"그러고 보면 여기에 들어오는 건 처음이군요……. 앗."

그때 미아는 깨달았다.

마구간 안에 딱 한 마리의 말이 우두커니 서 있는 것을.

"어머나……. 무척 예쁜 말이네요……."

미아는 무심코 그 모습에 넋을 놓았다. 그건 순백의 털을 지닌 아름다운 말이었다.

마치 여왕과도 같은 기품 있는 모습으로 말이 미아를 똑바로 바라보고 있었다.

"당신은……."

"이 녀석은 화양(花陽)이라고 해. 황람과 마찬가지로 월토마지."

목소리가 들린 쪽을 돌아보자 바로 뒤에 마롱이 서 있었다.

청소하는 도중이었던 건지 손에 거대한 마구간용 쇠스랑을 들고 있었다.

"월토마……. 아, 그러고 보면 출산을 앞둬서 달릴 수 없는 말이 있다고 하셨죠."

듣고 보니 그 말의 몸통이 둥글둥글 부풀어 오른 것처럼 보였다.

"무척 아름다운 말이에요……."

미아는 작게 웃었다. 화양은 그런 미아를 조용히 응시했다. 그 눈동자에서는 포근한 온기가 느껴졌다.

"어머, 이 아이…… 무척 부드러운 눈빛이네요……."

"그래. 이 녀석은 암컷이고 월토마 중에서도 상당히 온화한 편이야. 이 녀석이 달릴 수 있었다면 이 녀석을 타게 했을 테지만……."

"아아, 그건 무척 아쉽군요……."

그렇게 말하면서도 미아는 생각에 잠겼다.

──이번 승마 대회에서는 시기가 안 맞을지도 모르지만……, 겨울까지라면 어쩌려나요?

성야제날 밤……. 미아는 말을 타고 멀리 나갔다가 도적에게 살해당한다.

그때 만약, 발이 빠른 월토마를 탈 수 있다면 살아남을 수 있을지도 모른다……. 이 화양이라면 이쪽의 뜻에 따라 달려줄 것 같으니까······. 그 망할 말과 달리······.

미아는 기대를 담아 마롱 쪽을 보았다.

"그런데, 말이에요······. 마롱 선배? 이 아이는 언제 출산하고 언제쯤이면 달릴 수 있게 되는 건가요?"

"으음, 글쎄. 대충 앞으로 열흘 정도면 낳을 거야. 그러면 당장에라도 달릴 수 있는데, 사람을 태우고 전력질주하는 건 일주일 있으면 가능하겠지."

"오호······, 그렇다면······."

겨울에 열리는 성야제까지는 충분히 회복되고도 남지 않는가······.

그 후 미아는 다시금 화양을 보았다. 물끄러미 미아를 바라보는 맑은 눈동자. 거기에는 참으로 지적인 빛이 깃들어 있었다.

——아아, 황람의 어벙한 얼굴과는 전혀 달라요! 그리고 보면 월토마는 무척 머리가 좋은 말이라고 했었으니, 분명 바보인 황람이 예외인 거겠죠······.

미아는 감탄하면서 생각했다.

——머리가 좋다고 하니, 분명 은혜를 입으면 제대로 기억할 거예요. 그 황람은 모르겠지만······, 이 아이는 똑똑해 보이니 틀림없어요······. 그렇다면······.

미아의 본능이 알렸다.

이 말과 친하게 지내둬야 한다. 이 말에 은혜를 베풀어라!

미아는 고개를 한 번 크게 끄덕인 뒤 마롱 쪽을 보았다.

"저기, 마롱 선배. 저도 이 말을 돌보는 것을 도와드리고 싶은데 괜찮을까요?"

"응? 아니, 뭐 상관없는데…… 돕겠다니?"

"몸을 닦아서 깨끗하게 해주거나 청소 같은 거요."

승마부라고 해도 미아 같은 학생들은 말을 직접 돌보지 않는다. 그걸 담당하는 건 학원의 직원이고, 고귀한 신분인 학생들은 그저 승마 기술을 갈고닦을 뿐이다.

기마 왕국의 마롱이나 그 영향을 받은 아벨 등은 승마술이란 말을 돌보는 것과 세트라는 이유로 마구간 청소 등도 하고 있으나, 그렇게 하는 사람은 어디까지나 일부뿐이다.

그런 와중에 설마 대제국의 황녀가 이런 말을 꺼내다니. 너무나 뜻밖이라서 마롱은 입을 떡 벌렸다.

"아, 물론 할 수 있는 범위에서요. 매일 아침 일찍 일어나 돌보러 오는 건 어렵지만, 그래도 일손이 필요하지 않으신가요? 그……, 힘든 일이잖아요? 아이를 낳는 건……."

미아의 내면엔 타산과는 다른 마음도 있었다.

얼마 전까지는 아기는 커다란 새나 그런 게 가져다주는 건가? 라는 엉뚱한 소릴 하던 미아였으나 그래도 최근에는 올바른 지식을 익혔다.

역사서대로 가면 8명이나 낳아야 하기 때문이다…….

아이는 실제로 어떻게 태어나는 건지 클로에게 상담했더니, 말없이 책을 건네주었다.

"여기에 적혀있는데요……. 그, 너무 놀라지 마세요, 미아 님."

그런 말을 듣고 벌벌 떨면서 읽은 미아였다.

따라서, 알고 있다.

아이를 낳는 것은 무척……, 무척 힘든 일이라는 것을.

──저 괜찮은 걸까요……? 8명이나……? 으윽…….

그렇게 걱정이 되면서도 미아는 화양의 배를 가볍게 어루만졌다.

"힘내세요. 멋진 아이를 낳는 거예요."

묘하게 화양의 마음에 공감하는 미아였다.

제14화 낭보! 마롱, 또다시 미아에게 감탄해버리다

『우리 기마 왕국의 백성은 말과 함께 이 대지를 달리는 자. 말은 우리를 온갖 속박에서 해방하고 끝없는 저편의 땅을 보여주며, 어떠한 장소에 있다 한들 우리를 대지와 연결해주는 것. 말은 우리의 영혼. 따라서 결코 소홀히 대해서는 아니 된다.』

그것은 린 마롱의 몸에 뿌리박힌 말, 족장인 할아버지의 가르침이었다.

중앙정교회가 득세한 광활한 종교권. 마롱의 모국인 기마 왕국 또한 그 안에 있는 나라이다. 그래서 그들이 믿는 신 또한 다른 나라와 마찬가지로 이 땅을 만들어낸 유일신인 성신이다.

그러므로 그들은 '말' 그 자체를 신성시하지는 않는다. 하지만 그들의 신앙은 주위 국가에 비해 조금 특수했다.

티어문 제국의 소수민족인 룰루 족이 숲의 나무를 통해서 신을 보는 것처럼, 기마 왕국의 백성은 말을 통해서 신을 본다.

말이란 신께서 빌려주신 가장 위대한 힘이자, 둘도 없는 재산이자, 신과 자신들을 이어주는 끈이다. 중앙정교회의 성전을 통해서 설파되는 신의 은혜 중 가장 커다란 은혜를 그들은 '말'이라는 형태로 인식하고 있다.

따라서 그들은 다른 나라와는 비교도 할 수 없을 만큼 말을 소중히 여긴다.

마롱 또한 그런 가르침 속에서 자랐다.

그렇기에.

"말은 더럽잖아. 이런 냄새 나는 짐승이 학원 내에 있다니, 믿어지지 않아."

어떤 귀족 영애가 뱉은 그 말은 도저히 용서할 수 없는 말이었다.

세인트 노엘 학원에 막 입학했을 때의 마롱은 그런 일에 일일이 분개하며 주위와 마찰을 빚어왔다.

하지만 그는 점점 알게 되었다.

이 학원에서는, 그리고 타국의 상식에서는 그렇다고.

기마 왕국에서는 태어났을 때부터 말과 함께하고 말과 함께 생활하며 말은 가족이었다.

하지만 타국에서 말은 단순한 가축이고, 경우에 따라서는 무기로 대우한다.

남자라면 전장에서 신세 지게 되니까 애착도 생기는 편이다. 상인, 혹은 농민에게 말은 귀중한 노동력. 마찬가지로 소중히 대할 것이다.

하지만……, 귀족 영애의 눈으로 보면 말은 그저 냄새나는 동물일 뿐이다.

확실히 망아지라면 귀여울지도 모르지만, 어디까지나 그건 관상용, 애완용에 불과하다. 냄새나지 않는 예쁜 것. 캔버스에 그려졌을 법한, 혹은 무기질적인 천으로 만든 인형 같은. 그녀들은 그런 것을 이상적이라고 생각한다.

생물이라면 음식을 섭취하고 변을 본다.

아무리 깨끗하게 유지해도 다소는 냄새가 나는 법. 그게 살아 있다는 것이다.

그런 당연한 것을 받아들이지 못하는 속이 좁은 자들…….

어느샌가 마롱은 그런 여자들과 거리를 두게 되었다.

그러니까……, 처음 미아가 승마부에 찾아왔을 때 마롱이 받은 충격은 결코 작지 않았다.

처음에 그는 경계했다.

미아가 말에게 위해를 가하는 게 아닐까.

예전에 말똥을 밟은 귀족 영애가 말을 처분하라고 분노하면서 쳐들어온 적이 있었다.

마롱은 시시한 헛소리라며 일소했는데, 이번에도 마찬가지일 줄 알았다.

하지만 미아는……. 자신의 실수로 똥을 밟은 것도 아니고, 말이 재채기를 날리는 바람에 드레스가 망가졌다는, 훨씬 심한 일을 겪은 미아는…… 그럼에도 불구하고 웃었다.

"아, 그런 건 별로 대단한 일도 아니에요."

아무렇지도 않다는 듯 말하며 선뜻 그 일을 용서했다.

그것만으로도 충격적이었는데 말을 타고 싶어 하질 않나, 심지어 승마부에 입부까지 했다.

이후 성실하게 승마술에 임하는 미아를 보며 마롱은 내심 감탄했다.

그 감탄은 최근 들어 한층 더 커졌다.

──정말 대단해……, 이 아가씨는…….

몇 번이나 황람의 재채기를 뒤집어써도 포기하지 않는 자세. 아니, 그것만이 아니라······.

──최근에는 황람의 호흡을 읽으려 하는 것처럼 보였어······.

말을 안 듣는다고 싫어하거나, 심통을 내는 게 아니라······ 정면에서 맞서며 극복하려는 자세.

무엇보다 말과 진지하게 마주 보려는 자세에 마롱은 마치 모국에 있는 여동생들을 보는 듯한 따뜻한 감정을 느끼고 있었다.

하지만 미아는 거기서 멈추지 않았다.

이번에는 말을 돌보고 싶다고 했다.

──내 예상을 간단히 넘어선단 말이지······. 이 아가씨는······.

평범한 귀족가의 영애라면 마구간은 냄새난다며 가까이 오지도 않는다.

하물며 그녀는 대제국의 황녀 전하다.

하지만 미아는 말했다.

말을 돌보고 싶다고. 새끼를 낳는 것은 힘들 테니까.

자애로운 눈동자로 화양을 보면서 말했다.

물론 그녀는 초보자다. 딱히 도움이 될 것 같지는 않았다.

하지만 마롱은 그 말 자체가 기뻤다.

"그래, 알았어······. 그럼 도움을 받기로 할까······. 물론 할 수 있는 범위에서."

이렇게 잔잔히 차오르는 감동에 가슴이 뜨거워지는 마롱 앞에서······.

──흐흥, 확실하게 은혜를 베풀어놔야겠어요!

그런 꿍꿍이를 꾸미는 미아였다.

이리하여 미아는 화양을 돌보는 것을 거들게 되었다.

제15화 그 영혼에 각인된 것

그것은 이전 시간축.

알려지지 않은, 작은 실연 이야기.

"아아……."

몸에서 힘이 빠져나가는 듯한 감각…….

루비 에트와 레드문은 소식을 듣고 그 자리에 주저앉았다.

첫사랑의 행방을 찾고 있던 루비에게 들이닥친 잔혹한 현실…….

정해의 숲에서 일어난 분쟁. 변경의 부족, 룰루 족과의 전투에서 바노스가 죽었다.

그는 그 몸에 수많은 화살을 맞고, 그러고도 쓰러진 부하 두 명을 짊어지고 숲에서 퇴각하여……, 진지로 돌아와 숨을 거뒀다고 했다.

어린 시절에 봤던 그의 다정한 얼굴이 그 죽음과 겹쳐졌다.

——아아, 그 사람은…… 정말 죽어버린 거야…….

그 인식이 실감이 되어 가슴속에 무겁게 가라앉았다.

"대체 어째서……, 왜 그런 일이 일어난 거지?"

숲이라는 상대의 영역에 왜 발을 들여놓게 된 것인가.

애초에 어째서……, 자국의 소수민족과 분쟁이 발발한 것인가.

"처음에는 베르만 자작의 요청이었습니다. 하지만 자작은 아무래도 더 위에서 명령을 받은 것 같았습니다."

"더 위……? 그렇다면?"

백인대의 생존자라고 나선 남자는 어딘가 경박한 말투로 말했다.

"황녀 미아 루나 티어문 전하가……, 그 숲에 있는 나무를 원했다나요."

"미아 황녀 전하께서……?"

"네……. 아주 호화로운 보석함을 만든다……. 그 재료로 쓰인다는 것 같았는데요……."

남자는 말했다.

"그걸 방해하려는 룰루 족을 배제한다……. 저희 부대는 그런 이유로 파병된 것 같았습니다……."

그 말이 루비의 귀에 스르륵 파고들었다. 마치 교활한 뱀처럼…….

"고작…… 그런, 이유로?"

찰나의 망아. 이어서 피어난 분노는 루비의 전신을 휘감고 그 몸을 옭아맸다.

시간이 흐르고……, 대기근이 제국을 덮쳤다.

굶주림이 퍼져나가고 죽음과 분노가 제국 내에 차올랐을 때, 혁명의 씨앗이 발아했다.

그런 상황에서 그녀가 찾아왔다.

미아 루나 티어문.

제국의 황녀는 부하 한 명을 데리고 찾아왔다……. 레드문 공작가의 사병 파견을 요청하며…….

그 요청은 실제 무력이라는 의미에서 중요한 것이었으나, 그이상으로 황제와 귀족의 관계가 한결같음을 드러내기 위해서도 중요했다.

혁명군의 의지를 깎기 위해 제국 내의 귀족이 일치단결한 모습을 국내외로 알리기 위해서…….

──지금 이 타이밍이라면 막을 수 있어…….

그걸 알면서도…… 루비는 아버지를 선동했다.

"지금은 움직일 때가 아니라고 봅니다……."

자신이 지닌 모든 지혜를 동원하여, 전술론을 모조리 끌어와서 설득했다.

지금은 싸울 때가 아니라고…….

그렇게 혁명군의 기세를 간접적으로 도왔다.

이윽고……, 제도는 불에 휩싸이고 혁명이 이루어졌다.

그 불꽃은 황제 일족에서 멈추지 않고, 각지에 있는 대귀족의 영지에도 퍼져나갔다.

정예를 자랑하는 레드문 공작가의 사병단이었으나, 그것도 제국군 본대와의 연계가 없으면 각개격파의 좋은 먹잇감이 될 뿐.

철저항전의 자세로 격전을 벌였지만 끝내 혁명군의 기세를 꺾지는 못했다.

병사들을 이끌고 출진한 아버지도, 동생들도 결국 돌아오지 않았고…….

노도와도 같은 기세로 밀려드는 혁명군을, 불타오르는 영도를 멍하니 바라보면서 루비는 중얼거렸다.

"어라……? 나는……, 뭘 하고 싶었던 거지?"

이미 제도는 혁명군의 손에 떨어졌다.

제국군도 이미 조직적인 전투를 할 수 있는 상태가 아니고, 각 귀족도 제 영지의 방어만을 위해 병사를 움직이는 상황이라 공동으로 싸우는 자세는 보이지 않았다.

제국 최대의 문벌인 레드문 공작가가 병사를 일절 파병하지 않고 오직 자신들만의 안녕을 꾀한다. 그렇다면 자신들도 영지를 지키기 위해서만 병사를 사용하는 게 무엇이 나쁜가.

군사에 밝은 레드문 공작이 솔선해서 병사를 파병하지 않았기 때문에 다른 귀족들에게 선례를 만들어버린 셈이었다.

루비가 선동하여 미아의 의뢰를 거절한 것이 영향을 미쳤다.

모든 것은 계산대로 진행되었다.

바노스를 죽음으로 몰아넣은 미아 황녀는 혁명군의 손에 떨어져 처형당했다.

복수는 이뤘다. 그건 틀림없는 승리일 터. 하지만…….

"이런 걸 하고 싶었던 게 아니야……."

가슴에 남은 것은 그저 허무한 감정뿐이었다.

루비는 아버지에게 파병 이야기를 거절하라고 진언한 것 말고는 아무것도 하지 않았다.

원한을 풀기 위해 황실에 반기를 들지도 않았고, 직접 병사를 이끌어 미아의 목을 베러 간 것도 아니고……, 그저 영지에 틀어박혀 있기만 했다.

그녀는 **싸우지 않았다.**

왜냐하면 그녀에게는 이미 싸울 이유가 없었으니까…….

이미 그녀는 싸워가면서까지 얻고 싶은 것도, 싸워가면서까지 지키고 싶은 것도 갖고 있지 않았으니까…….

저택의 정면에서 문이 부서지는 소리가 났다.

이제 곧 혁명군 사람들이 밀려들 것이다.

루비는 검을 뽑아 목에 가져갔다.

"태어났을 때부터 싸우는 것을 배웠어. 검을 다루는 법도 병사를 이끄는 법도 말을 타는 방법도……. 그런데도 목숨을 걸 자리가 주어지지 않은 채 죽다니, 우스꽝스럽구나……."

작게 지친 미소를 지은 뒤 루비는 검을 휘둘렀다.

끊임없이 흐르는 자신의 피에 잠기면서 그녀는 무한의 공허와 실의 속에 생애를 마쳤다.

……원하는 것을 위해 싸우지 못했다는 회한.

그 후회는 루비의 영혼에 깊게 각인되었다.

제16화 미아 황녀, 무적 모드가 되다

미아는 기본적으로 일찍 일어나기 어려워한다.

계속 잘 수 있다면 점심까지도 자고 싶고, 느긋하게 뒹굴며 침대 위에서 지내고 싶다. 방탕함을 극상의 가치관으로 삼는 부류의 인물이다.

하지만……, 최근 그 생활 스타일에 작은 변화가 생겼다.

요즘 미아는 열심히 승마술에 임하며 체력을 모조리 사용한 뒤에 방으로 돌아오는 일을 되풀이하고 있다.

여분의 체력을 전부 써버렸기 때문에 아주 일찌감치 잠들게 된 것이다.

몹시 잘 자고 있고, 그 수면의 깊이도 아주 깊다. 죽은 것처럼 잔다는 말이 딱 들어맞는 형국이다.

그래서……, 다음 날 아침이면 이른 시각에 눈을 번쩍 뜨게 되었다.

일찍 자고 일찍 일어나며 적절한 운동까지. 극도의 건강우량아가 탄생한 과정이다.

그런고로 최근에는 완전히 안느와 같은 시각에 일어나게 된 미아였지만…….

여태까지였다면 침대 위에서 뒹굴뒹굴하거나, 안느의 동생 에리스가 보낸 소설을 반복해서 읽곤 할 테지만…….

"흐음, 모처럼 일찍 일어났으니 가 볼까요……. 그런 말을 했으니 매일은 힘들어도 가끔은……, 아니, 적어도 첫날 정도는 아침에 가지 않으면 조금 찜찜하니까요……."

타고난 소심한 발상이 작동한 미아는 서둘러 옷을 갈아입은 뒤 성실하게도 마구간으로 향했다.

"오, 아가씨……, 꽤 일찍 왔네……?"

미아의 모습을 본 마롱은 놀라움을 감추지 못하는 얼굴로 미아를 보았다.

"설마 이런 시각에 올 줄은 몰랐어……."

"그건 제가 할 말이에요."

미아도 조금 놀란 말투였다.

"이런 시간부터 말을 돌보고 있다니, 생각지도 못했어요. 설마 매일 이 시각에?"

"아니, 뭐. 이제 곧 새끼가 태어날 테니까 마음에 걸려서 말이야. 게다가 최대한 마구간 안은 깨끗하게 해두고 싶거든."

"그럼 저도 돕겠습니다. 뭘 하면 될까요?"

"아, 그래. 그럼 같이 청소하는 걸 도와줄래?"

"네, 알겠어요."

미아는 마롱에게서 마구간용의 커다란 쇠스랑을 받은 뒤 팔을 걷어붙였다.

——한다고 한 이상 대충할 순 없죠. 마롱 선배도 안느도 보고 있으니 제대로 화양에게 은혜를 베풀어주겠어요!

이리하여 한바탕 작업을 마친 미아는 마구간을 뒤로했다.

"아아, 피곤해요……. 으으, 팔 아파…….."

불현듯 땀으로 젖은 목덜미에 기분 좋은 바람이 부는 것을 느끼고 크게 기지개를 켰다가…… 그 직후! 펄쩍 뛰어올랐다!

"히이익! 뭐, 뭐죠? 아……."

미아 옆에는 언제 온 건지 황람이 우두커니 서 있었다. 아무래도 조금 전의 바람은 황람의 콧바람이었던 모양이야. 상쾌함이 단숨에 날아갔다.

미아의 뒷머리에 코를 가져가는 황람. 그 코가 여느 때처럼 움찔거리는 것을 본 미아는…… 도망치지 않고, 오히려 당당히 가슴을 폈다.

"흐흥, 어차피 이 뒤에 아침 목욕을 할 예정이니 아무리 더러워져도 태연해요! 어디, 할 수 있다면 해보세요!"

그렇다……. 지금의 미아는 무적이다.

마구간을 청소하면서 완전히 땀으로 더러워졌기 때문에, 바로 목욕하러 갈 생각인 미아였다. 따라서 그 전에 아무리 더러워져도 문제가 없다는 발상!

그건 말하자면 빵에 바르는 벌꿀을 사용한 놀이와도 비슷하다.

아침에 눈앞에 나온 빵과 벌꿀.

빵을 두 토막으로 잘라서 드러난 하얀 부분에 벌꿀을 발라 먹는 것이 미아의 방식이다. 이때 최종적으로는 벌꿀을 골고루 바르는데, 따라서 입에 그 전에 벌꿀로 살짝 낙서를 하며 놀 수 있다.

예를 들어, 이건 어디까지나 예시이지만 '미아♥아벨'이라고 적고 히죽거린 후에 그 위에 벌꿀을 평평하게 덮어서 숨긴다거나……. 그런 놀이다.

……딱히 실제로 미아가 그렇게 했다는 건 아니다. 그렇게 하면 벌꿀도 많이 바를 수 있고…… 뭐 그런 짓을 미아가 자주 저지르고 있다는 것은 흔히 볼 수 있는 가짜 뉴스의 일종이다.

아무튼, 어차피 다 발라버릴 것이라는 정신처럼, 혹은 어차피 먹어버리면 아무도 보지 못한다는 정신처럼, 어차피 목욕탕에 가서 씻을 것이라는 정신으로 무장한 지금의 미아는 무적이었다.

지금부터 여기에 누워서 진흙 놀이를 해도 괜찮을 정도의 마음가짐이었다.

"자요, 자요! 어서! 여느 때처럼 재채기를 해보지 그러세요? 얼마든지 저에게 뿌려도 괜찮거든요~."

그렇게 승리자의 미소를 지으며 황람을 도발하는 미아! 참으로, 그……. 조심스럽게 표현해도 진상이다.

한편 황람은…… 얼굴을 휙 돌리고는 걸어가 버렸다.

"어, 어라……? 재채기 안 하나요?"

그 자리에 남아버린 미아는 어째서인지 조금 실망한 표정이 되었다.

"끄으응, 모처럼 재채기를 뒤집어써도 태연한 모습을 보여줄 기회였는데……. 저 녀석, 역시 알면서 재채기를 끼얹은 거였나요……? 응? 아니면 혹시, 드디어 제 앞에 무릎을 꿇을 생각이 들었다거나?"

그때, 그 발언을 마치 이해한 것처럼 황람이 멈춰서더니…….

"히히히힝……."

입꼬리를 끌어올리며 웃었다.

"뭐, 뭔가요?! 그 미소! 큭, 이 녀석. 역시 저를 무시하는 거예요! 그런 거죠?!"

황람은 이번엔 돌아보지 않았다. 그저 굵고 멋들어진 꼬리만이 미아를 비웃듯이 살랑살랑 흔들릴 뿐이었다.

제17화 말의 위세를 빌려라! 미아 황녀!

"흐음……, 이 정도면 될까요?"

느릿느릿 거대한 쇠스랑으로 목초를 정리하는 미아.

일찍 일어나서 화양을 돌보러 오게 된 지도 벌써 일주일이 지나려 하고 있었다.

사실은 첫날만 하고 그 후엔 게으름을 피울 생각이었지만……, 화양을 돌봐주고 나서 황람을 타자, 전보다 아주 편해진 것을 느끼게 된 점이 마음에 걸렸다.

시험 삼아 다음날도 화양을 돌본 후 황람에게 가자, 역시 황람은 비교적이긴 해도 순순히 미아의 지시를 따랐다. 재채기를 끼얹지도 않았다.

"이건 대체……?"

이러한 변화를 통해 미아는 추리했다.

머리를 굴리면서 디저트를 먹고, 먹으면서 머리를 굴리고, 먹으면서 먹고……. 그 결과, 한 가지 결론에 도달했다!

"아항, 그렇군요……. 그런 거였어요. 그러니까 화양은……."

눈을 부릅뜨고 외쳤다!

"황람의 보스인 거로군요!"

그렇게 생각하고 보자 화양에게는 황람에겐 없는 기품 같은 것이 느껴졌다. 황람만이 아니라 다른 어떤 말에도 없는, 여왕과도 같은 기품과 당당한 분위기가 존재한다.

말 위에 서는 말이라는 품격이 있는 것이다!

"그렇다면 황람은…… 겁을 먹은 거예요……. 흐흥, 그렇게 건방지게 굴어도 어차피 황람은 월토마 중에서는 조무래기였던 거죠."

그렇다. 되짚어보면 미아가 아는 한 괜히 허세를 부리거나 거들먹거리는 태도를 보이는 녀석은 대체로 조무래기에 불과하다.

이전 시간축에서도 그런 귀족이 아첨하러 온 적이 있었지 않나. 그것과 마찬가지다.

"아마 황람도 화양의 냄새가 나는 저에게 두려움을 느끼는 것이 분명해요."

그리고 그 마음을 이해하지 못하는 미아가 아니다. 라피나나 시온을 두려워했던 미아는 황람의 마음을 잘 알 수 있었다. 때로는 절대 거스르면 안 되는 것이 이 세상에 존재한다. 따라서…….

"그런 것이라면 이용하지 않을 수 없죠!"

미아는 그렇게 결심했다.

말의 위세를 빌리는 미아였다.

그렇게 미아는 매일 화양을 찾았다.

게다가 제 몸에 화양의 냄새를 묻히기 위해 열심히 화양을 닦아주거나 마롱의 지시를 따라 털을 빗겨주기도 했다.

"흐음……. 왠지 이 털의 감촉……. 어째서인지 친근감이 드는데요……?"

그렇게 중얼거리면서…….

이리하여 8일째의 오후. 여느 때처럼 미아는 마구간을 찾아왔다.

"잘 지냈나요? 화양. 건강하죠?"

미아가 말을 걸자 화양이 조용히 얼굴을 들었다. 느릿느릿한 그 움직임에서 묘한 위화감이 느껴졌다.

"어라? 조금 상태가 이상한 것 같은데……? 흐음, 나중에 마롱 선배에게 말해두는 게 좋을까요?"

그렇게 중얼거리면서 청소를 시작했다.

참고로 머리에는 두건을 쓰고, 옷은 더러워져도 괜찮도록 긴소매·긴바지라는 전용 차림새다.

완전히 청소 요령이 몸에 밴 미아였다. 마음은 완전히 말 전문가다.

"후후후, 왠지 이렇게 일하다 보면 조금 상쾌한 기분이 들기 시작했어요."

잘 먹고, 말을 잘 타고, 잘 먹고, 잘 일하고, 잘 먹고, 잘 잔다.

완전무결한 건강우량아의 극치인 미아였다.

참고로 운동량이 조금만 줄어도 바로 토실토실 루트로 직행하는 줄타기 생활이라 할 수 있지만…….

아무튼, 청소를 마치고 깨끗해진 마구간을 보고 뭐라 말할 수 없는 달성감을 느낀 미아의 얼굴에 무심코 웃음이 번졌다.

"페르장 농업국에서는 왕족이 수확의 진두지휘에 선다고 하고, 루돌폰 변경백에서도 비슷한 식이라고 하죠. 그렇군요, 땀을 흘리며 일하는 것도 제법 좋군요."

이렇게 미아가 땀을 반짝반짝 흘리면서 청소를 계속하고 있었더니…….

"안녕하세요. 미아 언니."

"실례합니다. 미아 황녀 전하."

마구간 입구 쪽에서 귀여운 목소리가 들렸다.

"어머, 벨. 게다가 리나 양도······. 아, 혹시 견학하러 온 건가요?"

미아는 며칠 전 공중목욕탕에서 들은 이야기를 떠올렸다.

"그러고 보면 말에 관심이 있다는 이야기를 했었죠?"

"네. 오늘은 그래서 견학하러 왔습니다."

슈트리나는 생글생글 꽃 같은 미소를 지으며 말했다. 참고로
두 사람의 복장은 한눈에 봐도 견학이라는 티가 나는 평범한 교
복이었다. 마구간에 들어가기에는 다소 부적절하다 할 수 있다.

그걸 본 미아는.

──흐흥, 아마추어에게 베테랑의 기술을 똑똑히 보여줘야겠
군요.

살짝 우월감에 젖은 생각을 했다. 다소 거만하게 우쭐대는 표
정으로······.

"그나저나 무척 예쁜 말이네요. 미아 하, 언니."

벨이 화양을 향해 걸어오면서 말했다.

"그래요. 그 말은 아마 이 학원에서 기르는 말 중에서도 가장
예쁜 말일 거예요."

어딘가의 황람과는 정반대로! 그런 말을 속으로 덧붙이는 미아
였다.

"여기 청소가 끝나면 제가 말을 타는 모습도 보여드릴게요."

"후후, 맞아요. 리나. 미아 언니는 정말 대단하다니까요. 말을

완벽하게 대하…… 어라?"

그때 벨이 의아해하는 목소리를 냈다.

"미아 언니, 이상해요. 이 말, 어쩐지 아파 보이는데요……?"

"네……?"

그렇게……, 역대급 수라장이 미아를 기다리고 있었다.

제18화 생명의 신비와 기묘한 기시감

"왜, 왜왜, 왜 그러는 거죠? 화양?"

당황하며 화양 곁으로 걸어오는 미아. 화양은 옆으로 쓰러진 채 힘겹게 숨을 몰아쉬고 있었다.

"크, 큰일이에요! 안느! 마롱 선배를 불러오세요!"

"네, 알겠습니다!"

달려가는 안느를 배웅한 뒤, 미아는 화양 옆에 쪼그려 앉았다.

"정신 차리세요, 화양. 지금 바로 마롱 선배가 오실 거예요. 그러면……."

그렇게 부드럽게 말을 거는 사이에 마롱이 달려왔다.

"왜 그래? 아가씨. 화양에게 무슨 일이 있어?"

"아아, 마롱 선배……."

미아는 안도하며 주저앉을 뻔하면서도 마롱에게 자리를 비워 줬다.

"화양이 무척 괴로워 보여요……. 아, 혹시 출산 때는 다들 이렇게 되는 건지도 모르지만요……."

미아의 말이 점점 흐려졌다.

마롱의 얼굴이 무척 심각했기 때문이다.

"……보통 말은 우리가 도와주지 않아도 새끼를 낳을 수 있어. 그렇게 하지 못한다는 건……."

목을 꿀꺽 울린 뒤 마롱이 미아의 얼굴을 보며 말했다.

"골반단위(骨盤端位)일지도 몰라……."

"골반단위?"

하지만 그에 대한 설명은 없었다.

마롱이 입을 열려고 한 순간, 화양이 한층 크게 투레질을 했기 때문이다.

동시에 화양의 엉덩이 쪽에서 작은 말의 뒷다리가 나와 있는 게 보였다.

"큭, 시간이 아까워. 아가씨의 종자에게 사육 직원을 불러오도록 부탁했는데 이대로는 늦겠어. 우리끼리 끌어내자. 아가씨, 도와줘."

"…………네?"

순간적으로 미아는 '어라? 끌어내다니 누구에게 하는 말이죠?'라며 무심코 주위를 두리번두리번 둘러보았다.

그러고 난 뒤에야 간신히.

──어? 어? 호, 혹시 제게 말한 거예요?!

찰나의 주저. 하지만 그 직후, 미아는 보고 말았다.

조금 불안해하는 얼굴로 이쪽을 바라보는 슈트리나와, 기대로 눈동자를 반짝반짝 빛내는 손녀딸의 모습을…….

물러나고 싶어도 그럴 수 없는 싸움이 있는 법이다…….

"아, 알겠습니다. 할게요."

미아는 결연한 표정을 지으며 말했다. 그 후 화양 쪽을 보았다.

──안심하세요, 화양. 제가 도와드릴 테니까요!

그건 화양에게 커다란 빚을 지우기 위해…… 가 아니었다.

단적으로 말하자면, 미아는 새끼를 낳으려는 화양에게 공감하고 있었다.

——이 아이는 미래의 저예요…….

그렇게 생각하기에 기합도 들어갔다.

어떻게든 화양을 돕기 위해 미아는 소매를 걷어붙였다.

그 후로는 너무 필사적이어서 흐릿하게만 기억하는 미아였다.

마롱의 신호에 맞춰서 밖으로 튀어나온 다리를 힘껏 잡아당기고……, 쉬고. 또 한 번 잡아당기고…….

그런 단편적인 광경은 떠올릴 수 있었지만……, 깔끔하게 이어지는 하나의 기억으로 남진 못했다.

그렇게 정신을 차리자 미아는 마구간 안에서 다리가 풀린 사람처럼 주저앉아 있었다. 피로 때문에 팔다리에 힘이 들어가지 않았다.

그런 미아의 눈에는 축 늘어진 망아지와 그 앞에 무릎을 꿇은 마롱의 모습이 보였다.

"젠장, 숨을 쉬지 않아!"

마롱이 혀를 찼다. 그 후 망아지의 입가를 옷으로 닦고 거기에 입을 댔다.

미아는 그저 멍하니 그 광경을 지켜볼 수밖에 없었다.

한 번, 두 번, 세 번, 네 번……. 얼마나 계속하고 있었을까.

얼굴을 든 마롱은 움직이지 않는 망아지를 내려다보고…….

"큭……, 틀렸나…….."

원통한 듯, 피를 토하는 듯한 목소리로 중얼거렸다.

"세상에……."

미아는 멍하니 화양을 보았다. 미아에게는 그 눈동자에 어딘가 슬픈 기색이 깃들어있는 것처럼 보여서…….

"포기하면 안 돼요. 아직 뭔가 할 수 있는 일이…… 분명 있을 거예요."

자신도 모르는 사이에 그런 말을 했다.

화양에게 깊게, 절절하게 공감하고 있었기 때문이다.

"무언가……, 뭔가 할 수 있는 일……."

필사적으로 머리를 굴리는 미아. 그때, 뜻밖의 방향에서 도움의 손길이 내밀어졌다.

"……어쩌면 이게 도움이 될지도 모르겠습니다."

그렇게 말하며 한 걸음 나선 사람은 슈트리나였다. 그 손에는 작은 천 주머니가 들려있었다.

"그건?"

의아해하는 마롱에게 슈트리나는 진지하기 그지없는 얼굴로 말했다.

"약초입니다. 강심(强心) 효능이 있는 약초로, 심장에 자극을 가해서 다시 활력을 되찾게 한다고 해요."

그렇게 말하며 내미는 주머니에 마롱은 주저하면서도 손을 뻗었다.

잠시 망설인 뒤, 바로 고개를 저었다.

"어쨌거나 이대로는 죽을 거야. 그렇다면 시험해봐야지."

자신을 설득하듯 중얼거린 뒤 축 늘어진 망아지의 입에 주머니 안에 있는 것을 털어 넣었다.

찰나의 정적……. 그 후……, '콜록!' 하는 작은 소리가 들렸다.

"……! 좋아! 숨을 쉬기 시작했어!"

마롱이 쾌재를 불렀다! 그 목소리에 호응하듯 망아지가 몸을 부르르 떨더니 비틀비틀 일어나려 했다.

"아……, 아아, 아아! 해냈어요!"

미아는 저도 모르게 숨을 깊이 내쉬었다.

그 후 슈트리나 쪽을 보았다.

"감사합니다, 리나 양. 당신 덕분에 망아지가 살았어요!"

"아뇨, 도움이 되어서 다행입니다."

슈트리나는 여느 때와 다를 바 없는 가련한 미소를 지을 뿐이었다.

미아는 화양에게 걸어갔다.

"정말 잘 힘내주었어요……. 건강한 새끼가 태어났답니다."

다정하게 목을 쓰다듬자 화양은 미아를 향해 온화한 눈동자를 돌렸다. 그 눈에는 큰 임무를 완수한 자신감 같은 것이 보였다.

"우후후, 그럼 화양. 저도 먼저 당신의 새끼를 보도록 할게요."

싱글벙글 웃으면서 망아지를 향해 룰루랄라 걸어가던 미아는 문득 생각했다

──그러고 보면 화양의 남편은 어떤 말이죠……? 분명 무척 좋은 말일 텐데요…….

미아는 화양에게 깊게, 절절하게, 몹시 공감했다. 그건 완전히

자신과 동일시한 것과 가까운 감각이었다. 미래의 자신을 보는 듯한 기분이다.

따라서 화양이 선택한 상대는 분명 무척 좋은 말일 게 분명하다는 확신이 있었다.

왜냐하면 미아는 자신의 남자를 보는 안목에 자신감이 있었기 때문이다.

그렇게 망아지를 본 미아는…….

"어라? 어쩐지 이 아이, 어디선가 본 적이 있는 것 같은……?"

어디서 본 거였는지 눈썹을 찡그리면서 얼굴을 가까이 들이대는 미아. 그걸 본 망아지는 코를 움찔거리더니…….

"푸엣취!"

작고 귀여운 재채기를 했다…….

망아지의 무언가로 살짝 뒤덮여버린 미아는……., 무언가 중대한 사실에 도달할 뻔했다!

하지만 거기에 도달하기 직전, 뇌가 이해를 거부했다!

왜냐하면 미아는 화양에게 깊게, 절절하게, 몹시, 매우 공감했기 때문이다. 미래의 자신이기 때문이다!

남자를 보는 눈이 있을 터인데……., 그런 보잘것없는 말을 남편으로 선택한다는 건 말이 안 되기 때문이다!

그런 무의식이 발동하여 미아의 인식을 방해했다…….

"…………으음, 저는 말의 재채기를 뒤집어쓰는 저주에라도 걸린 걸까요?"

보고 싶지 않은 것은 보이지 않는 게 인간인 법이다.

제19화 석양처럼 붉은 말

"으, 으으······. 어쩐지 무척 피곤해요······."

미아는 다소 초췌해진 얼굴로 마구간에서 나왔다. 그런 미아 앞에 한 마리의 말이 나타났다.

그것은 미아의 승마 파트너인······.

"어라······, 황람."

말을 걸자 황람은 '히히히힝' 하고 울었다.

어쩐지 조금 기운이 없는 것처럼 보였다. 아니, 기운이 없다고 해야 할까······.

"혹시 보스를 걱정해서 온 건가요? 흐음, 제법 감동적인 부하로군요."

미아는 자상한 미소를 지으며 황람의 목을 쓰다듬었다.

"우후후, 안심해도 좋답니다. 당신의 보스는 무사히 새끼를 낳았으니까요."

근본적으로 미아는 자신에게 꼬리를 흔드는 인간을 평가하지 않는다. 그건 권력을 잃으면 간단히 뒤집히는 법임을 이전 시간 축에서 절실히 느꼈기 때문이다.

······미아는 그런 어중간한 것은 인정하지 않는다.

예를 들어. 만약 손바닥을 뒤집은 뒤에 다시 상대가 권력을 되찾으면 어떻게 되는가. 권력자가 지닌 인상은 처음부터 적대했던 사람보다 더 나빠지지 않겠는가.

미아는 그런 초지일관이 없는 자세를 인정하지 않는다.

이 세상에는 죽어버린 뒤에 시간이 되돌아간다는 기적이 일어났다. 상대방의 상황에 따라 입을 씻어버리는 아첨으로는 안 된다.

물론 미아는 절대적인 힘을 지닌 자를 전력으로 치켜세우는 마음을 이해하지 못하는 건 아니다. 오히려 아주 잘 알고 있다. 애초에 미아 본인이 비교적 자주 그런다.

따라서 미아는 어중간하게 아첨하는 녀석은 인정하지 않지만, 철두철미하게 상대방에게 알랑거리는 자는 동지로 인식한다.

그리고…….

"보스가 출산으로 약해져 있을 때도 변함없이 상태를 보러 오고, 늘 납작 엎드리는 그 자세……. 흐음, 황람……. 당신 제법이군요."

미아는 황람에게 강하게 공감했다!

그리고 그런 부류이기 때문에…….

"있잖아요, 황람. 저는 친구와 함께 당신의 소중한 보스를 도왔답니다. 나중에 화양에게 직접 물어봐도 괜찮아요. 보스의 새끼가 말이죠, 위험했거든요. 그걸 제 친구들의 재치로 어떻게든 구할 수 있었어요."

미아는 혼신의 힘을 담아 어필했다.

자신은 보스만이 아니라 보스의 피를 이어받은 차세대 권력자에게도 좋은 이미지를 주었다며 맹렬하게 어필했다.

둥근 눈동자로 물끄러미 바라보는 황람을 향해 웃었다.

"그러니까요. 승마 대회에서는 잘 부탁드려요."

미아는 '이것으로 잘 좀 부탁드립니다' 하며 뇌물을 찌르는 정치가의 미소를 지으며 말했다.

그에 비해 황람은 아는 건지 모르는 건지. 오묘한 표정으로 미아의 말을 듣고 있었다.

그때, 불현듯 그 귀가 꿈틀거렸다.

황람은 고개를 들고 주위를 천천히 둘러보았다.

"어라? 무슨 일이죠?"

미아는 어리둥절한 표정으로 고개를 갸웃거렸다. 하지만 아무리 머리가 좋다고 해도 말이 대답할 수 있을 리 없다.

답은 의외의 방향에서 날아왔다.

따그닥, 따그닥. 말이 걷는 소리. 그 직후.

"안녕하십니까, 미아 황녀 전하. 평안하셨는지요."

미아의 귀가 상큼한 목소리를 포착했다.

시선을 옮기자 그곳에 있는 사람은.

"어머, 루비 공녀. 평안하셨나요."

말을 탄 소녀, 루비 에트와 레드문이었다.

말에서 내려 미아의 눈앞으로 걸어온 그녀는 한 번 더 정식으로 신하의 예를 취했다.

"지금부터 승마장에 가는 건가요? ……그나저나, 멋진 말이로군요……."

미아는 다시금 루비가 타고 온 말을 보았다.

그것은……, 무척 빨라 보이는 말이었다.

땅을 딛고 선 탄탄한 다리. 우아하게 부풀어 오른 뒷다리의 근육에서 힘이 느껴졌다.

몸통도 근사했다. 늘씬하게 올라붙었지만 루비를 태우고 있어도 전혀 흔들리지 않는, 단단한 체간이 보였다.

하지만 그 이상으로 특징적인 것은.

"이렇게 붉은 털을 지닌 말이 있군요."

석양처럼 붉게 타오르는 멋진 털이었다. 여름날의 아지랑이처럼 일렁이며 굽이치는 갈기는 그 말에게 마치 왕과도 같은 품격을 부여하는 것 같이 보였다.

"황녀 전하의 칭찬이라니, 더할 나위 없는 기쁨입니다. 이 말은 저희 레드문가에도 한 마리밖에 없는, 최고속의 월토마입니다."

루비는 붉은 말의 목을 쓰다듬으며 말했다.

"도래하는 달밤의 코끝을 스치듯이 도망치는 붉은 노을의 토끼. 그리하여 '석토(夕兎)'라는 이름이 붙었습니다."

"석토……."

이름을 불렀다는 걸 알아들은 건지 석토는 똑똑해 보이는 눈으로 미아를 보고는 '히히히힝' 하고 작게 울었다.

──어라, 왠지 기품마저 느껴지는 얼굴이에요……. 귀족의 말이라는 느낌이 들어요…….

그 후 미아는 자기 옆에 서 있는 황람 쪽을 보고는…….

──이건……, 황람으로는 못 이기려나요……?

작게 한숨을 쉬었다.

그때 미아는 알아차렸다.

자신에게 경의를 표하듯이 부드러운 눈길을 보내던 석토가 황람 쪽을 보고는…… '훗' 하고 코웃음을 치는 것을…….

미아는 반사적으로 깨달았다.

——아, 이 말 성격 나빠요!

"그럼 저는 이만. 승마 대회의 본경기를 기대하고 있겠습니다."

그렇게 말한 뒤 루비는 가볍게 몸을 날려 석토에 탔다. 그리고…… 글자 그대로 붉은 바람이 되었다.

그 속도를 본 미아는 확신했다!

——아, 이거 패배 확정이네요……. 황람을 제대로 다룬다거나, 못 다룬다거나, 그런 문제가 아니에요.

그 후 미아는 황람 쪽을 보았다.

황람은 화를 내는 것도 아니고, 발끈하는 것도 아니고, 참 온화한 얼굴로 석토를 지켜보고 있었다.

——아아, 황람도 알아차린 거군요……? 저 녀석에겐 못 이긴다는 것을…….

미아는 기분이 어둡게 가라앉는 걸 느꼈다.

승마 대회의 본경기가 사흘 뒤로 다가온 날이었다.

제20화 미아 황녀는 어떤 순간에도
자신다움을 잃지 않는다

시간은 순식간에 지나가 승마 대회 당일이 되었다.

회장은 늘 미아가 연습에 사용했던 승마장이다.

맑게 갠 푸른 하늘, 살랑살랑 불어오는 가을바람이 쾌적하여 미아는 힘껏 기지개를 켰다.

"그나저나……."

그 후 미아는 다시금 회장을 바라보았다.

회장으로 쓰이는 연습장은 지극히 광활한 면적을 자랑한다. 한 바퀴를 돌려면 미아 기준 반나절까진 아니어도 중간에 포기해버 릴 만큼 긴 거리였다.

마롱의 설명에 따르면 코스의 길이는 한 바퀴에 1,000m(문테일) 라고 했다. 그 코스를 두 바퀴 돌고 골인이라나.

그리고 그 코스를 에워싸듯이 조금 거리를 두고 수많은 천막이 세워져 있었다. 노점도 여럿 출점한 건지 맛있는 냄새가 나서 미 아는 자기도 모르게 코를 벌름거렸다.

노점은 딱히 음식물만 파는 게 아니라 승마용 옷이나, 혹은 조 금 특이한 것 중에는 말 인형을 파는 가게도 있었다.

"어쩐지 대단히 활기차네요……."

즐거운 분위기에 무심코 웃음을 지으면서도, 미아는 작게 고개 를 갸웃거렸다.

──신기하네요. 저는 전혀 기억나는 게 없는데요…….

그랬다. 학생회로 올라오는 승마 대회 준비 보고를 보면서 미아는 고개를 갸웃거렸다.

──이런 대회가…… 있었던가요?

이전 시간축에서 미아는 최소 두 번은 승마 대회를 봤어야 했다. 그 후엔 나라에 큰일이 생겼기 때문에 그럴 여유는 없었을지도 모르지만…….

그런데도 이 이벤트에 대한 기억이 하나도 없었다.

마음에 걸린 미아는 옆에 있는 안느에게 물어보기로 했다. 그렇다고 해도 이전 시간축에 대해서 물어볼 수는 없었으니…….

"있잖아요, 안느. 작년 이맘때쯤에 이런 대회가 열렸던가요?"

"작년의 이 시기라면 렘노 왕국의 분쟁 해결을 위해 움직이고 계셨을 겁니다."

안느의 대답에 미아는 수수께끼가 풀렸다.

"그렇군요. 확실히 이 시기였죠. 렘노 왕국에 간 것이 여름방학이 끝난 직후였으니까……, 돌아와서 뒤처리를 하고 있을 때였던가요……?"

정확하게 말하자면 뒤처리는 모조리 루드비히에게 맡기고 기력을 모두 소진한 미아는 침대 위에서 뒹굴뒹굴하던 시기이다.

──수업에 나가는 것도 귀찮았으니 이 대회는 보러 오지 않았을지도 모르겠네요. 아벨과 시온도 자국 일에 바빠서 참가하지 않았을 테고…….

그런 생각을 하고 있을 때…….

"그것만이 아니야. 올해의 승마 대회가 성대해진 것은 다름 아닌 아가씨 때문이기도 하거든."

"어머, 마롱 선배."

목소리가 들린 쪽을 돌아보자 바로 옆에 린 마롱의 모습이 있었……는데.

"오늘은 멋진 옷을 입으셨군요."

미아는 '흐음' 하고 한 걸음 뒤로 물러났다. 팔짱을 끼고 마롱의 옷차림을 위에서부터 아래로 훑어보았다.

검은색과 금색과 붉은색, 파란색에 노란색에 녹색. 다양한 원색의 실로 커다란 말을 수놓은 그 옷은 아마도 기마 왕국의 민족의상일 것이다. 동방풍으로 앞을 여미는 스타일에, 아래는 발목 위까지 덮는 긴 바지였다.

머리 위에 작고 둥근 모자를 쓴 마롱은 호쾌하게 웃었다.

"우리 부족의 공식 예복이야. 오늘 정도는 나도 멋을 내야지."

그렇게 말한 뒤 그는 감개무량하다는 얼굴로 주위를 둘러보았다.

"그나저나……. 설마 승마 대회가 이렇게까지 성황일 줄이야……. 내가 졸업하기 전에 이런 광경을 볼 수 있을 줄은 상상도 못 했어."

"저기, 무슨 말씀이신가요? 그리고 보면 조금 전에 저 때문이라고 그러셨는데……."

의아한 얼굴로 고개를 갸웃거리는 미아. 그 모습을 본 마롱이 씩 웃었다.

"뭐야, 몰랐어? 세인트 노엘에선 최근 승마가 소소한 인기를 끌고 있거든."

"어머, 그랬나요?"

눈을 깜빡이는 미아.

하지만 듣고 보면 확실히, 승마부에 입부하는 사람이 늘어난 것 같다는 느낌은 받았었다. 게다가 교실에서도 이래저래 말에 대한 화제를 듣는 일이 늘어난 듯한 기억도 있다.

영락없이 승마 대회가 가까워졌으니까 그런 줄 알았는데…….

"하지만 그게 저 때문이라는 건 무슨 소리죠?"

"기억 안 나? 학생회장 선거 때, 아가씨가 말을 타고 선거 활동을 했었잖아?"

"아, 그랬었죠……. 그런 일도……."

너무 먼 옛날의 기억이라 잊고 있던 미아였다.

확실히 그런 짓을 한 기억이 났다.

──엄청 헛짓을 했다고 생각했던 그거네요…….

눈빛이 아련해진 미아였으나…….

"새 학생회장의 취미가 승마라는 걸 듣고 관심이 생긴 녀석들도 있었나 봐. 학생회장 선거라는 긴장되는 상황에서도 '자신다움'을 잃지 않는 모습이 멋있었다면서 여학생들 사이에 인기가 높아졌다고 하더라고."

말을 탄 미아의 늠름한 모습은 사실 나름대로 임팩트를 남겼던 것이다.

"그래요, 그런 뒷사정이 있었군요……."

생각지도 못한 곳에서 자신이 준 영향에 미아는 깊은 감명을…….

"아, 저 꼬치로 꿴 과자, 맛있어 보여요……."

받지 않았다.

어떤 순간에도 '자신다움'을 잃지 않는 모습을 보여주는 미아였다.

제21화 파란의 예감

"흐음……. 이 정도면 될까요?"

"네. 무척 잘 어울리십니다, 미아 님."

미아는 탈의실 용도로 마련된 천막에서 승마복으로 갈아입었다.

순백의 블라우스와 갈색 재킷, 긴 바지를 입고 부츠를 신은 미아는 단호한 표정으로 모자를 쓰고…….

"……왠지 배가 조이는 것 같은데요……."

자신의 배를 찰싹찰싹 두드렸다.

"……역시 노점에서 너무 많이 먹으면 안 되는 거였어요……."

옷을 갈아입은 미아의 바로 옆, 천막에 설치된 작은 책상 위에는 조금 전까지 과자가 꽂혀있던 꼬치가 하나, 둘, 셋……, ……여섯……, 여섯?!

컵케이크 같은 것을 꼬치에 꿴 그 과자는 무척이나 맛있었고, 덕분에 그만 과식해버린 미아였다. 몸무게가 늘어나는 바람에 황람이 파업하지 않을까 걱정이다.

"흐아암, 게다가 어쩐지 조금 졸리기 시작했어요. 묘하게 의욕이 안 나네요. 하지만 그 냄새는 반칙인걸요……, 제 잘못이 아니에요."

그렇게 들을 사람이 없는 변명을 늘어놓고 있을 때…….

"실례합니다, 미아 님."

밖에서 목소리가 들려왔다.

"어머? 클로에. 들어오세요."

미아의 허락이 떨어지자 클로에가 안으로 들어왔다. 게다가 그 뒤에는 소년, 소녀 집단의 모습이 이어졌다.

"어머, 티오나 양. 그리고 여러분⋯⋯."

클로에와 티오나를 필두로 들어온 사람은 학생회장 선거 때 미아의 진영에 있던 사람들이었다.

아무래도 다들 미아를 응원하기 위해 모인 것 같았지만⋯⋯.

문득 미아는 티오나의 손에서 꼬치에 꿴 과자를 발견하고 무심코 쓴웃음을 지었다.

——뭐, 학생회장 선거 때와는 다르니까요.

이번에는 어디까지나 놀이로. 다들 승마 대회를 즐기고 있는 모양이었다.

그때 티오나가 미아의 시선을 눈치챘다.

"앗, 저기, 이건⋯⋯."

당황하며 숨기려고 하지만 미아는 과자가 사라진 꼬치를 하나 보여주면서 웃었다.

"자연스럽게 사게 되죠? 맛있어 보였잖아요."

그렇게 두 사람은 마치 장난을 들킨 어린아이 같은 얼굴로 웃었다.

"힘내세요, 미아 황녀 전하. 저희는 다들 전하를 응원합니다."

"어머, 고마워요. 여러분, 열심히 할게요."

미아는 응원단을 향해 작게 고개를 숙였다. 모처럼 자신을 응원해주려고 하니 정중하게 인사를 돌려주었다.

──애초에 이번에는 응원 면에서는 걱정이 없지만요.

상대가 라피나라면 모를까. 아무리 사대공작가, 아무리 별을 지닌 공작 영애라고 한들…… 이번에는 황녀인 미아가 단연코 한 수 위였다.

게다가 학생회로 인연을 맺은 사피아스가, 질긴 악연인 에메랄다도 이번에는 응원해줄 것이다. 또 벨이 슈트리나를 회유해서 함께 응원해주니까…….

──어머! 혹시 이번에는 세력만 보면 제가 대단히 우세한 것 아닌가요? 사대공작가 중에 셋이나 수중에 넣었잖아요.

여기에 성녀 라피나, 시온, 아벨 세 사람의 응원을 끌어들이고 기마 왕국의 마롱의 응원마저 얻을 수 있는 이 상황.

그렇다. 미아의 권세는 지금 대륙 전역을 노릴 수 있을 만큼 절대적인 크기가 되어있었다!

──훗, 이겼군요.

승리를 확신하며 미소 짓는 미아. 그 미소는 어딘가 건조한, 허무한 미소였다.

──아아, 이게 학생회장 선거였다면 제 마음도 평온할 수 있었을 텐데…….

현실도피의 무상함을 느끼고 미아는 서글픈 한숨을 쉬었다.

그렇다. 이번에는 인기가 많아도 별로 도움이 되지 않는다.

대회에서 따지는 것은 미아의 승마 기술과 무엇보다 말의 속도…….

──그 붉은 말……. 석토라고 했던가요……. 황람으로는 그

말에게 대항하는 건 어렵겠죠…….

반쯤 체념 모드에 들어간 미아. 그런 미아에게 든든한 참모 클로에가 진언했다.

"그래서 미아 님, 저희가 코스를 조금 보고 왔는데요."

클로에는 안경을 번쩍 빛내며 미아 쪽을 바라보았다.

"이번 대회, 파란이 일어날 것 같습니다."

"……그건 무슨 뜻이죠?"

어리둥절한 얼굴로 갸웃거리는 미아에게 클로에가 작게 고개를 끄덕였다.

"실은 조금 전에 확인했더니 비로 질척해진 부분이 꽤 있는 것 같더라고요."

대회 당일인 오늘은 몹시 쾌청한 날씨였지만, 어제는 종일 비가 내렸다.

코스 중간에 질퍽거리는 곳이나 물웅덩이가 생겼어도 전혀 이상하지 않았으나…….

"질척……."

미아는 조금 떨떠름한 표정을 지었다.

──그러면 좀 타기 불편할 것 같네요…….

지금까지 연습했던 잘 정돈된 지면이라면 모를까, 코스가 거칠어져 있으면 자칫 낙마해버릴지도 모른다…….

──어차피 이기지 못한다면 아예 기권해버린다는 선택지도…….

그렇게 점점 마음이 약해져 가는 미아에게 클로에가 웃는 얼굴로 말했다.

"이건 무척 재미있는 전개가 될 것 같아요, 미아 님."

"네? 그, 무슨 뜻이죠?"

"그러니까……, 단순한 말의 속도로는 승패가 갈라지지 않게 되었다는 거예요. 말을 다루는 기술이나 전략, 그리고 운이 필요해진다는 거죠."

미아가 출전하는 레이스의 여자부 참가자는…… 딱 두 명뿐이었다.

아무리 여학생에게 인기가 생겼다고는 해도, 아직 승마를 할 줄 아는 사람을 그리 많지 않았다. 원래는 마롱의 여동생도 참가자 명단에 올라가 있었지만…….

"하하하, 두 사람과 내 동생이면 상대가 되지 않으니까. 모처럼 결투인데 2위 싸움이 되면 심심하지 않겠어?"

그런 마롱의 배려로 인해 마롱의 여동생은 남자부에 참가하게 되었다.

따라서 미아와 루비는 무사히 일대일 승부를 겨루게 되었으나……, 대체로는 루비가 유리하다고 예상했다.

이유는 사람의 문제라기보다도 역시…… 말 때문이었다.

루비가 데려온 석토. 그것은 대륙에서도 손에 꼽히는 명마(名馬)라고 명성이 자자한 말이었기 때문이다.

"세인트 노엘에서 기르는 말도 좋은 말이긴 하지만, 석토에겐 못 이길 거야."

"레드문 공작가도 어른스럽지 못하긴. 저런 말을 학교의 승마 대회에 내보내다니……."

그런 목소리가 여기저기에서 들리는 형국이다.

이러한 상황도 포함해서 클로에는 말하는 것이다.

"이제 만에 하나라도 이길 수 있는 가능성이 생겼습니다, 미아 님!"

그런 클로에의 목소리를 들으며 미아는…….

──아아, 역시 만에 하나로군요…….

작게 한숨을 쉬었다.

제22화 나의 이름은 미아 루나 시문!

"흐음……, 그래요. 발밑이 질척거리기 때문에 너무 빨리 달리게 하면 후반에 힘든 승부가 된다. 클로에의 말이 맞는 것 같네요……."

먼저 치러진 '빨리 달리기, 남자부' 사이에 연습 시간이 주어진 미아는 황람을 타고 가볍게, 아주 가볍게 코스를 한 바퀴 돌았다.

"어제 내린 비의 영향이 꽤 큰데요? 자칫 잘못하면 미끄러지겠어요……. 역시 한 번 미리 돌아보길 잘했네요……."

자만에 빠지기 쉽고 게으름 피우기 쉬운 미아이지만……, 그녀의 본질은 역시나 소심함이다. 미리 확인할 수 있다면 당연히 그렇게 한다.

사전에 클로에에게 위험하다는 정보를 얻었다면 당연히 확인하는 것이 미아의 소심한 전략론이다.

"끄으응. 클로에는 그렇게 말했지만…… 이 길을 달리는 건 아주 힘들 것 같아요……."

미아는 이마에 살짝 맺힌 땀을 훔치면서 한숨을 쉬었다.

군침을 꼴깍 삼키며 지금 막 달려온 코스를 돌아보았다.

……아니, '달려왔다'는 건 조금 정확성이 떨어지는 표현일지도 모른다.

승마 용어로 말하자면 갤럽…… 보다는 느린 켄터…… 보다도 더 느린 워크……, ……를 조금만 더 느리게 한 속도로 돌아보았기 때문이다.

신중에 신중을 끼얹고 신중함을 얹은 미아의 시승이었다.

너무나 느릿느릿한 속도였기 때문에 황람의 머리에는 날아온 새가 올라앉아 참으로 평화로운 광경이 전개되고 말았을 정도다.

그건 그렇다 치고…….

"이건 무사히 골인하기 위해서도 속도를 느리게 가는 게 중요하겠네요. 마지막 직선 코스는 다소 마른 편이었으니, 거기에 들어갈 때까지는 계속 천천히 달리고……. 아니, 아예 루비 공녀가 자멸해서 넘어지는 걸 기대한다는 방법도……?"

마이 퍼스트이자 이기주의자인 미아는 바로 제대로 승부를 가르는 길을 내던졌다.

"그렇다면 대결하기 전에 처음부터 전력으로 가는 모습을 과시해야겠어요……. 그래서 조급해진 마음에 저를 추월하게 만들고 물컹거리는 땅에 잘 빠뜨리면, 어쩌면……?"

그런 작전을 세우는 사이에 시간이 순식간에 흘러갔다.

여자부에 참가하는 건 미아와 루비 두 명뿐.

제비뽑기로 정해진 코스를 본 미아는 내심 회심의 미소를 지었다.

──이거 좋은 코스를 뽑았는데요!

그 눈이 바라보는 전방. 루비와 석토가 달리는 코스에는 바로 질척거리는 바닥이 보였다.

똑바로 가면 진창에 돌격할 테고, 피하려고 하면 빙 돌아가게 될 것이다.

——지금의 저에게는 몇 없는 좋은 요소예요. 이것만으로 이길 수 있다는 생각은 안 하지만, 아무것도 없는 것보다는 낫죠…….

그렇게 생각하며 미아는 황람의 얼굴을 보았다.

"그나저나 황람에게서 투지가 전혀 느껴지지 않네요……."

어제는 비가 내렸기 때문에 연습은 못 했지만, 화양의 출산 이후 황람은 점점 온화한 표정을 보여주게 되었다.

——으음, 왜 이러는 걸까요? 황람……. 어쩐지 지난번부터 몹시 달관해버린 것 같아요.

석토의 무례한 태도에도 일절 개의치 않아 하던 황람. 그 눈빛은 왠지 어른이 어린아이를 보는 것 같았다……. 말썽을 부리는 꼬맹이에게 '어휴, 어쩔 수 없지……'라며 훈훈하게 미소 짓는 듯한 시선으로 보일 정도였다.

"황람, 저를 떨어뜨릴 기세였던 당신의 박력은 어디로 가 버린 거죠? 그 박력이 없으면 만에 하나라도 이길 가능성이 없는데……."

그때였다. 미아의 시야에 어떤 말의 모습이 들어왔다.

"앗, 보세요. 황람. 당신의 보스가 보고 있어요."

그것은 또 한 마리의 월토마, 화양이었다. 우아한 발걸음으로 걸어온 화양의 고삐를 잡고 있는 사람은 마롱이다.

"이거 기합을 넣어야겠는데요, 황람. 보스 앞에서 꼴사나운 모습을 보여줄 수는 없죠!"

미아는 도발했다. 하지만 황람은 오히려 생글생글 화양 쪽을 볼 뿐이었다.

의욕은…… 역시나 보이지 않았다.

"황람, 웃어서 얼버무릴 때가 아니에요! 그렇게 해서 뭘 어쩌려는 건가요! 이기지 못한다고 해도 자존심이라는 게……, 앗……."

그때. 그런 화양 앞을 한 마리의 말이 가로질렀다. 그것은 루비를 태운 석토였는데…….

히히힝……. 석토는 아름다운 목소리로 울었다. 그러고는 화양 쪽을 보더니, 유혹하듯이 꼬리를 한 번 흔들었다.

그 우아한 모습에 미아는 자신도 모르게 이런 생각을 하고 말았다.

──아, 화양과 잘 어울리는 우아한 동작이네요…….

그 순간…….

"어라?"

불현듯……, 미아는 느꼈다.

지금 황람의 등에서 무언가……, 어마어마하게 뜨거운 무언가가 발산된 것 같은 감각을…….

"황람……, 왜 그러는 거죠?"

히히히힝. 투레질하는 황람. 그 얼굴은 조금 전과 마찬가지로 온화하긴 했으나…….

"어라? 이상하네요. 아까는 분명……."

자꾸만 고개를 갸웃거리는 미아.

이렇게 사투의 막이 올라갔다.

"알았죠? 황람. 처음부터…… 전력으로 달리는 거예요. 먼저 훌쩍 도망치자고요!"

일부러 루비에게 들리도록 용맹하게 말했다.

물론 허풍이다. 거짓말이다.

거친 코스로 발목을 잡아 루비의 자멸을 유도하는 것이 미아의 작전이다

──우후후, 이번에는 별로 머리를 쓰지 않아도 되니까 편하네요.

미아는 콧노래를 흥얼거리며 허세를 나불거렸다.

얼마 전까지였다면 불가능했을 것이다.

황람이 진짜 지시라고 받아들일 수도 있기 때문이다.

상대는 말이다. 머리가 좋다고 해도, 어디까지나 말. 따라서 사전에 거짓 예고를 할 거라고 말해놔도 이해할 수 있을 리 없다. 그러니 조심해서 말을 고를 필요가 있었다.

하지만 다행인지 불행인지 지금의 황람에게는 그럴 걱정이 없다.

완전히 얼간이가 되어버린 황람은 미아가 아무리 말을 걸어봤자 조금도 의욕을 내지 않기 때문이다. 아무리 부추겨봤자 의욕을 낼 리가 없다.

그러니…… 미아는 오직 루비에게 들려주기 위해 목청을 높였다.

"알겠죠? 황람. 이기는 것이야말로 정의. 멋있게 이길 필요 없어요."

정석대로 후반 승부에 들어갈 필요는 조금도 없다고 큰소리로 주장했다.

처음부터 전력으로 가자고…… 루비에게 외치고 있다!

"처음! 처음이 승부예요. 바로 질주해서 선두를 달리는 거예요!"

그때였다.

황람이 히히힝 우는 소리가 들렸다. 천천히 돌아보는 황람. 그 입꼬리가 씩 올라가고⋯⋯.

마치, '그래, 맡겨줘!'라고 대답하는 것처럼 보였다⋯⋯.

"⋯⋯어라?"

미아는 조금 불길한 예감에 사로잡혔다.

그렇게 황람과 석토, 미아와 루비가 나란히 섰다.

"미아 황녀 전하께서는 초반에 거리를 벌리는 작전을 사용하시는 겁니까?"

루비가 미아 쪽을 보며 상큼하게 웃었다.

"네. 아무래도 이런 경쟁에서는 처음이 중요한 것 같아서요."

"후후, 겉보기와 달리 황녀 전하께서는 대범하시군요."

루비는 눈을 살짝 좁히면서 코스를 바라본 뒤⋯⋯.

"저는 신중하게 가겠습니다. 이 코스에서 처음부터 속도를 내면 나중에 지쳐버릴 테니까요⋯⋯."

미아의 작전, 빠르게 무너지다.

"네? 잠, 깐⋯⋯."

하지만 그런 정신적 동요에서 회복하기 전에.

"선수, 제자리에. 준비, 시작!"

날카로운 목소리와 동시에 개시 신호인 깃발이 흔들렸다.

직후, 두 마리가 일제히 달려 나갔다.

루비의 말대로 유유히 출발한 석토. 그 발걸음은 참으로 당당하며 결코 조급해하지 않고 여유로웠다. 반면 황람은⋯⋯.

"잠깐, 화, 황람. 빠, 빨라요, 너무 빨라요!"

미아의 말대로 전력 질주! 아니, 그것은 전력을 넘어선 전력.

영혼까지 쥐어짜는 것 같은, 무시무시한 속도의 스타트 대시였다!

"흐아아아악!"

폭주하는 수준의 속도에 미아는 비명을 질렀다.

점점 속도를 올리는 황람. 순식간에 석토와의 거리가 벌어졌다.

──아아, 이렇게 처음부터 빠르게 가면 후반에 가서 속도가 느려질 거예요. 그보다 이거, 중간에 반드시 넘어질 거라고요!

게다가 미아가 상정하지 못한 일이 일어났다! 그것은…….

"앗, 그, 그쪽은!"

눈앞에 들이닥치는 것은 예의 그 진창이었다.

그렇다. 황람은 석토 쪽 코스를 향해 대각선으로 돌진한 것이다.

옆에서 보면 그것은 완전한 폭주였다.

최근에는 황람을 잘 다루고 있었던 미아는 혼란에 빠져서 머리가 빙빙 도는 걸 느꼈다.

"어, 어째서, 일부러 험난한 길로?!"

비명이 섞인 미아의 항의에 황람은 힐끗 뒤를 돌아보고 코웃음을 치고는…….

아무런 주저도 없이 커다란 진창에 뛰어들었다.

"흐아아아악!"

촤아악! 진흙이 섞인 물보라가 일어났다.

미아는 반사적으로 몸을 굳혔다. 고삐를 꽉 움켜쥔 직후, 황람의 엉덩이가 높이 올라가더니 미아의 몸이 허공으로 날아갈 뻔했다.

하지만…….

"앗…………."

천천히 회전하는 시야. 그 속에서 미아는 똑똑히 보았다.

촤악!

황람이 뒷발로 힘차게 걷어찬 흙탕물이……, 지금 막 여유롭게 달려오던 석토와 루비에게 뿌려지는 장면을!

히히히힝! 크게 울면서 흙탕물에 시야가 막혀버린 석토가 놀란 듯이 멈춰 섰다. 그 기세가 완전히 줄어들어 루비도 떨어질 뻔한 것이 보이자…….

"저건……!"

경악을 흘리는 미아. 직후, 황람의 생각을 미아도 이해할 수 있었다.

──즉, 석토의 앞으로 가서 진창에 고인 흙탕물을 튀겨버리겠다? 처음부터 이걸 노린 거였군요! 황라아아아암?!

생각을 정리할 여유는 없었다.

황람은 다시 쭉쭉 가속해나갔다.

눈앞에 있는 진창을 피하고, 뛰어넘고, 점프하고……. 무시무시한 기세로 코스를 달려 나갔다.

……참으로 고식적이고, 참으로 비겁한 이 작전…….

하지만 그걸 비난하는 자는 아무도 없었다.

아니, 오히려…….

"오오, 제법인데? 황녀 전하……."

마롱이 작게 중얼거린 그 감상에 동의하는 자가 대부분이었다.

애초에 승마술이란 무엇인가⋯⋯? 귀족 영애의 우아한 취미인가?

아니, 그렇지 않다. 그런 게 아니다!

승마술이란 단적으로 말하자면 전쟁의 기술. 상대방을 이기기 위한 기술이다.

그저 빨리 달리기만 하는 것이 아니다. 이기기 위해, 상대를 거꾸러뜨리기 위해 최선을 다하기 위한 것이다.

그럼에도 불구하고 주위 사람들은 오해하고 말았다.

대국의 황녀가 즐기는 도락, 대귀족의 영애가 향유하는 단순한 취미.

진창을 피하고 힘을 온존하며 마지막 직선 코스에서 승부를 가른다는, 고귀한 아가씨들의 우아하고 얌전한 레이스를 상상하고 말았다.

그 예상을 아득하게 웃도는, 인정사정 봐주지 않는 미아의 전술. 여기에 그 기습을 피하며 즉시 추격 자세를 갖추는 루비에게 주위의 열기가 단숨에 올라갔다.

"저것이 미아 황녀 전하의 승마술⋯⋯. 아니, 루비 공녀도 제법 잘 버티는데⋯⋯."

그렇게 감탄하는 사람들의 눈에는.

"히이이이이이이익!"

미아가 이렇게 비명을 지르며 간당간당하게 매달린 모습도 전술의 일환으로 보이고 있었다.

그런 게 아니지만⋯⋯.

"아하하, 한 방 먹었는데, 미아 황녀 전하."

루비는 얼굴에 묻은 진흙을 닦으면서 웃었다.

"그래. 이래야지. 이래야만 해, 미아 전하."

무엇보다, 소중한 것을 걸고 싸울 수 있다는 게 기뻤다.

그때는 싸우지 못했으니까…….

순간적으로 가슴에 떠오른 말에 루비는 고개를 갸웃거렸다.

"그때라니, 언제였지……?"

생각해도 떠오르지 않는 기억. 하지만 부정할 수 없이 자신을 움직이는 후회가 있다.

지는 것보다도 싸우지 못하는 게 훨씬 괴롭다는 것을…… 그녀는 마음속 어딘가에서 이해하고 있었다. 따라서 루비는 즐겁게 웃었다.

"아직 승부는 이제 시작입니다, 황녀 전하. 가자, 석토."

루비의 지시에 응답하며 석토가 맹렬하게 달려갔다.

그 화려하면서도 가벼운 주행은 참으로 준마라는 명성에 어울렸다.

코스 위를 달리는 붉은 질풍처럼 진창을 비하면서도 가속해갔다.

그리고 사람들은 그 석토를 다루는 루비에게도 주목했다.

"말 자체도 물론 훌륭하지만, 레드문 공작 영애의 승마 실력도 대단한데."

그런 목소리가 여기저기에서 들리기 시작했다.

대귀족의 영애가 취미로 즐기는 도락에 불과하다며 야유하던 자들은 능숙하게 석토를 다루는 루비를 보고 빠르게 태세를 전환했다.

하지만 적대자인 미아도 밀리지 않았다.

처음에는 꼴사납게 히이이익 비명을 질러대던 미아였으나, 지금은 조용해져서 담담히 말을 타고 있었다. 뒤에서 루비가 착실히 쫓아오고 있지만 아랑곳하지 않고, 초조해하지도 않고.

……물론 굳이 말할 필요도 없겠으나, 딱히 기절한 건 아니다!

조용히 앞을 응시하는 눈동자. 그 얼굴에는 표정이 일절 떠올라있지 않고 완전한 무표정을 유지하고 있었다.

그 모습에서 받는 인상은 평온. 감정 기복이 사라진, 멋진 승마술이었다.

그렇다. 경기가 시작되고 잠시 지나자 미아는 깨달았다.

——이건 이미……, 제가 어떻게 할 수 있는 일이 아닌 것 같은데요.

사람이 바다에서 폭풍을 만났을 때, 그 파도에 저항할 수 있을까?

아니, 불가능하다.

그렇다면 폭풍처럼 폭주하는 황람을 미아가 제어하는 것은? 그것 역시 불가능하다.

그럼 어떻게 해야 하는가.

미아는 여름에 이미 그 대답을 발견했었다.

그렇다. 즉 '누워뜨기'다!

대자연 속에서 인간은 무력하다. 거대한 바다의 위협 앞에서는 저항할 방도가 없다. 파도에 휩쓸렸을 때, 인간은 그 흐름에 거스르는 것이 아니라 힘을 빼고 몸을 맡겨야 한다.

——그래요. 바다를 떠도는 해파리(海月)가 큰 참고가 되었죠. 저는 해파리, 저는 해파리⋯⋯. 미아 루나 시문(sea—moon)⋯⋯⋯⋯.

그렇게 중얼거리면서 미아는 시종 황람의 움직임에 맞추기로 했다.

그것은 미아가 찾아낸, 그녀에게 가장 이상적인 승마법.

미아는 계속 예스맨이 되고 싶어 했다.

그럴 수 있는 인재에게 전부 맡기고, 자신은 침대에서 뒹굴뒹굴하는 게 미아의 이상향이다.

그렇다면 승마에서는 어떠한가.

빨리 달리기라는 경주에서 '달성해야 할 목표'는 말할 것도 없이 '다른 누구보다도 빠르게 골인한다'이다.

그렇다면 누가 골인하는가?

여기서 미아 안에 오해가 하나 있었다.

미아는 자신이 골인해야 한다고 생각했다.

하지만 그렇지 않다. 승마 대회에서 달리는 것은⋯⋯ '말'이다.

말이 누구보다 빨리 달리는 방법을 알고 있다.

그럼 미아가 해야 할 일은 무엇인가. 빨리 달릴 수 있는 자, 즉 말에게 몸을 맡기는 것이다.

그리고 결코 방해하지 않는 게 중요하다.

따라서 미아는 100%의 힘으로 황람의 움직임에 맞췄다. 그 움직임을 방해하여 황람의 힘을 낭비하지 않도록. 그리고, 그 이상으로…… 떨어지지 않도록! 왜냐하면 떨어지면 아플 것 같으니까!

그렇게 황람에게 레이스를 맡기고 있을 때.

"드디어 따라잡았어, 미아 황녀 전하."

첫 번째 바퀴의 최종 코너에 접어들었을 때 그런 목소리가 들렸다.

그쪽을 돌아보자 바로 옆에 붉은 말을 달리는 남장미인의 모습이 있었다.

미아는 루비의 얼굴을 보고, 이어서 그녀가 탄 석토를 바라보았다. 귀족적이었던 그 얼굴은 현재 진흙으로 더러워져서 흔적도 없어졌다. 그 눈에는 명확한 분노의 색이 어른거리는데…….

"이번에는 이쪽 차례야."

루비의 말을 들은 순간 미아는 깨달았다!

"앗! 이 녀석들 몸싸움할 생각이히이이이이익!?"

끝까지 말할 수 없었다.

몸이 기울어진 것을 느낀 직후, '쿵!' 하고 무거운 충격이 밀려왔기 때문이다.

그리고 미아는 보았다.

전방에서 돌아보는 황람의…… 득의양양한 얼굴을!

그랬다. 황람은—— 석토가 몸싸움을 할 것을 내다보고 자기가 먼저 몸통을 부딪친 것이다.

"큭, 제법인데. 미아 황녀."

그 타이밍이 참으로 절묘했다.

자기가 공격을 시도하려는 직전에 들어간 기습.

몸통 박치기를 위해 몸에 힘을 주려고 한 순간의 기습이었다.

그 석토조차 당황한 듯 균형이 무너졌다. 그걸 흘려보며 황람은 다시 가속! 단숨에 또 거리를 벌려놓았다.

한 바퀴를 돌고 나자 둘 사이엔 말 두 마리 정도의 거리가 벌어졌다.

관객들이 열광하는 함성을 들으며 레이스는 노도와도 같은 두 바퀴째에 돌입한다!

두 바퀴째에 들어가자마자 곧바로 석토가 공격을 개시했다.

조금 전에 당한 것을 갚아주겠다는 듯한 기습. 이번에는 황람이 균형을 잃고 진창에 뛰어들었다.

성대히 튀어 오른 진흙이 얼굴로 날아와 미아의 비명이 울려 퍼졌다.

"흐어어억!"

자세가 무너질 뻔한 미아. 그걸 염려한 건지, 황람이 뒤를 힐끗 돌아보고는…… 입꼬리를 씩 올렸다.

——아, 이건 염려 같은 게 아니에요. '아직 더 할 수 있지? 파트너'라는 얼굴이에요!

알아차린 직후, 미아는 힘껏 고삐를 움켜쥐었다.

다음 순간, 이번에는 황람이 공격했다.

석토가 부딪쳐온 것에 정면으로 밀어냈다!

균형이 무너질 뻔한 석토였으나 아랑곳하지 않고 다시 반격.

거기에 맞춰서 황람도 몸을 바싹 붙였다.

한 번, 두 번, 세 번. 격렬한 몸통 박치기의 공방에서 전해지는 충격에 말 위에 있는 두 사람도 거듭 흔들렸다.

"큭!"

이마에서 땀을 흘리며 어떻게든 석토를 제어하려는 루비.

한편 미아는 그와는 정반대의 방식으로 사태를 극복하려 했다.

해파리의 경지, 제1오의 '흘려넘기기!'이다.

그것은 미아가 학생회 서류를 처리할 때 습득한 것이었다.

학생회에는 매일 다양한 안건이 올라온다.

미아는 그것을 숨 쉬듯이 흘려넘겼다.

클로에에게 올라온 보고를 스르륵 라피나에게로 넘기고, 사피아스에게 올라온 보고를 사르륵 시온에게 넘긴다.

그렇게 한 뒤 그들의 대답에 '좋네요!'라고 대답하면 끝이다.

아래에서 위로, 오른쪽에서 왼쪽으로. 미아는 자신에게 향한 것을 고스란히, 아주 자연스럽게 흘려넘긴다.

마치 천장에 매달아둔 수건처럼, 혹은 바람에 흩날리는 꽃잎처럼.

슬렁슬렁, 충격에 거스르지 않고 슬렁슬렁……. 일부러 힘을 빼고 흐름에 몸을 맡긴 채 슬렁슬렁…….

그 (보기에 따라서는) 우아한 자세에 관객이 감탄하며 한숨을 흘렸다.

"미아 님! 힘내세요!"

불현듯 응원의 목소리가 들렸다. 그곳에 있는 건 미아 응원단 사람들이었다. 거기에 맞춰 여기저기에서 응원하는 목소리가 울려 퍼졌다.

그런 그들의 눈앞에서 미아는 한 손을 고삐에서 놓고 가볍게 흔들었다.

여유로운 태도에 환호성이 한층 더 커졌다.

……하지만 당연히, 말할 것도 없는 일이긴 하지만, 굳이 말하자면 그런 게 아니다!

미아에게는 이미 여유라고는 눈곱만큼도 남아있지 않았다.

한 손을 살랑살랑 흔든 것은 고삐를 놓쳐버리는 바람에 필사적으로 되돌리려 했던 것뿐이었다.

──힉, 히이이이이이익! 떠, 떨어, 떨어지겠어요! 떨어지고 말겠어요!

울상이 되어서 안간힘을 쓰며 황람의 뒤통수를 바라보는 미아. 정신력을 싹싹 긁어모아 눈에 쏟아부은 미아는 하이 파워 아이 프린세스의 이름에 부끄럽지 않은 안광을 꽂아 넣었다!

그렇게 한 보람이 있었던 건지 황람이 문득 뒤를 돌아보았다.

──앗! 다행이다, 통했어요!

순간적으로 안도한 미아였으나……. 황람은 입꼬리를 씩 올리며 대답했다.

그것은 마치…….

"다 알아. 반드시 이길 테니까 나에게 맡겨! 지금부터 더 빨리 달리겠어!"

뭐 이런…… 기합이 잔뜩 들어간 얼굴로 보였다…….

——히이이이익! 저, 저, 전혀 안 통했잖아요!

한층 더 울상이 되는 미아였다.

그런 미아에게 바로 옆에서 루비의 목소리가 날아들었다.

"그럼 공격거리도 떨어졌으니, 슬슬 역전하도록 할까."

루비는 승리를 확신한 얼굴로 말했다.

——여기까지는 고전했지만, 이것으로 끝이야. 미아 황녀 전하…….

바로 옆에서 나란히 달리는 미아를 보고 루비는 내심 중얼거렸다.

마침 두 번째 바퀴의 커브를 지나쳐 곧 지점까지 직선 코스에 접어들었을 때였다.

제대로 된 승부로 우위에 설 수 있는, 루비에게 지극히 유리한 장소…….

루비가 승부를 건다면 여기라고 생각했던 장소…….

다소 차이가 벌어졌다고 해도 여기서 역전할 수 있다고 여겼던 장소…….

그 압도적으로 유리한 직선 코스. 그곳에 도달하기 직전에 따라잡았으니, 루비는 승리를 확신했다가…… 불현듯 위화감을 느꼈다.

과연 그렇게 절묘한 전개가 벌어지는 법일까?

그렇다……. 전술을 배운 적이 있는 루비는 알고 있다. 이 세상에 지극히 가끔 출현하는 천재의 존재…….

상대에게 승리를 확신하게 만들면서도 정교한 함정에 빠뜨리는 방식……. 그것은 역사상 몇 번이나 전장에 등장했던 천재 군사들에 의한 하나의 예술품이다.

천재적인 전략가란 상대방이 절대 눈치채지 못하게, 어쩌면 상대방이 기뻐하며 직접 사지에 발을 들여놓게 만드는……, 그런 계략을 세우는 법이다.

그리고 루비는 알고 있다.

눈앞의 소녀, 미아 루나 티어문은 일부 유력자들에게선 제국의 예지라며 두려움을 받는 존재임을.

그녀의 눈앞에는 자신의 말을 강하게 응시하는 미아의 모습이 있었다. 그 눈은 결코 죽지 않았다.

——이런! 그런 거였나.

여기서 루비는 자신의 실수를 깨달았다.

미아의 속임수에 완전히 넘어가 버렸다는 사실을 뒤늦게 알아차린 것이다.

단순한 속도 승부라면 석토가 더 유리하다. 따라서 상대는 처음부터 기습을 걸고, 몸싸움을 하여 속도로 대결하지 않는 방식을 조장한 것이라 생각했다.

하지만 만약 그 전제가 틀린 것이라면……?

——미아 황녀 전하의 말이 동등한 조건에서 달려도 석토보다 조금 느린 정도, 아니…… 호각의 속도를 지녔다면? 처음부터 기습에 휘둘려온 이쪽과 작전대로 달린 미아 황녀 전하. 누가 더 여유롭지?

즉 지금까지 해온 레이스의 전개가 말의 실력 차를 보완하기 위한 것이 아니라…… '승리를 확실하게 붙잡기 위한 것'이었다면……?

꿀꺽. 루비는 군침을 삼켰다.

이제 레이스는 최종국면에 도달했다.

……참고로, 처음부터 여기에 이르기까지 계속 상황에 농락……, ……아니, 상황을 흘려넘겨왔던 미아는 이 자리에 있는 누구보다 여유가 없었으나…….

"더, 더는, 안 되겠어요……. 저, 저 떨어질, 것 같아요……."

힘이 다 빠져버린 징징거림은 커다란 환성에 쓸려나가 누구의 귀에도 들리지 않았다.

제23화 결전의 순간! 마침내 마음이 겹쳐지다! ……겹쳐지다?

시작 신호가 무엇이었는지는 모른다.

하지만 두 마리의 말은 거의 동시에 속도를 올렸다.

거친 지면을 박차고, 진흙을 튕기면서 달리는 석토와 황람.

석토의 엉덩이에 찰싹찰싹 채찍질하는 루비와 두 팔을 고삐에 찰싹찰싹 맞고 있는 미아.

"가라, 석토. 더 빨리. 빨리!"

루비의 외침이 하늘에 울려 퍼졌고.

——히이이이이이이익! 떠, 떨어져요! 떨어진다고요!

미아의 처량한 목소리가 미아의 가슴속에 울려 퍼졌다.

휘청휘청 흔들리는 몸. 발이 등자에서 빠질 뻔해 진짜로 낙마의 위기에 처한 적이 여러 번 있었다.

몇 번이나 멈춰 세우려고 한 미아였으나, 그래도 황람은 절대 속도를 늦추지 않았다.

울먹이는 얼굴로 코를 훌쩍이면서도 미아는 이를 악물었다.

필사적으로 자신을 타일렀다.

만약 여기서 속도를 늦춰버린다면 어떻게 될까?

그렇게 되면 예의 황녀전에 적혀있던 미래도 바뀌지 않을 것이다.

이런 상황에서도 도망치고자 하는 의지를 계속 가질 수 있다면, 분명 앞으로 어떤 상황에 부닥쳐도 절대 도망치는 것을 포기하지 않으리라…….

──그래요……. 저는 이 싸움에 이겨서, 그래서, 또 한 계단 성장할 거예요. 그러니까 이 속도는 절대 늦추면 안 되는…… 앗, 역시 못하겠어요. 멈춰요, 멈추라고요!

……그냥 단순히 멈추라는 지시에 황람이 따르지 않는 것뿐이었다.

자신을 어떻게든 설득해서 격려하려고 한 미아였으나 실패했다…….

이미 한계를 넘어서고 있었다. 시야가 눈물로 마구 일그러졌다.

골까지는 앞으로 직전 코스의 절반만 남았을 뿐. 일진일퇴의 공방은 미약하게나마 황람이 리드하고 있었다. 하지만…….

"아아…… 더는, 진짜 안 될 것, 같아요…… 우욱."

그 황람의 안장 위에서 미아가 작게 중얼거렸다. 입 안 가득히 시큼한 무언가가 고이고 왠지 눈앞이 빙글빙글 돌았다.

그 힘없는 목소리에 황람의 귀가 꿈틀거렸다.

아주 잠깐. 황람이 얼굴을 옆으로 돌렸다.

그건 마치 '정말 죽을 같으면 멈출 건데, 어떻게 할래?'라며 미아를 배려하기 위해 돌아보는 것 같았다. 적어도 미아에게는 그렇게 보였다.

필사적인 승부 도중 기승자인 자신을 염려해주는 황람.

그런데 자신이 힘을 내지 않아도 되는 건가?

미아는 조용히 눈을 감았다.

찰나, 눈꺼풀 뒤에 떠오르는 것은 여태까지 황람과 함께한 나날이었다.

이 코스를 몇 번이나 함께 뛰었고, 호흡이 맞지 않아서 수도 없이 엉덩이를 부딪쳤다.

쓰다듬으려고 했더니 재채기를 날리지 않나, 이유는 모르겠지만 재채기를 날리지 않나, 재채기를 날리고, 또 날리고…….

그런 뜨듯한 연습 풍경이 눈앞에 선명하게 되살아났다.

어쩐지 자신을 비웃는 것 같다는 느낌을 받은 적이 많이 있었지만, 그래도 분명 황람은 배려해주고 있는 거다.

왜냐하면 오늘까지 미아가 크게 다친 적이 없으니까. 진심을 드러낸 황람이라면 몇 번이나 떨어뜨린다고 해도 이상하지 않았는데…….

──제가 눈치채지 못했던 것뿐이고, 제대로 저를 신경 써줬던 게 틀림없어요.

이렇게 생각하자 오늘까지 훈련했던 나날이 무척 즐거운 시간인 것 같은 생각이 들었고…….

추억 속의 장면 하나하나가 반짝반짝 빛나 보였고…….

…………그것은 사람이 인생을 마치기 직전에 보게 되는 예의 그것과 참 흡사했지만……, 뭐, 그건 넘기기로 하고.

그런 나날의 결실이 오늘이라고 한다면, 여기서 멈춰 설 수 있을 리가 없었다.

때문에!

"마지막으로 조금만 더 힘내세요! 황람!"

미아는 오기를 쥐어짰다.

"절대⋯⋯, 절대 지면, 안 됩니다!"

미아가 외친 순간, 어딘가에서 작은 말 울음소리가 들렸다.

그것이 신호였던 건지⋯⋯ 황람이 한층 더 가속했다.

——반드시 이기자고요! 황람!

미아는 황람과 하나가 되어 달리는 것 같은, 그런 일체감을 느꼈다.

사람과 말의 마음이 겹쳐지는 것은 이런 걸 말하는 거였구나⋯⋯. 그런 감동마저 느끼는 미아였다.

바로 뒤에서 석토의 거친 숨소리가 들렸다. 그 발소리는 결코 멀어지지 않고, 그저 한결같이 뒤를 따라왔다.

여느 때였다면 그 압박감에 속에서 구토가 치밀어 올랐을 미아였으나, 지금은 전혀 불안하지 않았다.

"지지 않을 거예요. 황람은 당신에겐 절대 지지 않을 거예요! 그렇죠? 황람!"

그 목소리에 대답하듯이 다시 우는 황람!

갈 수 있다. 갈 수 있다. 어디까지든!

황람이라면 땅끝까지도 자신을 데려가 줄지도 모른다⋯⋯. 그런 생각마저 들었다⋯⋯. 하지만.

"앗⋯⋯⋯⋯."

그런 즐거운 시간은 오래 이어지지 않았다.

미아는 별안간 깨달았다.

골라인은 이미 자신들의 뒤로 지나가 버렸다는 사실을⋯⋯.

"아…….."

다음 순간 멀어져 있던 소리가 단숨에 돌아왔다.

환호, 환호, 커다란 함성!

미아의 승리를 칭송하는 목소리가, 미아 응원단의 목소리가 미아의 귀에 들려왔다…….

"……제, 제가, 이긴 거예요?"

주위를 두리번두리번 둘러본 미아는 자신의 동료들이 웃으면서 손을 흔드는 것을 발견했다.

"아아…… 이겼군요! 해냈어요!"

미아는 자신도 모르게 두 손을 들어 올렸다! 그대로 응원해준 동료들을 향해 붕붕 손을 흔들었다.

붕붕, 붕붕…….

그리고 당연하게도…… 그 손은 고삐를 쥐고 있지 않았다!

"…………어라?"

순간 기묘한 부유감이 미아를 덮쳤다.

그렇다. 미아는 잊고 있었다.

바로 직전까지 황람의 어마어마한 속도에 익숙해져 있었기 때문에, 그만 황람이 멈춰있다고 속아버리고 말았다.

골인한 직후의 미아도 상당한 속도가 실려있는 상황이었으니…….

"어라? 어라?"

빙글, 빙글. 시야가 돈다. 그 자리에 멈춰선 황람의 모습이 천천히 멀어지고…….

그렇게…… 미아는…… 날았다!

"…………흐어?"

입을 멍하니 벌린 채로 훌떡 날아가는 미아.

그 앞에 바람처럼 달려드는 그림자가 있었다.

"웃차, 조심해야지. 아가씨."

그것은 골 부근에서 대기하고 있던 린 마롱이었다.

깔끔한 포물선을 그리면서 슈웅 날아가는 미아를 말에 탄 채로 무사히 확보. 그대로 옆구리에 끼고 가볍게 코스를 돌았다.

"말에 타고 있을 때는 다른 곳을 보거나 고삐를 놓으면 안 돼, 아가씨. 승마부에서는 뭘 가르치냐는 말을 듣게 될 거야."

마롱의 설교를 들은 미아는…… 침울하게 어깨를 늘어뜨렸다.

"으으, 면목이 없습니다……."

혼난 강아지 같은 얼굴이 된 미아. 조금 볼품없는 세리머니를 보여준 미아였으나, 그래도 건투를 축하하는 목소리는 사그라지지 않았다.

코스를 한 바퀴 돈 다음 미아는 바닥에 내려섰다.

"크윽……. 승리하자마자 부끄러운 모습을 보이고 말았어요."

그렇게 중얼거리면서 자신의 애마를 찾았다.

"그나저나 역시 즐거웠네요. 마지막 순간엔 제대로 제 마음을 이해하고 가속해주었고, 황람과 마음이 하나가 된 것 같은 기분이 들었어요. 칭찬해줘야겠군요."

그렇게 미아는 황람의 모습을 찾았다. 그러자…….

"어머……?"

골 부근에서 오붓하게 모여있는 세 마리 말의 모습이 눈에 들어왔다.

레이스를 보러 왔던 황람의 보스 화양과 그 새끼인 망아지…….

그리고 이 두 마리와 참으로 친근하게 몸을 비비는 황람…….

그 모습이 마치…… 화기애애한 가족처럼 보였다…….

"오, 황람. 아들과 부인에게 멋진 모습을 보여줄 수 있어서 잘됐구나."

화목한 세 마리의 모습을 본 마롱이 말했다.

"……네?"

입을 떡 벌리는 미아. 그 눈앞에서 황람이 신이 난 듯 꼬리를 붕붕 흔들고 있었다.

──아, 아하, 그렇군요……. 듣고 보니 저 망아지는 황람을 닮았어요.

대충 이해가 간 미아였다. 하지만…….

"어……? 그리고 보면 조금 전에 황람이 가속했던 건……, 화양과 새끼가 있는 장소를 지날 때부터였던 것 같은데요……? 게다가 그때 얼굴을 옆으로 돌린 것도 설마, 그쪽을 바라보기 위해……? 마지막에 힘을 낸 것도 부인과 새끼에게 멋진 모습을 보여주고 싶었기 때문……?"

미아는 순간적으로 떠오른 상상을 즉시 부정했다.

"그, 그럴 리가 없죠. 그건 저와 황람의 마음이 하나가 되었기 때문이에요. 그 결과로 얻은 승리예요. 네……."

이 이상 이 문제에 대해 생각해도 절대 행복해질 수 없을 것 같은 기분이 든 미아는 그 상상을 돌돌 말아 생각의 저편으로 집어던졌다.

기억의 저편과 마찬가지로 생각의 저편도 무척 가까이 있는 미아였다.

──그나저나 화양……. 당신, 미래의 저라고 생각했었는데 남자를 보는 눈은 없었나 보군요.

살짝 연민이 담긴 시선을 보내는 미아. 그걸 보고 의아한 듯 갸웃거리는 화양. 그리고…….

"어라?"

미아는 불현듯 목덜미에서 시원한 바람을 느꼈다.

그건 예전에도 느꼈던 감각으로…….

"서, 설마……."

뒤를 돌아본 미아의 눈앞에는 코를 벌름거리는 황람의 모습이…….

"히, 히이이이이이이익!"

…………뭐, 이렇게 빨리 달리기 부문의 승자가 된 미아였다.

잘된 일…… 이지?

제24화 울부짖어라! 연애 회로!

골라인을 넘었을 때, 루비는 조용히 눈을 감았다.

귀에 울려 퍼지는 환호성.

칭송하는 목소리가 오가는 가운데 눈을 뜬 루비는 앞서가는 미아의 모습을 보았다.

결국 따라잡지 못한 그 작은 등을 그저 바라볼 수밖에 없었다.

──아아……, 져 버렸어…….

실감은 조금 늦게 찾아왔다.

하지만 후회는 없었다. ……없어야 했다.

사력을 다해서 할 수 있는 일을 하고, 그 후에…… 졌으니까.

소중한 것을 손에 넣기 위해 전력을 다할 수 있었다. 싸울 수 있었다.

그것 자체는 무척 행복한 일……, 그럴 터이니…… 후회는 없고, 미련도 있을 리가 없고…….

"좋은 승부였어……. 그래, 승부니까 당연히 패배할 가능성이 있다는 것 정도는 알고 있었고…… 흑……."

불현듯 입에서 숨이 새어 나왔다. 흑, 흑. 숨이 짧게 끊어져서 제대로 호흡할 수 없었다.

눈앞의 광경이 일그러졌다.

뚝, 뚝, 뚝, 뚝. 그 눈동자에서 무언가가 흘러내리는 감각…….

두 손으로 열심히 닦아봐도 흐르는 눈물은 멈춰지지 않았고…….

루비는 어린 소녀처럼 흐느꼈다.

——으으으. 이, 이겼는데 왜 이렇게 된 거죠?

궁상맞은 세리머니를 보여준데다 황람의 재채기에 날려가는 엔딩마저 피로하고 만 미아는 옷을 갈아입기 위해 천막으로 향했다.

"수고하셨습니다, 미아 님. 무척 멋있으셨어요! 바로 깨끗하게 씻은 뒤에 돌아갑시다."

"으으, 잘 부탁할게요. 안느."

그러던 도중이었다.

미아는 루비의 뒷모습을 발견했다.

——흐음……. 뭐, 다소 한심한 모습을 보이긴 했지만 이긴 건 이긴 거니까요. 이제 바노스 씨 건으로 이러쿵저러쿵하지는 않겠죠. 그걸로 만족할 수밖에 없어요.

'흥' 하고 콧김을 뿜은 뒤.

——그나저나 애초에 루비 공녀가 이런 일에 끌어들이지 않았다면 제가 창피를 당할 일도 없었을 테니까요……. 여기서는 힘껏 승리를 자랑해서 조금이라도 스트레스를 해소해야겠군요!

미아는 마음껏 거들먹거리기 위해 루비 앞으로 걸어갔다가…….

"……어?"

무심코 말을 삼켰다.

루비가 어린아이처럼 흐느끼고 있었기 때문이다.

——어? 어? 이게 무슨…… 어라? 이 사람, 왜 우는 거죠?

미아, 혼란에 빠지다!

게다가…….

"조금 전 미아 님의 승마, 정말 멋있었죠."

"그래, 역시 미아 님이야. 대단한 레이스였어요."

타이밍이 나쁘게도 티오나와 라피나의 목소리가 가까워지는 것을 미아의 귀가 민감하게 감지했다.

──크, 큰일이에요. 이런 모습을 보면……, 제가 루비 공녀를 괴롭히는 거라고 생각할 거예요!

찰나의 판단! 미아는 루비의 손을 잡아끌며 탈의용 천막에 데려갔다.

"우, 우선은 이쪽으로. 자, 빨리 들어가세요."

다행히 대회에 참가하는 여학생은 미아와 루비 외엔 마롱의 여동생뿐이다. 당분간 이 천막에는 아무도 들어오지 않을 것이다.

"안느, 미안하지만 아무도 들어오지 못하도록 밖에서 감시해주겠어요?"

신중을 기해 안느에게 지시도 내렸다. 그 후 다시 루비와 마주 보았다.

루비는 여기까지 오는 사이에 울음을 그쳤다. 물론 그 얼굴은 눈물로 얼룩져서 엉망이었지만.

황람의 재채기 때문에 엉망이 된 미아의 모습과 비교해서 누가 더 나은지 애매모호한 수준이었다. 아니, 아닌가……?

"으음, 일단 얼굴을 닦으세요."

미아는 그렇게 말하고 수건을 건네면서 생각했다.

루비가 울고 있었던 이유를.

——아뇨, 그런 건 생각해볼 필요도 없겠네요. 저는 이런 문제에는 꽤 날카로우니까요!

최근 클로에에게 빌린 연애소설에 살짝 빠져 있는 미아였다.

마음은 완전히 연애 마스터다! 그런 미아의 우수한 '연애 회로'가 알렸다. 즉!

"루비 공녀, 당신……. 바노스 씨를 좋아하는 건가요?

그렇게 지적하는 것과 동시에.

——에이……. 설마, 그럴 리는 없겠죠.

무심코 자신의 추리에 쓴웃음을 짓는 미아였다.

——확실히 바노스 씨는 독신이었던 걸로 알지만, 두 사람은 나이 차이는 물론이고 신분 차이도 나니까요……. 무엇보다 바노스 씨는 좋은 사람이지만 얼굴은 좀, 산적 같고…….

미아는 아마도 자신에게 진 것이 분해서 운 것이라 판단했다.

그래서 어디까지나 '연애'라는 건 농담삼아 던진 말이었으나…….

"용케, 알아보셨군요……. 미아 전하."

작게 고개를 끄덕이면서 뺨을 붉히는 루비를 보고 미아는 자기도 모르게 펄쩍 뛰었다.

"으어?!"

상정하지 못했던 사태에 동요를 채 숨기지 못하는 미아였다.

"아하, 그, 그렇군요……. 뭐, 그런 게 아닌가 생각했었지만요. 하지만 조금 대담하다고 해야 하나, 놀랐네요……."

그렇게 중얼거리면서 미아는 다시금 냉정하게 머리를 굴렸다.

──그렇다는 건 저는 사랑의 훼방꾼이라는 거네요······. 괜히 피 보지 않도록 조심해야······, 어라? 하지만 분명, 이런 사랑을 방해하는 역할의 인물은 칼에 찔리고 그러지 않았던가요······?

클로에의 장서에서 얻은 지식을 떠올린 미아는 은근한 오한을 느꼈다.

꾸준히 검술을 단련해온 루비가 적수라면 자신은 도저히 상대가 되지 않는다.

미아는 루비를 힐끔 쳐다봤다.

눈물로 눈이 붉게 부어오른 루비. 지금은 그 눈에 원한의 빛은 보이진 않지만······.

──이거, 저지를 법한 얼굴이에요!

미아는 떠올렸다. 과거에 있었던 일을······.

대기근 때 무슨 일이 있었는지를······.

원군을 의뢰하러 갔을 때 거절당한 것. 그 이유가 바노스의 죽음에 있다면······.

──정해의 숲에서 일어난 사건의 원인을 저로 알고 있었다면, 루비 공녀가 저를 원망했다고 해도 이상하지 않아요. 그래서 그때 거절한 거죠.

온갖 사항이 루비의 사랑을 중심으로 앞뒤가 맞춰졌다.

역대급의 예리함을 보여주는 미아의 두뇌. 미아의 연애 회로가 울부짖고 있었다.

──사랑하는 남자의 복수를 위해 제 의뢰를 거절한 거군요······.

자멸한다고 해도 사랑을 관철하는 것……. 정말 멋있……는 게 아니죠. 위험한 발상이에요!

루비를 이대로 내버려 두는 건 위험하다고 판단한 미아는 잠시 주저한 뒤에 입을 열었다.

"루비 에트와 레드문, 약속을 지켜주세요."

꿈틀. 루비의 어깨가 흔들렸다.

그것을 완전히 무시하며 말을 이었다. 그건 위험한 인물에게서 검을 빼앗기 위해? 아니, 그게 아니라…….

"당신의 검을 저에게 맡기세요."

그녀의 검을 자신의 것으로 만들기 위해……. 미아는 조용히 손을 내밀었다.

"당신은 제 황녀전속 근위대의 책임자가 되어주셔야겠어요."

"…………네?"

루비가 눈을 깜빡였으나 미아는 아랑곳하지 않았다.

"현재 부대의 대장인 바노스 대장의 부관이 되어, 그를 도와 작전 입안 등의 보좌를 하세요."

미아는 엄숙하게 말했다.

거기에는 찰나의 계산이 있었다.

루비가 혼돈의 뱀이라는 의혹은 물론 있다.

그녀의 눈물이 거짓말이라고 생각하고 싶진 않으나, 그래도 뱀이라면 그 정도의 연기를 할 수 있다는 걸 미아는 제대로 이해하고 있었다.

그런 전제하에서 생각했다.

——루비 공녀가 이미 뱀일 가능성과 앞으로 뱀이 될 가능성······.
그것을 신중하게 검토해야만 해요.

　　만약 루비를 바노스에게서 떼어놓고, 그녀의 검 또한 빼앗아버
린다면 어떻게 될까?

　　상심한 그녀를 혼돈의 뱀이 과연 내버려 둘까?

　　——레드문 공작가는 군부에 막대한 영향력을 지니고 있어요.
만약 뱀 녀석들이 제국을 와해시키려고 한다면 루비 공녀는 무척
입맛에 맞는 인재겠죠.

　　미아에게 원한을 품은 루비가 혼돈의 뱀의 일원이 된다······.
그것은 최악의 미래라고 할 수 있다.

　　그렇다면 반대로, 그녀를 바노스 옆에 두면 어떻게 될까?

　　당연히 그녀가 현재 뱀이 아니었을 경우에는 장래적으로 뱀이
되는 걸 막게 된다.

　　커다란 빚을 지울 수 있다!

　　그럼 만약 그녀가 뱀이었을 경우에는?

　　바노스를 사랑하는 것도 전부 거짓말이고, 미아의 진영에 잠입
하려는 의도일 경우에는?

　　——사피아스 공자 때와 마찬가지죠, 이건······. 바노스 씨 옆에
붙여두고 단단히 감시하게 하면 마음대로 움직이지 못할 거예요.

　　바노스를 사랑한다는 명목으로 미아에게 접근한 이상, 그에게
서 떨어지려는 행동을 보이기는 어려울 터이다. 아무리 감시당한
다고 해도 불평할 수 있는 처지가 아닌 셈이다.

　　——내버려 두는 것보다는 오히려 잡아두는 게 대처하기 쉬울

지도 모르겠어요.

거기까지는 계산했으나…….

……사실 이 계산은 처음부터 하나의 흐름에 맞춰서 나온 결과였다.

그것은 루비와 바노스의 연애를 성립시키려고 하는 것……, 즉!

──신분 차의 사랑이라니……, ……불타오르잖아요! 정말로!

이것이다!

클로에에게 빌린 책 속에 나오던 기사와 공녀의 연애……. 그걸 실제로 가까이서 지켜볼 기회……. 이것을 놓칠 수 있을 것인가?

아니, 그럴 수 없다!

──꼭 보고 싶어요!

그럴싸한 이유를 이리저리 갖다 붙이면서도, 참으로 뇌가 연애에 푹 절여진 미아였다.

"저를……, 황녀전속 근위대에……?"

아연한 얼굴로 중얼거리는 루비에게 미아는 말했다.

"루비 공녀, 당신에게만 말해두는 거지만……. 가까운 미래에 황녀전속 근위대에 중요한 역할을 내리려고 합니다. 호위만이 아니라, 제 수족이 되어 일하는 부대로 만들 생각이에요."

대기근 때, 루드비히가 고생고생해서 마련한 식량을 운송하는 부대가 잦은 습격을 받았다.

굶주린 백성이나 식량 부족에 허덕이는 병사 중 일부가 도적이 되어 공격한 것이다.

보급부대에 붙인 호위가 약탈대로 변모하는 경우도 흔했고……,

그렇게 배신당할 때마다 미아는 생각했다.

──아아, 믿을 수 있는 부대가 필요해요……. 배신하지 않고 제대로 일하는 병사가…….

배신할지도 모른다는 불안을 느끼지 않을 수 있다는 건 행복이다.

미아는 소중한 식량 수송부대에 자신이 가장 신뢰하는 부대인 황녀전속 근위대를 쓸 수 없을지 생각하고 있었다.

──만약 루비 공녀가 들어와 준다면 꽤 유리해질 거예요. 잘하면 정예로 이름 높은 레드문 가의 사병단을 파견해달라고 할 수 있을지도 모르고…….

이전 시간축에서 거절당했던 원군……. 거기에서 병사를 빌리는 게 가능해질지도 모른다.

──뭐, 그렇게까지 잘 될지는 모르겠지만…… 어쨌거나, 바노스 씨와 루비 공녀의 사랑이 어떻게 될지도 궁금하니까요. 후후, 좀 기대되네요!

회심의 미소를 짓는 미아였다.

티어문 제국의 여제, 미아 루나 티어문은 친구가 많은 인물로 유명하다.

그녀의 친우라고 했을 때 가장 먼저 떠오르는 사람은 성녀 라피나와 별을 지닌 공작 영애인 에메랄다, 포크로드 상회의 클로에, 변경백의 영애 티오나 등일 것이다.

신분도 출신도 제각각인 여성들이 그녀의 친구로서 깊은 인연을 키워나갔다.

그럼 여제 미아의 맹우라고 했을 때 가장 먼저 거론되는 사람은 누구일까.

다양한 견해가 있을 테지만, 저자는 루비 에트와 레드문의 이름을 꼽고 싶다.

사대공작가의 한 축인 레드문 공작가에서 태어난 그녀지만, 그 이름은 오히려 제국 사상 최초의 여성 흑무경(黑務卿)으로서 알려져 있지 않을까.

군무를 관장하는 흑월청의 수장, 흑무경이 된 그녀는 자신의 본가의 영향력을 최대한으로 활용하여, 또 대장군 디온 알라이아와도 협력하여 제국군에 개혁을 불러온 여성이다.

낡은 관습으로 인해 발생하던 낭비를 일소하고 지극히 합리적인 시스템을 구축하여 여제 미아의 개혁에 큰 보탬을 준 인물로 기록되고 있다.

그런데 대귀족의 영애인 그녀가 어떠한 경위로 군무에 발을 들여놓았는지는 수수께끼에 둘러싸여 있다. 레드문 공작가가 흑월청과 밀접한 관계를 지녔긴 하나, 왜 그 가문의 영애가 그러한 살벌한 세계에 진출한 것인지는 정확한 기록이 남아있지 않기 때문이다.

그녀의 군인 생활의 출발점이 황녀전속 근위대였던 것에서 훗날의 여제, 미아 황녀의 의향이 반영된 것이라 생각하는 것이 타당할 테지만 그것은 어디까지나 추측의 영역에 지나지 않는다.

수수께끼라면 하나 더 있다. 그녀의 남편에 대한 기록도 신기하게도 전혀 남아있지 않다.

　제국의 사대공작이라면 황제를 제외하고 제국 최고위 귀족이라 알려져 있다. 그런 가문의 영애의 남편 이름이 어디에도 기록되지 않았다는 것은 커다란 수수께끼이다.

　일설로는 나이 차이가 많이 나는 평민 병사를 남편으로 맞아서 평생 그 사람과 함께 하였다는 황당무계한 주장까지 존재한다.

　그 신분 차이 나는 사랑을 이루기 위해 여제 미아와 그 동료들이 힘이 되어주었다는 이야기도 남아있지만, 이는 아무리 그래도 비약이 지나치다 할 수 있으리라.

　그녀의 세 아들이 건장하며 범상치 않은 장신을 자랑했던 것, 그리고 그녀의 상대로서 걸맞은 귀족 남성 중에 그렇게 키가 큰 사람이 보이지 않는다는 이유에서 나온 속설 중 하나일 것이다.

어떤 역사가의 논문에서 발췌

제25화 인플레X인플루언서

"레드문 공작가의 영애를 아군으로 포섭했다고……?"

미아가 보낸 보고서를 읽어본 루드비히는 무심코 감탄의 한숨을 흘렸다.

"……여전히 미아 님께서는 대단하시군."

그곳은 금월청의 한 곳. 루드비히의 집무실이었다.

"그래, 레드문 공작가의 영애가 아군이 되어준다면 군부 개혁도 진행할 수 있지. 게다가…… 황녀전속 근위대의 증강도 시야에 넣으신 건가……. 그런데 어떻게 아군으로 포섭하신 건지……."

미아가 사용한 수법이 어떤 것이었는지……. 상상만으로도 지식욕이 자극되어 그만 히죽히죽 웃음이 나오는 루드비히였다.

변함없이 그의 안에서 미아의 평가는 인플레이션을 보이고 있다. 심지어…….

"그래! 다음에 미아 님께 자세히 여쭤본 후 발타자르와 술을 마시며 이야기해야지. 스승님도 부르고, 동문도 몇 명……."

피해자를 늘리는, 훌륭한 인플루언서 마케팅이다!

"아하하, 그래. 그 이야기는 근위대원 중에서도 듣고 싶어 하는 녀석이 많지 않을까?"

불현듯 밝은 웃음소리가 들려서 그쪽으로 시선을 돌리자, 거기에는 디온 알라이아가 서 있었다.

오늘도 군무의 일환이라는 핑계를 대고 루드비히의 집무실에 농땡이를 부리러 온 디온이었다.

백인대장에서 해임된 그는 흑월청의 관리인 삼등무관이 되었다.

티어문 제국에서 군대란 크게 두 개의 조직으로 분류할 수 있다.

실행부대인 '제국군'과, 작전 입안·운용·인사 등을 총괄하는 '흑월청'이다.

말할 것도 없을 테지만 디온의 과거 역직이었던 백인대장은 제국군 소속이다. 그런 그가 후방근무인 흑월청으로 옮긴 것은 군부의 구조 때문이다.

옛날, 전장에서 큰 전과를 거둔 기사가 장군이 되어 무능한 판단을 내리는 바람에 큰 손해를 본 적이 있었다.

유능한 병사가 유능한 지휘관이 된다는 보장은 없다.

그러한 일을 반성하며 티어문 제국에서는 백인대장보다 위, 천인대를 이끄는 '천인소장'보다 더 위에 가는 자는 반드시 흑월청에서 후방근무를 하게 되어있다. 그곳에서 부대의 운용, 보급로 구축, 작전 입안 등에 대하여 배우고 넓은 시야를 터득한 후에 현장에 돌아가는 시스템이다.

디온은 흑월청 일은 지루할 것 같아 사양이라며 출세할 마음이 없었으나, 미아의 뜻(루드비히의 독단)에 따라 어쩔 수 없이 흑월청으로 옮겼다. 출세인 것은 맞지만……, 묘하게 얼굴에서 불만이 묻어나는 디온이었다.

"정말, 그 황녀님은 안 질려. 늘 예상하지 못한 일을 해주니까. 설마 이 내가 흑월청에서 일하게 될 줄이야."

어깨를 으쓱하며 쓴웃음을 짓는 디온. 그걸 보고 루드비히는 고개를 크게 끄덕였다.

"그래……. 하지만 이로써 디온 씨는 전선에 돌아갈 수 있게 될지도 몰라."

앞으로 디온이 나아가야 할 길은 두 개가 있다.

제국군으로 돌아가 장군으로서 더 많은 병사를 이끌게 되거나, 혹은 흑월청에 남아서 군대의 조직구조에 간섭할 수 있는 관료가 되거나.

루드비히가 원했던 것은 흑월청 내부와의 파이프, 즉 고등무관이었으나……. 그 부분을 레드문 공작가의 뒷배로 보완할 수 있다면……, 자연스레 디온에게 요구하는 역할도 바뀐다.

현장에 미치는 영향력. 오히려 그쪽이 더 중요해질지도 모른다.

"뭐, 그건 나로서도 환영이긴 한데."

그렇게 쓴웃음을 짓는 디온이었으나…….

"게다가 애초에 출세는 그리 서두르지 않아도 될 것 같다."

이어지는 루드비히의 말에는 살짝 미간을 찡그렸다.

"……무슨 소리인데?"

"당장은 다른 것을 위한 일을 해주는 게 좋을 것 같아서 말이지……."

"다른 것이라."

디온은 팔짱을 끼고 조금 딱딱한 표정을 지었다.

"옐로문 공작가 말인가. 여름 이후로 무언가 수상한 조짐은?"

"부하를 시켜서 조사하고 있지만……, 잠잠해. 너무 조용해서 반대로 수상하다는 생각마저 들 정도로."

"뭐, 가누도스 항만국에서 당연히 연락이 갔을 테니까. 드러내놓고 제국에 반기를 휘두르려는 게 아니라면 지금은 움직이지 않겠지……."

"그래. 그러니까 더 깊이 조사할 필요가 있다고 본다. 다행히 학원도시 계획에 관해서는 스승님께, 재정재건에 관해서는 발타자르에게 맡길 수 있어. 즉 나는 당분간 시간이 비어버렸다는 거야."

루드비히의 말을 듣고 디온은 씩 웃었다.

"시간이 비어버린 게 아니라, 시간을 비웠다고 해야 하는 거 아니야?"

"해석의 차이로군. 학문에선 흔한 일이지."

루드비히는 어깨를 으쓱하며 말했다.

"미아 황녀 전하께선 혼돈의 뱀에 관여한 가문이라고 해도 그리 크게 벌하고 싶진 않으신 것 같다. 직접적인 관계자 말고는 피해가 가지 않길 바라시는 거겠지. 우리를 믿고 그러기 위한 조사를 명령하셨어. 그 신뢰에는 부응해야 해."

안경을 살짝 고쳐 쓴 뒤 루드비히는 디온을 보았다.

"힘을 빌리겠어, 디온 씨."

"옐로문 공작가……. 가장 오래된 귀족인가."

디온은 코웃음을 쳤다.

"조금은 실력이 괜찮은 암살자라도 보내주지 않으려나……."

제국의, 이면의 역사가 드러나려 하고 있었다.

번외편 벨의 작은 행복 Ⅲ

살랑살랑 흔들리는 램프 불빛.

그 빛은 참으로 연약하여 밤의 어둠을 완전히 치워주지는 못한다.

하지만……, 벨은 침대에 누워 그 빛을 멍하니 바라보는 것을 좋아했다.

왜냐하면 자꾸만 졸음이 오는 그 몽롱한 시간은 친애하는 에리스 어머니가 이야기를 들려주는 시간이기 때문이다.

"……에리스 어머니, 무언가 이야기를 들려주세요."

흐린 불빛을 받은 자상한 옆얼굴을 향해 벨은 살며시 말을 걸었다.

에리스가 지금부터 또 다른 일을 한다는 것을 벨은 알고 있다.

제국의 예지, 미아 루나 티어문의 공적을 후세에 남기는 것……. 그것은 무척 중요한 일이다.

에리스와 안느가 그것을 무엇보다도 소중히 여긴다는 것은 안다.

그렇기에 그걸 방해하면 안 된다는 것도 알지만……. 이 시간, 이 잠들기 전의 시간은 특별하다.

그것은 벨이 좋아하는 시간, 조금은 떼를 써도 괜찮은 시간이다.

"으음, 그래……. 오늘은 무슨 이야기를 들려줄까……."

그 증거로 에리스는 얼굴 한 번 찌푸리지 않았다. 졸음이 꽉 찬 벨의 얼굴을 보고 온화한 미소를 짓고는……, 벨의 옆에 누웠다.

벨은 바로 에리스를 끌어안듯이 몸을 바싹 붙였다.

"그러고 보면 오늘은 미아 님의 특기에 대해 이야기했었지…….
수영에 승마에……. 그렇다면 이걸 빼놓을 수 없겠는데?"

장난을 꾸미는 어린아이 같은 순수한 미소를 지으며 에리스가
말했다.

"벨은 들어본 적이 있니? 미아 님께서 춤의 달인이셨다는
걸……."

"춤……?"

어리둥절한 얼굴로 갸웃거리는 벨에게 에리스는 고개를 크게
끄덕여 보였다.

"그래, 춤. 너도 미아 님의 피를 이어받았으니까, 기억해둬. 귀
족이나 황실의 여성에게 사교댄스는 무기가 된단다. 미아 님께서
도 그 기술을 이용해 많은 신사를 매료하여 교섭을 유리하게 이
끌어가셨지."

그 후 에리스는 기억을 떠올리듯 조용히 눈을 감았다.

"미아 님의 춤은 대단히 아름다웠어. 달의 여신이 추는 춤이라
고 불릴 정도로 무척 아름다웠지. 나도 딱 한 번, 황실의 무도회
에 부름을 받은 적이 있었는데……, 그 자리에 있는 누구보다도
찬란하셨어. 정말로 빛이 났으니까."

조금 허풍이 섞였지만…… 벨은 눈치채지 못하고 탄성을 질렀다.

"와아……, 저도 보고 싶어요."

생긋 웃는 벨을 보며 에리스는 조금 쓸쓸해 보이는 표정을 지
었다.

"미아 님께서 살아계셨다면 분명 너에게도 춤을 가르쳐주셨을 텐데. 나나 언니가 춤을 가르칠 수 있었다면 좋았겠지만……."

아쉽게도 에리스도 안느도 궁정 무도회에 나갈 수 있을 법한 춤 지식은 없다.

"아, 그래. 루드비히 씨는 아시려나? 역시 제국의 황녀님이 춤 하나도 못 춘다는 건 면목이 없으니까……."

"에리스 어머니, 그런 표정 짓지 마세요."

문득 벨의 단호한 목소리가 울려 퍼졌다.

시선을 돌리자 벨이 진지한 얼굴로 바라보고 있었다.

"저는 지금 무척 행복해요, 에리스 어머니."

벨은 그야말로, 눈이 부실 정도로 환하게 웃으며 말했다.

"매일 무척 행복해요. 안느 어머니가 깨워주시고, 맛있는 밥을 먹고, 루드비히 선생님께 공부를 배우고, 오이겐 씨와 함께 돌아오고……."

벨은 손가락을 꼽으며 세어 나갔다. 자신의 행복 목록을.

"에리스 어머니가 해주시는 이야기를 듣는 것도 아주 좋아해요. 미아 할머니의 이야기를 듣는 것도, 에리스 어머니가 생각해 낸 동화를 듣는 것도 전부 다요. 미아 할머니에게 춤을 배우지 못한 것은 조금 아쉽고, 어머니를 만나지 못하는 건 쓸쓸하지만……. 그래도 저는 행복하니까요……, 그러니까 그런 슬픈 표정은…… 짓지 마세요."

자신을 염려하지 않게 하려는 배려에 에리스는 가슴이 따끔거리는 것을 느꼈다.

——아직 한창 응석을 부리고 싶을 나이인데……. 이런 안타까운 상황에서도 우리를 걱정하다니…….

에리스는 눈을 질끈 감았다가…… 웃었다.

"무슨 이야기를 하고 있었더라……. 아, 미아 님의 춤 이야기였지?"

그렇게 밝은 목소리로 말을 꺼냈다. 이 이상 벨에게 걱정을 끼치지 않도록…….

그로부터 잠시 후, 벨은 평온한 숨소리를 내쉬며 잠들었다.

에리스는 그 뺨을 살며시 쓰다듬으며 중얼거렸다.

"잘 자렴, 벨. 좋은 꿈 꿔."

깨우지 않도록, 하지만 조용한 열의를 담아 기도를 올렸다.

"부디……, 꿈속에서만은 이 아이가 행복하기를…….."

그날, 벨은 꿈을 꾸었다.

자신의 할머니에게서 친절하게 댄스 교습을 받는 꿈이었다.

그것은 무척 즐거운 꿈이었다.

에리스는 끝내 알지 못했으나, 벨의 말에는 일절 거짓이 없었다.

에리스의 품속에서 안락한 기분으로 꿈을 꾸는 그 순간…….

벨은 분명히 행복했다.

미아의 사교댄스부

MEER BALLROOM DANCE CLUB

미아의 사교댄스부

"으음⋯⋯."

무사히 승마 대회를 마치고 사흘 뒤.

미아는 방에서 여유롭게 시간을 보내고 있었다.

대회가 끝난 직후엔 근육통에 시달렸으나, 그것도 깨끗하게 빠지고⋯⋯ 현재 미아의 컨디션은 최상이었다.

몸만 따지자면 최상이지만⋯⋯.

"아아, 딱 봤을 때 역시 변하지 않았네요⋯⋯."

미아는 무겁고 어두운 기분으로 한숨을 쉬었다.

벨에게서 빌린 황녀전의 두께는 한눈에 봐도 느껴질 만큼 얇다.

그것은 미아의 남은 수명을 알려주고 있다.

"이대로는 안 되겠어요⋯⋯. 기분이 너무 우울해서 의욕이 전혀 나지 않아요."

그렇게 미아는 황녀전을 벨의 책상에 돌려놓으려고 했다가⋯⋯ 발견하고 말았다.

"어머⋯⋯? 이건⋯⋯."

벨의⋯⋯ 추가시험 결과를!

"아, 그리고 보면 여름방학 동안 학원에 남아서 공부했었죠. 흐음, 어떤 느낌이려나요⋯⋯?"

그렇게 호기심에 펼쳐본 것이 문제였다⋯⋯.

거기에 적혀있는 것은 처참하다면 처참하다고 할 수 있을 결과.

"그 아이…… 용케 이 성적으로 태연하게 다닐 수 있군요……."

손녀의 대범함에 전율마저 느끼는 미아였다. 하지만…… 문득, 그 눈이 어떠한 글자 위에서 멈췄다.

"무용 점수가…… E?"

무용, 즉 댄스는 미아의 유일한 특기이다. 그 점수가 현저히 낮다는 사실에 미아는 충격을 받았다. 그러나…….

"아……, 그랬었죠. 벨은……."

뒤늦게 떠올렸다. 벨이 '황실의 황녀로서 받아야 할 교육'을 받지 못하고 살아왔다는 것을…….

어릴 때부터 춤을 배우고, 매너를 배우고, 교양을 익혀왔던 미아와는 다르다.

"그건 좀 불쌍하네요……."

벨에게 듣기로는, 면학은 루드비히에게 배웠다는 모양이지만 춤 같은 기초교양에 대해서는 배우지 않은 듯하다.

"…………하지만 그 루드비히에게 배웠는데도 면학 쪽의 성적은 대체……?"

그런 생각도 들긴 했으나, 그건 일단 제쳐놓고.

"매너는 안나나 에리스에게 배웠다고 해도, 춤은 가르쳐줄 사람이 없었을 테죠……."

그러고 보면 벨에게 춤을 가르쳐주겠다고 약속했었다는 걸 떠올렸다.

"흐음……. 이거 손녀를 위해 제가 분연히 일어나야 할 때가 아닐까요……?"

미아 안에 손녀를 향한 할머니의 사랑이 불타올랐다.

"게다가 뭐니 뭐니 해도 벨을 세인트 노엘에 입학시킨 건 저니까요……. 너무 나쁜 성적을 받았다간 라피나 님의 눈이 무서워요……."

……8할 정도는 자기애였다.

아무튼, 결정을 내린 미아는 바로 움직이기 시작했다.

저녁 식사 후, 목욕한 뒤에 '이제 자야지!' 하고 수면욕에 이글거리는 벨에게 미아는 말했다.

"벨, 물어보고 싶은 게 있는데 괜찮을까요?"

"네? 앗, 네. 뭘 물어보시려고요? 미아 할…… 언니."

미아는 벨을 침대에 앉힌 뒤 그 눈을 물끄러미 응시하면서 말했다.

"벨. 당신, 춤을 싫어하나요?"

만약을 위해 물어보았다.

미아는 가급적 벨이 제국의 황녀에 걸맞은 교양을 익히길 바라지만……, 그래도 싫어하는 것을 억지로 시킬 수도 없다.

——주방장은 제가 채소를 맛있게 먹을 수 있도록 연구해주었어요. 만약 벨이 춤을 싫어한다면 무언가 재미있게 할 수 있을 법한 연구를 해줄 필요가 있겠죠…….

그런 생각을 하던 미아였으나…….

"아뇨, 딱히 싫은 건 아닌데요……."

의아한 얼굴로 갸웃거리는 벨을 향해 미아는 흡족해하며 고개를 끄덕였다.

"그렇군요. 그럼…… 벨, 당신에게 춤을 가르쳐드릴게요."

"네? 미아 언니의 춤을 배울 수 있는 거예요? 그 전설의……?"

벨은 눈이 휘둥그레졌다.

'어라? 전설?' 하고 이상하면서도 미아는 긍정했다.

"네. 지난번에 약속도 했잖아요. 세심하게 가르쳐드릴게요. 당신은 황실의 황녀이니까, 춤 한두 종류쯤은 우아하게 추지 못하면 곤란하답니다."

그렇게 말하자 벨은 등을 곧게 펴고는 진지한 표정을 지었다.

"알겠습니다. 미아 언니. 언니의 이름에 먹칠하지 않도록 열심히 노력할게요!"

"음, 좋은 자세예요!"

팔짱을 끼면서 거만하게 웃는 미아였다.

다음날부터 벨의 댄스 레슨이 시작되었다.

"우선 당장 이룰 목표가 필요하겠네요……, 뭔가…….."

"아, 그거라면 열흘 뒤에 댄스 미니 테스트가 있어요."

그러한 대화를 거쳐 미아는 열흘 뒤에 있을 댄스 실기 테스트를 목표로 정했다.

──반드시 A를 받도록 만들어주겠어요. 후후후, 같은 반의 모든 학생을 벨의 매력으로 매료하는 거예요.

"그런데 미아 언니, 이 옷 말인데요……."

벨은 자신의 옷을 살짝 잡았다.

오늘의 벨은 반소매 셔츠에 무릎까지 오는 바지라는 활동적인 복장이었다. 지금부터 운동을 하기에는 참으로 적합한 복장……
이긴 하지만…….

"춤은 더 화려한 드레스를 입고 추지 않나요……? 그, 기장이
긴 스커트로 멋지게 포즈를 잡거나 그런…….."

그렇게 말하며 벨은 반바지 자락을 잡고 슬쩍 들어 올려보았다.

"벨, 화려한 드레스를 입는 건 더 나중이에요. 지금은 움직이기
쉬운 그런 복장으로도 충분하답니다. 그리고 누군가 남성분에게
협력을 받고 싶은데요……, 흐음."

미아, 여기에서 손녀에게 배려를 보이다.

——신사 앞에서 꼴사나운 모습을 보이는 건 아무리 벨이라고
해도 굴욕적이겠죠. 사실은 시온 같은 춤을 잘 추는 사람이 도와
주는 게 좋긴 하지만요……. 뭐, 그건 더 숙달된 뒤가 아니면 벨
이 불쌍하겠네요.

참고로 벨은 설령 꼴사나운 모습을 보인다고 해도 시온과 춤을
추는 것을 고른다. 주저 없이 고른다.

따라서 그것은 완전히 쓸데없는 배려이긴 했으나…….

"우선은 기초부터 가죠. 춤은 기초가 중요합니다. 처음부터 제
대로 가르쳐드릴 거예요. 그러기 위해서는 역시 그것밖에 없죠!"

티어문 제국의 황실에는 '월광무도(月光舞蹈)'라고 불리는 춤이
전승되고 있다.

이것은 사교댄스의 기초적인 동작을 전부 망라하여 근력 트레
이닝으로도 쓸 수 있다고 하는, 지극히 잘 만들어진 연습용 춤이
다.

그리고 미아는 어릴 때부터 이것을 수도 없이 췄다. 공부도 댄스도 물량지상주의자인 미아다. 그 몸에 움직임이 뼈저리게 녹아들어 있다.

"벨, 당신은 제국 비전의 춤인 월광무도를 배울 거예요. 우선은 거기서 똑바로 보고 계세요."

그렇게 말한 뒤 미아는 춤을 추기 시작했다.

"먼저 다리부터예요. 앙, 드, 트와, 앙, 드, 트와……."

입으로 리듬을 세면서 가볍게 스텝을 밟았다.

"여기서 턴. 이쪽으로 오른발을 옮기고, 왼발은 최대한 남겨두는 느낌으로……."

다리의 움직임을 몇 번 반복한 뒤.

"다음은 손. 손은 이렇게, 나긋하고 우아하게……, 바람이 불어와 살랑거리듯이 부드럽게……."

빙글, 빙글. 우아하게 돌고…….

"이렇게 돌면서 거리감을 몸에 주입하는 거예요. 검술에는 간격이라는 게 있다고 들었는데, 춤도 마찬가지랍니다. 주위와의 거리감, 이만큼 움직이면 이만큼 이동한다. 이 춤에는 어느 정도의 넓이가 필요한가. 그런 것을 익히는 거죠."

미아는 벨의 열렬한 시선을 몸으로 느끼면서 정성스럽게 춤을 추었다. 움직임을 확인하며 천천히, 세심하게 모범을 보였다.

이윽고 춤을 마친 미아는 상쾌한 표정으로 입을 열었다.

"뭐, 이런 식입니다. 그렇게 어렵지도 않으니까, 바로 익힐 수 있을 거예요. 처음은 스텝부터……."

"아뇨, 괜찮아요……."

미아의 말을 끊고 의욕이 가득한 얼굴이 된 벨이 말했다.

"전부 외웠어요, 미아 언니……. 할 수 있을 것 같아요."

"어머, 정말인가요?"

"네. 저는 미아 할머니의 피를 이어받았으니까요!"

"그래요……. 그럼 바로 해보세요."

이렇게 득의양양한 벨의 말을 완전히 믿어버린 미아였으나, 실제로 벨에게 춤을 추게 시켜보자…….

"흐음……. 흐으음…………."

무심코 미간에 힘이 들어갔다.

"그렇군요……. 그래요……."

"어때요? 미아 할머니!"

우쭐한 얼굴로 가슴을 펴는 벨. 그런 벨을 보고 미아는……, 자기도 모르게 감탄했다.

──이 아이, 대단한 배짱이네요……. 왜 이 수준으로 가능하다고 단언할 수 있었던 거죠…….

당연하다면 당연하지만, 한 번 보기만 했다고 춤을 잘 출 수 있게 되는 건 아니다. 그럼에도 불구하고 자신만만하게 춘데다 자랑하듯 가슴을 펴는 이 담력!

──이렇게 당당하면 제대로 춤을 췄다고 착각해버릴 것 같지만……, 제 눈은 속일 수 없죠.

미아는 거만하게 헛기침을 했다.

"처음치고는 나쁘지 않았네요. 그 기세예요."

벨을 배려하면서 미아가 말했다.

"우선 움직임을 정확하게 외우고, 그 움직임을 제대로 따라 할 수 있게 되는 것. 춤은 기초가 중요하니까, 조급해하지 말고 차근 차근히 하죠. 적당히 넘기면 안 돼요."

"네! 알겠습니다."

힘차게 끄덕이는 벨을 향해 미아는 흡족한 미소를 지었다.

그렇다. 아직 시간은 있다. 서두를 것 없다. 차근차근 단련해나 가면 되니까……. 그런 생각을 하는 사이에 사흘이 지났다.

그동안 딱히 진전은…… 없었다.

"이상하네요……. 왜 잘 안 되는 거죠……? 좀 더 이렇게, 팔을 뻗고 우아하게 스윽, 휘휘 하는 건데요……."

"으윽, 어려워요. 미아 언니……."

시무룩하게 어깨를 떨구는 벨을 곁눈으로 보며 미아는 계속해 서 고개를 갸웃거렸다.

미아는 몰랐다. 어릴 때부터 춤을 배워왔던 미아는……, 가르 치는 방식이 조금, '천재적'인 느낌이 되어버린다는 사실을…….

그건 그렇다 치고…….

"흐음……. 이건, 생각을 좀 할 필요가 있겠군요……."

살짝 의욕을 잃어가고 있는 벨. 이대로 춤을 싫어하게 되면 큰 일이다. 무언가 해결할 방법이 필요하다며 미아가 생각에 잠겨있 을 때…….

"실례합니다. 미아 님."

"어머? 안느. 무슨 일이죠?"

"네. 실은 라냐 왕녀 전하께서 방문하셨는데요……."

"어머나, 라냐 양이…… 무슨 일일까요……."

미아는 축 늘어져 있는 벨을 힐끔 쳐다보았다.

"그래요. 그럼 오늘은 여기까지 하도록 할까요……. 벨, 목욕으로 땀을 씻고 오세요. 저는 잠시 라냐 양과 대화하고 있을 테니까요."

조금 일찍 레슨을 끝낸 미아는 자신의 방으로 돌아갔다.

"안녕하세요, 미아 님. 갑자기 찾아와서 죄송합니다."

방에 들어가자 탁자 앞에 앉아있던 라냐가 일어났다.

검고 아름다운 머리카락, 적절히 그을린 갈색 피부가 매력적인 친구를 앞에 두고 미아의 배가 꼬르륵 울었다.

……딱히 라냐가 맛있어 보인다고 생각한 건 아니다. 라냐가 올 때는 늘 맛있는 과자와 함께이기 때문에, 조건반사가 생겨버린 것뿐이다.

잘 길들여진 개와 비슷한 셈이다.

그런 미아의 반응에 불쾌해하는 기색도 없이 라냐가 말했다.

"죄송합니다, 미아 님. 오늘은 딱히 특별한 것 없는 쿠키인데요……."

그 시선 끝에서 접시 위에 놓인 쿠키를 본 미아가 환호했다.

"어머나! 그 쿠키. 제가 아주 좋아하는 쿠키예요!"

그것은 예전에 안느에게 받은, 보존성이 뛰어난 쿠키였다. 물론 기능적 측면만이 아니라 그 소박한 단맛 또한 미아가 사랑해 마지않는 것이다.

아무래도 안느가 차와 과자를 준비해준 건지 탁자 위에는 홍차와 미아가 보관하고 있던 과자도 놓여있었다.

──오오! 이 정도면 소소한 연회 수준인데요!

미아가 라냐의 정면에 앉자 안느가 즉시 홍차를 따라주었다.

조금 미지근했지만, 운동으로 땀을 흘린 미아에게는 목을 적시기에 딱 적절한 온도였다.

──후후후, 역시 안느. 제대로 배려할 줄 안다니까요.

차를 한 모금 마신 뒤 미아는 산뜻한 얼굴로 말했다.

"그래서 오늘은 무슨 일이시죠? 라냐 양."

"네. 실은 미아 님께 상담하고 싶은 게 있어서 왔습니다."

"어머, 저에게 상담이라고요? 무슨 일이기에…….."

그렇게 말하면서 미아는 빠르게 쿠키를 입에 넣었다. 바삭하게 부서지는 식감에 이어 조각난 쿠키가 혀 위에서 녹자 단맛이 서서히 퍼져나갔다.

"아아……, 이 소박한 단맛, 진한 밀가루의 풍미……. 우후후, 정말 좋아요. 참 맛있어요."

결코 새로운 맛은 아니다. 눈이 휘둥그레질 만큼 맛있는 것도 아니다.

그것은 굳이 따지라면 그리운 맛, 안심하게 되는 맛이었다.

그 단맛이 황녀전의 두께에 일희일비하는 미아의 어지럽던 마음에 딱 들어맞았다.

──아아, 깊게 스며드네요. 이 소박한 단맛이……, 심플한 맛이 제 마음 구석구석까지 스며드는 것 같아요.

이렇게 미아가 쿠키를 먹고 몸도 마음도 치유되는 것을 느끼는 사이에 라냐가 조심조심 입을 열었다.

"그래서, 저기, 미아 님. 상담이라고 해야 할까, 부탁이 있는데요……."

"부탁이라고요? 무슨 부탁이죠? 제가 할 수 있는 일이라면 뭐든 할 테지만요……."

그렇게 묻자 라냐는 무언가 말하기 거북한 듯 입술을 달싹거린 후……

"실은, 최근 미아 님께서 댄스 레슨을 하고 계신다는 이야기를 들었거든요……."

"어머……. 그 이야기를 어디서 들으셨죠?"

벨을 위해 춤 연습을 비밀로 해두었던 미아였다. 하지만.

"벨 양이 무척 기뻐하며 이야기하는 것을 듣고……."

──벨……, 당신은 참…….

미아는 무심코 머리를 부여잡았다. 아무래도 벨은 춤 연습을 하는 것을 다른 사람에게 들키기 싫다거나, 그런 자존심은 없는 모양이었다.

"뭐, 그래요. 확실히 최근 사흘 정도 특별교실을 빌려서 벨에게 춤을 가르쳐주고 있었습니다."

라냐는 그 말을 듣고 무의식적인 듯한 미소를 지었다.

"저기, 만약 괜찮으시다면…… 저에게도 춤을 가르쳐주실 수 있을까요?"

"네……? 그건 무슨 말씀이시죠……?"

미아는 다시 고개를 갸웃거렸다.

라냐의 춤 실력은 잘 모르지만, 만약 못하는 부분이 있다면 세인트 노엘의 교사에게 물어보면 그만이 아니냐는 의문을 품은 미아였으나…….

"미아 님께서는 페르쟝의 수확감사제에 대해 알고 계신가요?"

"네, 물론이죠. 그해의 수확을 감사하기 위해 페르쟝의 백성들이 왕도로 모여서 치르는 성대한 축제잖아요. 연회의 요리도 무척 호화로운 것이 나온다고……."

주변국의 미식 이벤트는 빠짐없이 체크해둔 미아였다. 만약 기회가 된다면 페르쟝의 수확제에 꼭 가 보고 싶어 했다.

──페르쟝의 신선한 농작물을 사용해서 어떤 요리가 나올지……, 상상만으로도 배가 고파져요.

"그럼, 거기서 저희 왕녀가 무엇을 하는지도 알고 계시는가요?"

"네, 당연히 압니다. 으음, 신께 수확 감사의 춤을 바치는 거죠?"

페르쟝의 왕녀는 농민들의 지도자로서 수확의 진두지휘를 잡는다. 동시에 수확의 감사를 신에게 바치는 무녀라는 역할도 담당하게 된다.

이전 시간축에서 라냐의 이름을 기억하지 못하는 바람에 루드비히에게 신랄한 잔소리를 들은 미아는 그 후로 다양한 것들을 제대로 외워두기로 했다.

페르쟝 농업국은 식량을 수입할 중요한 나라. 그 나라의 왕녀에 대한 것도 기본적인 것은 머리에 넣어두었다.

"그런데 그 수확 감사의 춤에 문제라도 있는 건가요?"

"실은, 그……. 부끄러운 이야기지만 저는 춤 전반을 잘 못 춰서요……. 그래서, 그 춤도 그리 잘 추지 못한답니다……."

"아하, 그렇군요……. 대충 알겠어요."

미아는 그제야 이해했다.

학원의 교사는 평범한 사교댄스는 가르쳐줄 수 있어도, 의식에 쓰이는 춤은 가르칠 수 없다. 그래서 춤을 잘 추는 미아에게 부탁하는 것이다.

"어라……? 하지만 올해 여름은 어떻게 하셨나요?"

미아의 기억이 정확하다면 라냐는 올해에도 예년처럼 페르쟝에 귀국하여 무녀의 역할을 완수했을 텐데…….

"저는 어디까지나 아샤 언니의 도우미니까요. 하지만……, 내년 여름에는 어쩌면, 제가 혼자 해야 할지도 모릅니다."

"아……, 그래요. 그런 거였군요. 아샤 양을 제 학원에 부르게 되었으니……."

아샤가 성 미아 학원의 강사가 되었으니, 어쩌면 수확 감사제 때 돌아가지 못할 수도 있다. 라냐는 그렇게 생각한 모양이다.

아샤가 없으면 자신이 중심이 되어 춤을 추어야 한다는 책임감을 느끼는 거다.

"하지만 딱히 휴가가 전혀 없는 건 아니에요. 중요한 행사라면 학원을 쉬고 간다고 해도 상관없는데……."

미아의 말에 라냐는 작게 고개를 저었다.

"아샤 언니가 직접 그렇게 하겠다고 정한다면 괜찮지만, 저 때문에 일을 접어두고 오게 하는 건 싫습니다."

라냐가 보인 조용한 결의에 미아는 작게 고개를 끄덕였다.

"그런 일이라면 돕지 않을 수 없겠군요."

미아로서도 아샤가 밀가루 연구에 집중하는 게 좋다. 그러기 위해서라면 소매쯤이야 얼마든지 걷어 붙여줄 수 있다. 자연스럽게 기합이 들어갔다.

"그럼 바로 내일부터 벨과 함께 연습에 참가하시면 되겠네요."

벨도 함께 연습하는 사람이 있는 게 의욕이 나올 테니 딱 좋다.

"아, 하지만 제 지도는 무척 깐깐하답니다?"

"네. 바라는 바입니다!"

그리하여 미아의 댄스 교실에 새로 라냐가 추가되었다.

그런데…… 시간을 잠시 거슬러 올라가, 그 전날…….

"평화롭군."

시온의 종자, 키스우드는 교사의 복도를 어슬렁어슬렁 걷고 있었다.

딱히 한가해서 이러는 것은 아니다. 시온의 신변을 지키기 위해 수상한 일이 없는지 둘러보는 것이다.

"뭐, 세인트 노엘의 경비는 철저하니까 괜한 일이라고는 생각하지만."

기분 좋은 바람이 부는구나, 가을이구나, 등등. 약간 느긋한 마음으로 걷고 있던 그는……, 어떤 것을 보고 얼굴이 딱딱해졌다.

"잠깐……, 저건 뭐지……?"

복도 가장자리에 보인 것은……, 살금살금 수상하게 움직이는 미아의 모습이었다.

두리번두리번, 두리번두리번. 주위를 살핀 뒤 부리나케 특별교실로 걸어갔다.

"미아 황녀 전하라……. 대체 뭘 하고 계시는 건지……."

그렇게 중얼거리며 키스우드는 조용히 미행을 개시했다.

기본적으로 키스우드는 신사다.

선크랜드 왕국의 종자에 걸맞게 제대로 된 예의범절을 겸비하고 있다.

게다가 미아를 높이 평가하고 있다. 시온에게 좋은 인맥이기도 하고, 개인적으로도 호감이 있다. 시온을 모시지 않았다면 미아의 밑으로 달려갔을지도 모를 정도다.

따라서 기본적으로 영애를 미행한다는 무례한 짓은 하지 않고, 그게 경의를 품은 상대라면 더욱 그러하다.

그럼에도 불구하고 키스우드는 미행했다. 왠지 모르게…… 불길한 예감이 들었기 때문이다.

미아가 터무니없는 짓을 저지를 것 같은…… 그런 예감. 구체적으로 말하자면 그……, 요리라거나…….

"그토록 재능이 넘치는 분이신데 왜 요리만큼은 그렇게 되어버리는 거지……."

푸념과 한숨을 친구 삼아 스스슥 사각에 숨으며 미아의 등을 쫓아갔다. 그러자 미아는 어떤 교실 안으로 들어갔다.

"휴우. 우선 식당이나 주방이 아니었으니 다행이라 생각해야 하나……. 아니, 아직 방심할 수 없지. 상대는 제국의 예지니까."

자신이 상상도 하지 못하는 방법으로 요리를 시작할지도 모른 다는 생각을 하고만 키스우드였으나, 문득 그 얼굴에 쓴웃음이 번졌다.

"아니, 뭘 경계하는 거지, 나는……. 미아 황녀 전하가 그렇게 거듭 바보 같은 짓을 하실 리가 없잖아……. 이런 건 기우에 불과해."

스스로를 타이르듯 중얼거리기를 잠시…….

"좋아. 역시 당분간 지켜보자. 만에 하나라는 것도 있으니까."

그렇게 결심하는 키스우드였다.

그렇게 다음 날……, 사태는 단숨에 악화했다!

"라, 라냐 왕녀 전하…… 라고?"

키스우드는 전율했다. 미아와 함께 교실에 들어간 인물을 보고서…….

라냐 타하리프 페르쟝……. 페르쟝 농업국의 왕녀가 미아와 미소를 주고받으며 교실에 들어갔기 때문이다.

농업국이 왕녀라는 게 중요하다. 풍부한 농작물을 자랑하는 농업국의 왕녀란 말이다!

그런 라냐가 미아와 함께 몰래 무언가를 하고 있다는 사실에 키스우드는 진심으로 부들부들 떨었다.

"미아 황녀 전하와 라냐 왕녀 전하가 모여서 뭘 하는 거지?"

일부러 의문을 입에 담아보았으나, 대답은 명백하다. 즉…….

"그런 건 요리 말고는 없을 거 아냐!"

키스우드는 순간적으로 눈을 돌려버릴 뻔한 자신을 질타했다.

실제로 그것 말고는 생각나는 게 없었다.

평범하게 다과회를 한다면 딱히 숨어서 할 필요가 없다. 몰래 숨어서 한다는 것 자체가 참으로 수상하다. 미아의 악의 없는 꿍꿍이라는 냄새가 풀풀 났다.

"……이건, 자칫 잘못하면 페르쟝의 농작물도 요리에 사용될 가능성이 있다는 건가?!"

키스우드의 뇌리에 무수히 많은 처량한 요리 무더기가 떠올랐다.

조잡하게 잘라놓은 채소, 과일을 산더미처럼 투입한 스튜. 빵 사이에 사과 하나를 통째로 끼워 넣은 샌드위치 등…….

그리고 그걸 먹게 되는 주인의 모습과……, 무엇보다 자기 자신의 모습마저 떠오르고 말았다…….

"크, 큰일이야. 이건 어떻게든 해야 해……."

기본적으로 키스우드는 요리를 할 줄 안다. 하지만 아무리 그래도 페르쟝의 농작물을 전부 파악하고 있는 건 아니다. 따라서 거기에 맞는 요리를 만들 수 있냐면 몹시 자신이 없다.

하물며 상대는 제국의 예지.

"미아 황녀 전하는 박식하신 분이야. 요리 분야에도 이상하게 상세할 가능성이 있어."

지식에 비례한 요리 기술을 지녔다면 좋겠지만……, 안타깝게도 그럴 확률은 희박하다.

"오히려 복잡한 버섯 요리 같은 걸 만들고 싶다고 했다간 심각해질 거야……."

침을 꿀꺽 삼킨 뒤 키스우드는 배를 눌렀다.

위 부근이 서서히 욱신거리는 듯한…… 그런 착각이 밀려왔다.

"이건 일찍 대처하지 않으면 손을 쓸 수 없게 되는 게 아닐까……? 큭, 그런 일은 다시는 사양이라고 생각했는데…… 어쩔 수 없지."

살짝 비틀거리는 발걸음으로 그는 미아와 라냐가 들어간 교실로 향했다.

그 무렵 교실에서는 라냐의 제례무 시연이 이뤄지고 있었다.

움직이기 쉬운 바지와 반소매 블라우스로 갈아입은 라냐는 두 손에 캐스터네츠를 들고 춤을 추었다.

탁, 탁탁. 리듬에 맞춰서 울리는 타악기의 소리. 거기에 맞춰서…… 맞춰서?

──어쩐지 안 맞는데요?

미아는 '흐음……' 하고 신음하며 라냐의 춤을 바라보았다.

──저 타악기에 정신이 팔려서 움직임에 소홀해지는 느낌이 들어요. 게다가 멈춰야 할 곳에서 멈추지 못하니까 강약이 없어 심심한 느낌이고요. 다음 움직임에 너무 신경 쓰는 바람에 정지하는 자세가 어설퍼지는 게 아닐까요……?

그렇게 분석하는 사이에 라냐의 춤이 끝났다.

"……이런 식이에요, 어떠셨나요?"

"흐음……."

쭈뼛쭈뼛 물어보는 라냐에게 미아는 팔짱을 끼고 거만하게 말했다.

"왠지…… 어긋나있네요."

칼같이 단언했다!

"조금씩, 그 타악기의 소리와 움직임이 미묘하게 어긋나고 있어요. 피로에 의한 것도 있을 테지만……, 흐음."

초조함도 느껴지는 것 같단 말이죠……. 마음속으로 그렇게 덧붙였다.

언니가 없을지도 모른다는 상황과 자신 혼자서 제례무를 춰야 한다는 압박감이 자연스럽게 라냐의 움직임을 침착하지 못한, 부산스러운 것으로 만들어놓았다.

——직접 리듬을 맞춰야 한다는 것이 어려운 부분이네요.

악단이 따로 있다면 모를까, 직접 연주도 하는 셈이니 마음이 급해져서 리듬이 너무 빨라지고 그 결과 몸이 따라잡지 못하게 된다.

"이런 말씀을 드리는 건 면목이 없지만, 라냐 양도 벨과 마찬가지로 기초 트레이닝을 할 필요가 있겠어요."

정신적인 측면은 그렇다 치고, 춤의 기술 자체도 그리 뛰어나지 않은 것처럼 보였다. 그렇다면 먼저 기술을 익히게 한 뒤 자신감을 키우는 게 지름길이다.

몹시 드물게도, 정말 매우 드물게도 미아의 판단은 아주 정확했다. 참으로 드물게도.

춤과 버섯만큼은 진짜로 명지도자인 미아였다.

"그렇다면 바로……, 어라?"

그때였다.

교실 문을 노크하는 사람이 있었다.

"어머? 누구죠?"

대답하러 나간 안느의 어깨 너머로 복도 쪽에 시선을 준 미아는 낯이 익은 청년의 모습을 발견했다.

"어, 키스우드 씨……. 무슨 일인가요?"

시온의 종자, 키스우드가 서 있었다. 어쩐지 안색이 안 좋아 보이는데…….

"갑작스럽게 죄송합니다. 미아 황녀 전하. 실은 최근 미아 황녀 전하께서 열심히 무언가를 하신다고 듣고 외람되오나 저도 무언가 도와드리…… 응?"

거기서 말이 멈춘 키스우드가 고개를 갸웃거렸다.

"으음, 이건…………."

그는 벨과 라냐에게 시선을 주고 의아해하는 표정을 지었다.

"이런……. 모처럼 숨겼는데, 키스우드 씨에게도 알려지다니 조심성이 부족했네요……."

미아는 깊은 한숨을 쉰 뒤에 고개를 저었다.

"실은 벨과 라냐 양에게 춤을 가르치고 있었답니다."

"……춤이요?"

"네. 특히 벨은 아직 춤 실력이 미숙하기에, 다른 사람에게는 별로 알리고 싶지 않았는데요……."

그렇게 말하며 미아는 벨에게 시선을 주었다. 불쌍하게도 벨은 빨개진 얼굴을 푹 숙이고 있다. 역시 굴욕이었던 모양이다.

벨은 그대로 슬금슬금 미아 옆으로 걸어오더니…….

"미, 미, 미아 할머니, 저, 저분……. 천칭왕의 충신, 충의의 천재 검사 키스우드 아닌가요?!"

기분 탓인지 신이 난 목소리로 말했다.

"와아아! 와아아아! 저 가까이서 보는 건 처음이에요!"

붉게 상기된 얼굴로 팔을 붕붕거리고 있는 미아벨 루나 티어문……. 아니, 미아벨 대흥분 티어문이다!

딱히 춤을 못 추는 걸 들켰다고 굴욕을 느끼거나 하지 않았다!

"아……, 뭐야. 그런 거였습니까."

키스우드는 벨을 보고는 살짝 민망한 표정을 지었다.

"죄송합니다. 배려가 부족했군요……. 저는 기껏해야 시온 전하의 종자이니까요. 지나가던 개가 본 거라고 생각하셨으면 좋겠는데요……."

공손한 얼굴로 그런 말을 하는 키스우드였다.

"흐음……."

그런 키스우드를 보고 미아는 생각에 잠겼다.

──라냐 양에게도 월광무도를 가르치는 게 가장 빠를 테지만요. 그러는 동안 벨이 놀게 되어버릴지도 모르죠. 벨의 경우는 최종적으로는 사교댄스를 익히는 게 목적이니까, 그러기 위해서는 파트너가 필수……. 게다가 보아하니 벨은 키스우드 씨를 동경하는 모양이니, 의욕이 생길지도 모르겠어요. 그렇다면…….

미아는 키스우드에게 시선을 주며 말했다.

"키스우드 씨. 당신, 사교댄스를 출 수 있나요?"

"네? 뭐, 네. 어느 정도는……."

그렇게 대답하며 어깨를 으쓱하는 키스우드.

──어느 정도…………. 흐음……, 아주 잘 출 것 같네요! 인기 많을 것 같으니까요, 키스우드 씨는.

눈을 가늘게 뜨고 키스우드를 바라본 뒤 미아가 말했다.

"그렇다면 숙녀의 비밀을 훔쳐본 벌로, 협력해주셔야겠어요. 벨의 연습 파트너로서……."

그렇게 생각했다가…… 문득, 미아 할머니는 생각을 바꿨다.

──앗, 하지만 어쩌면 위험한 거 아닐까요? 벨에게 나쁜 벌레가 붙어버릴지도…….

잘생긴 연애의 달인과 댄스 레슨을 시키는 것만큼 교육에 나쁜 것도 없다.

역시 취소해야겠다고 생각하는 미아였으나…… 이미 늦어버렸다.

"네? 서, 설마, 미아 언니! 제가 그 키스우드와 춤을 출 수 있는 거예요? 와아! 와아아아!"

새빨개진 얼굴로 환호성을 지르는 벨.

그런 벨을 보며 미아는 기가 막힌 얼굴이 되었다.

"아아, 정말 누굴 닮은 건지……."

고개를 절레절레 내저으면서도 미아는 키스우드에게 말했다.

"그렇게 되었으니, 키스우드 씨. 만약 괜찮다면 벨의 파트너로서 연습에 협력해줄 수 있을까요? 엿새 후에 댄스 시험이 있는데, 가능하다면 좋은 점수를 받게 하고 싶거든요."

"그렇군요. 그런 일이라면……."

키스우드는 부드럽게 웃었다.

"성심성의껏 파트너 역할을 완수하겠습니다. 벨 님."

"네, 넵! 잘 부탁드립니다!"

고개를 꾸벅 숙이는 벨이었다.

──우후후. 미아 할머니께 춤을 배우는 거, 정말 즐거웠어.

하루가 끝나는 시간. 푹신한 침대에 누워 얕은 잠에 살짝 잠겨 있는 시간.

그것은 벨이 좋아하는 시간이었다.

베개에 얼굴을 묻은 벨은 하루를 돌아보았다.

오늘도 행복한 하루였음을 확인하듯이.

──에헤헤. 그 충신 키스우드와 춤을 추다니, 꿈만 같아요.

벨에게 그것은 동화 속 등장인물과 춤을 춘 것과도 같은 감동적인 체험이었다. 구름 위를 걷는 것처럼 둥실둥실하고 가만히 있어도 춤을 추고 싶어지는……, 그런 기분이었다.

"아아, 행복해……."

벨은 틀림없이 행복했다.

세인트 노엘은 꿈만 같은 장소였다.

맛있는 것도 달콤한 것도 언제든지 배부르게 먹을 수 있고……. 공부는 조금 어렵지만, 학교는 즐겁고…….

게다가 친구도 생겼다.

이 꿈이 언제 끝날지는 모르지만, 그래도 지금 이 순간 벨은 행복했다.

하지만……, 벨은 지금까지도 행복했다. 언제나 벨은 행복했다.

왜냐하면 지금의 벨이 있는 건 많은 사람의 희생이 있었기 때문이다. 그러니 행복하지 않다는 건 용납할 수 없다.

벨이 좋아하는 사람들을 위해, 벨을 위해 목숨을 건 다정한 사람들을 위해 벨은 웃는 얼굴을 일그러뜨려선 안 된다.

그러니……, 벨은 언제나 행복했고, 하지만…….

"지금은 아마, 아주 행복한데……."

벨은 지금 무척 행복하지만……, 그 이야기를 할 상대가 없었다. 그게 조금 쓸쓸하다.

오늘 있던 행복한 일을 사랑하는 에리스 어머니에게 말하고 싶었다.

가까이서 본 할머니의 모습을 이야기해줘서 기뻐하는 모습을 보고 싶었다.

하지만……, 그 소원은 이뤄지지 않는다. 벨의 소중한 사람은 이제 없으니까.

가장 이야기하고 싶은 사람에게는, 두 번 다시 말할 수 없게 되었으니까…….

"아, 맞아……. 편지……."

그때 불현듯 떠올랐다.

에리스 어머니와의 가느다란 연결고리……. 그녀는 아직 어리고, 벨과 함께 있을 때의 기억은 아직 없지만, 그래도…….

"에리스 어머니……. 아니, 에리스 씨에게 편지를 써야지."

그래도 어딘가에서 이어져 있다고 믿었다.

그날의 온기에 자신의 목소리가 닿는다고, 벨은 믿었다.

그러니 오늘 본 미아 할머니의 멋진 모습을 전달하는 편지를 쓰자. 그리고 오늘 있던 행복한 일을 많이많이 적자. 그렇게 해서 알려주는 거다.

"에리스 어머니, 저는 행복해요."

이 꿈이 언제까지 이어질지는 모르지만, 이 순간도 벨은 분명히 행복했다.

"아, 맞다. 기왕 적을 거라면……."

열흘 뒤, 벨의 댄스 시험 결과가 나왔다.

"…………이, 이상하네요. 네가 그렇게 필사적으로 가르쳤고 키스우드 씨도 협력해주었는데, 왜 결과가…… C인 거죠?"

결과가 적힌 편지를 들고 미아는 부들부들 떨었다.

참고로 C는 아슬아슬하게 합격 라인이다. 따라서 뭐, 나쁘다고 하기도 어렵지만…….

"이, 이해할 수 없어요!"

그렇게 외치는 미아였으나, 벨은 딱히 실망하는 기색이 없었다. 오히려 조금 기쁜 듯이 웃고 있기까지 했다.

그 모습을 본 미아는 '후우' 하고 한숨을 쉬었다.

"뭐, 춤 실력이 애매하다고 해서 괴롭힘을 당하거나 하진 않는 모양이니까요. 그렇다면 그렇게까지 좋은 점수를 받지 않아도 괜찮을지도 모르죠……."

이렇게 조금 따뜻한 마음으로 생각을 전환했을 때였다.

"아, 맞다. 그런데 미아 언니……."

별안간 벨이 말을 걸었다.

"네? 무슨 일이죠?"

"언제 빛나시는 거예요?"

"……네?"

얼떨떨해서 입을 벌리는 미아를 향해 벨이 득의양양하게 말했다.

"에리스 어머니가 말씀하셨어요. 미아 언니의 춤은 실제로 빛이 난다고……. 그래서 저도 춤을 출 수 있게 되면 몸이 빛나게 되지 않을까 했는데요……."

콩닥콩닥 설레는 얼굴로 그런 말을 하는 벨을 보고 미아는 가벼운 두통을 느꼈다.

"에리스……. 대체 벨에게 뭘 가르친 거죠……?"

무심코 한탄하는 미아였으나……. 뭐, 사실을 말해서 벨을 실망하게 할 필요도 없다고 마음을 바꿨다. 그 후 잠시 생각한 뒤……, 무언가 떠올랐다는 듯 짝 손뼉을 쳤다.

"그래요……. 제가 가르친 춤의 이름은 기억하나요?"

"네? 아, 네. 월광무도……, 앗!"

"네. 바로 그겁니다……."

미아가 의미심장하게 고개를 끄덕였다.

"그렇군요. 즉 이 월광무도를 완벽하게 출 수 있게 되면, 저도……."

기뻐 보이는 벨을 보고 미아는 히죽 웃었다.

──우후후. 이제 벨도 더 열심히 하겠죠. 제 생각에도 참 좋은 아이디어예요.

그런 생각을 하였으나…….

후일…….
"뭐, 뭐죠?! 이건!"
미아는 황녀전 안에서…….

황녀 미아는 춤의 달인이었다. 온갖 춤에 정통하던 그녀였으나, 황실에 전해 내려오는 전설의 춤마저도 완벽하게 체득하였다고 한다. 특히 그 춤은 달빛처럼 빛을 발하며…….

이러한 서술을 발견하고 저도 모르게 눈앞이 어질어질해지는 것을 느꼈으나…… 그건 여기서는 생략하기로 한다.

티어문 제국 이야기

TEARMOON
EMPIRE
STORY

미아의 무인도 일기

MEER'S

DIARY

ON DESERT ISLAND

TEARMOON
EMPIRE STORY

미아의 무인도 일기

7월 30일

오늘의 점심은 거품전복을 구운 것이었다.

오독오독한 식감이 어쩐지 버섯을 떠올리게 하는 맛있는 요리였다. 물가의 향기도 근사하다. 소금간도 절묘하고, 곁들인 해조류 샐러드도 씹는 맛이 좋아서 요리는 맛만이 전부가 아니라는 것을 느꼈다.

배 위에서 해산물을 먹는 것은 최고의 사치다.

하지만 조개라는 게 버섯을 닮아서 무척 맛있다는 건 새로운 발견. 바로 주방장에게 부탁해서 메뉴에 추가해달라고 하는 게 좋을지도 모른다.

추천 ☆☆☆☆☆

오늘의 저녁은 '사신의 사도'라 불리는 신기한 생물로 만든 수프였다.

다리가 많아서 에메랄다 양은 징그러워했지만, 먹어보니 무척 맛있었다.

다리에 빨판이 있어서 씹는 느낌이 무척 독특하다. 중독될 것 같다.

추천 ☆☆☆☆

비고 : 바다의 먹거리는 전부 식감이 좋은 게 많다는 느낌. 내일은 섬에 도착할 예정인데, 어떤 것을 먹을 수 있을지 기대 중.

이번에도 다시 읽어보니 맛집 후기 같은 일기가 되어버렸네요.

뭔가 저주에라도 걸린 것 아닌가요?

그나저나, 드디어 배에 돌아왔습니다.

며칠 동안 무척 고생했지만, 이렇게 무사히 돌아오고 나니 좋은 추억이 되었네요.

모처럼 특이한 체험을 하였으니 회상하면서 일기장에 적어두겠습니다.

첫째 날.

저희는 에메랄다 양이 바캉스로 이용한다는 섬에 도착.

중간에 보트가 전복되는 사고가 일어났지만, 아무런 문제도 없었답니다.

구하러 와 준 아벨, 시온과 함께 저는 우아하게 섬에 도착했으니까요.

섬에서는 에메랄다 양의 지도를 받으며 수영 연습을 했습니다.

제가 바로 헤엄칠 수 있게 되자 다들 무척 놀라더군요.

"마치 인어 같았어!"

시온이 이렇게 말하며 눈이 휘둥그레질 정도였다니까요?

아무리 그래도 그 정도까진 아니라고 생각하지만, 기분은 나쁘지 않더군요.

뭐, 그렇게 즐거운 시간을 보내다 둘째 날에 사건이 일어났습니다.

둘째 날.

아침에 일어나자 폭풍이 왔더군요. 어마어마한 바람이 불어닥쳐서 날아가는 게 아닌가 했어요. 저는 가벼우니까 주의가 필요하거든요. 아주 가벼우니까요.

그리고 저와 에메랄다 양, 안느, 아벨과 시온, 키스우드 씨, 니나 양. 이렇게 일곱 명 말고 다른 사람은 사라졌지 뭐예요!

게다가 에메랄드 스타 호도 사라져서, 그때는 정말 놀랐답니다.

셋째 날.

폭풍은 지나갔지만, 여전히 에메랄드 스타 호는 돌아오지 않았습니다.

어쩔 수 없이 저희의 서바이벌이 시작되었죠.

전문가인 제 지시하에 먹을 것을 모으고, 구조요청 신호로 쓰일 봉화를 피우기도 하고.

지금은 좋은 추억이지만 실제로는 아주 힘들었답니다.

심지어 그런 와중에 에메랄다 양이 사라지기까지…….

뭐, 에메랄다 양의 명예가 걸린 문제이니 자세한 이야기는 생략하지만요……

그렇게 넷째 날에 저희는 섬에서 탈출.

그 마지막 순간에, 최대의 핀치가 기다리고 있었습니다.

에메랄드 스타 호로 헤엄쳐간 저희의 눈앞에 식인 물고기가 나타났으니까요!

어마어마한 속도로 저를 향해 달려드는 광포한 식인 물고기였지만, 저는 오히려 안심했습니다. 다른 사람을 공격하는 것보다는 저에게 오는 게 이래저래 좋았으니까요.

그렇게 저를 덮치는 흉포한 초거대 식인 물고기의 코를 힘껏 때려서 무찔렀습니다.

뭐, 저에게 걸리면 그 정도는 별것 아니죠.

그나저나 엄청난 비밀을 알게 되었어요.

앞으로 고생할 것 같네요. 라피나 님께 어떻게 변명해야 좋을지. 그 생각만으로도 머리가 아파질 것 같아요.

정말, 선조님도 참 쓸데없는 짓을 하셨단 말이죠.

후기

안녕하세요, 모치츠키입니다.

티어문 제국 이야기, 제5권을 읽어주서서 감사합니다.

여러분의 호평을 받아 어떻게든 5권까지 도달할 수 있었습니다⋯⋯만, 사실 여기까지 오는 동안 계산하지 못한 일이 연속으로 일어났습니다.

예를 들어, 이 티어문 제국 이야기는 한 챕터마다 4개의 에피소드로 구성되어 있습니다. 즉 1권당 두 개의 이야기를 수록하면 딱 상하권처럼 2권으로 한 챕터가 완결되도록 계산해두었습니다. 그렇게 계산을⋯⋯ 했는데요⋯⋯. 이번에는 뜻밖에 무인도 이야기가 길어지는 바람에 이런 구성이 되고 말았습니다.

또 5권의 표지를 장식하는 에메랄다 양 말인데요, 원래는 기타 조연에 속하는 캐릭터였습니다. 그런데 미아와 나란히 표지에 등장할 만큼 중요한 캐릭터가 되다니 참 신기하네요.

무슨 말을 하고 싶은 거냐면, 미아의 누워뜨기 승마처럼 필자도 캐릭터가 만들어낸 파도를 타고 누워뜨기 집필을 하면서 어찌어찌 여기까지 도달했다는 이야기입니다.

앞으로도 이런 식으로 계속할 수 있다면 좋겠는데요⋯⋯. 열심히 해야지, 응.

모치 : 그나저나 캐릭터 투표입니다. 여러분, 투표해주셔서 감사합니다.

미아 : 정말이지, 어차피 제가 이길 텐데 굳이 투표할 필요는 없지 않았나요?

모치 : ……네. 그렇죠. 어떤 결과가 나올지 기대되네요. (※이 후기를 쓴 시기는 7월 말)

미아 : 하지만, 저 혼자 나오는 포스트카드라는 것도 쓸쓸할지도 모르니까요. 누군가와 투샷이 좋지 않을까요?

모치 : 으음, 인기가 있을 법한 거라면. 아, 예의 마스코트와 투샷은 어떠십니까?

미아 : 마스코트요? 뭐죠……?

단 : 불렀어~?

미아 : 단……? 으음, 마스코트? 아, 혹시 저에게 비밀로 '담'자 균류 버섯 마스코트 캐릭터를 만들었나요? (생글생글 웃으며)

여기서부터는 감사 인사입니다.

Gilse님, 이번에도 멋진 그림을 그려주셔서 감사합니다. 환상적인 표지 일러스트가 너무 근사했어요. 동굴의 색조도 그렇고, 상상했던 것과 딱 들어맞았습니다!

담당편집자 F님, 이래저래 신세 지고 있습니다. 마감 등등 배려해주셔서 감사합니다.

가족에게. 늘 응원해줘서 감사합니다.

그리고 미아와 같이 계속 여행해주고 계시는 독자 여러분. 함께 해주셔서 감사합니다. 계속해서 응원해주시면 좋겠습니다.
그럼 또 6권에서 만날 수 있다면 좋겠습니다.

티어문 제국 이야기

TEARMOON
EMPIRE
STORY

만화판 제9화

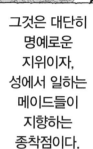

그것은 대단히 명예로운 지위이자, 성에서 일하는 메이드들이 지향하는 종착점이다.

황녀 전속 메이드.

급료가 3배 가까이 늘어난데다,

동생 에리스도 미아의 전속 예술가가 되었기 때문에 가족들도 비교적 유복해졌다.

미아의 전속 메이드가 된 뒤로 안느의 생활은 급변했다.

이건 '내 맘대로 사용해도 되는 용돈' 같은 게 아니라……

따라서……

그래…….

알겠습니다.

이 돈으로 나에게 '무언가를 해라'라는 명령을 내리신 거야......!!

이 안느, 반드시 기대에 부응하겠습니다!

미아의 의도는 이번에도 충신에게 전해지지 않았다.

기대...?

......?

?

좋아.

거의 다 수배한 것 같아......

제국에서 성의 일상을
지탱하는 것은
많은 사용인이었어.
그건 이 학원에서도
마찬가지야.

미아 님의 사랑을
응원하기 위해서도,
학원 생활을
쾌적하게
보내실 수 있도록
하기 위해서도

내가 할 수 있는
범위에서
인맥을
만들어놓아야지!

......응?

와아.

예뻐라......!

저기
예요

도와줘요.

부탁해요.

티오나
갇혔어요.

갇혔다니...?!
어디에...

스

으

도망,
가능했어요.

저만

리오라
룰루.

티어문 제국의
삼림 지역에 사는
소수민족, 룰루족
출신의 소녀이다.

룰루 족은
몹시 뛰어난
신체 능력을
지니고 있어서

이것이야말로
그녀가 티오나의
사용인으로
선택된 이유였다.

찾아야…!

도와줄 사

세상에……

나……
전혀 고민하지 않고
대답했어….

하지만……

미아 님께서
자유재량을
인정해주셨는

나는 미아 님의
명예에 먹칠하지
않도록 행동해야 해.

설령 그렇다고
해도 미아의
심경은
이런 느낌이었을
것이다.

빠ㅡ밤

분명 다정하
정의감이
넘치는
미아 님께서
여기 계셨다
똑같이 행동
셨을 테니까

알겠습니다.
저에게
맡겨주세요.

여기서 무시했다간
단두대 직행
코스일지도
모르고
무엇보다
안느의 시선이
강렬해요……!

피눈물

흐음……?

시온 전하의……

뭔가 곤란한 일이라도 있으신지?

기억하고 계셨다니 영광입니다.

키스우드 씨였죠?

당신은…

아 황녀 전하의 메이드 안느 씨.

부탁해요.

티오나 님을

구해줘요.

리오라 룰루입니다.

앗…… 네, 그, 루돌푼의 영애께서 데려온……

이 아가씨는 제국 분이신가요?

흐음, 망을 보는 사람이 두 명이라.

안에는 몇 명 있지?

어쩐지 수상한 느낌이 들어서 따라와 봤더니……

마을에 가서 드레스를 사 오세요.

리오라 씨!

꽈악

흠칫

분명 속상해서 못 견뎠을 거야.

대로의 가게에 마침 이걸로 살 수 있는 게 있거든요.

미아 님께 받은 돈입니다.

서두르세요!

절그럭...

이, 이건

돈...?

괜찮겠어?

그동안 티오나 님은 화장을 고치죠.

......!

미아 전하의 메이드인 네가 협력해도 돼?

이쪽으로 오세요!

티오나 백작 영애를 가둔 게 같은 제국 귀족이라면

미아 전하는 제국 귀족의 정점에 군림하는 사람이지.

......?

무슨 의미죠?

그건 미아 전하의 의향일 가능성도 있지 않아?

............네?

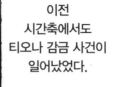

이전
시간축에서도
티오나 감금 사건이
일어났었다.

티오나를
구출한 사람은
키스우드와 리오라
둘뿐이었다.

하지만
미아의 사용인은
안느가 아니라
불성실한 중앙 귀족
셋째 딸이었기 때문

그럼,
다과회
다녀오겠습니다

학원의
지배자인
라피나
공작 영애였다.

그리고
찢어진 드레스를
어떻게든
수습하기 위해
그들이 도움을
요청한 사람은

그대로
시온에게
춤 신청을 받아
완벽한 댄스를
뽐내

그 후
티오나는
느지막하게
회장에 도착.

시온 왕자에게
키스우드가
맡긴 사건 보고를
전달하고

하
아

주위
학생들로부터
높은 평가를
받게 되었다.

이날
티어문 제국
혁명의 주도자인
티오나와
협력자 시온 왕자

그리고
그 뒷배가 되어준
성녀 라피나.
이 세 사람의
강력한 연결고리가
만들어졌다.

제국 귀족의
정점에
군림하는
미아였다.

그리고
사건의 주모자라는
의심을 받은
사람이
바로

고작
변경귀족의 딸이
어떻게 되든 말든,
자신에게
혐의가 오든 말든

그런 건
하찮은
일이라고
여겼기 때문이다.

미아는
그 의혹을
해명하지
않았다.

세 사람은
미아를 진심으로
경멸했고,
여기에서 단두대로
가는 길이
결정적으로
열리고 만 셈이다.

저기,
키스우드 씨.

그런 뜻에서는
제국 귀족이
저지른 행위는
미아 님의 책임이
될 수도 있다고 봅니다.

어쩌면
키스우드 씨의
왕국에서는
위에 선 자가
아랫사람의 책임을
진다는 사고방식이
있는 건지도 몰라요.

......

그러니까
송구하지만......

티오나 님을
반드시
무도회장에
모셔다
드리겠어요!

지금은
제가 미아 님
대신
그 책임을
지고 싶습니다.

파바바바바밧

빠르다……

뒤적

티오나 님,
여기 앉으세요.

바로
화장을
고치겠습니다.

기합이
들어간
'미아의 분신'은

어쩌면
미아 님께서는
이런 걸 예상하
아까 연습 상대
되어주신 건가

아니,
그럴 리 없지.

역사의 흐름을
강제로
뒤틀어버렸다.

그 실력을
유감없이
발휘하여

잠깐 실례.

그,
키스우드 씨가
이걸…….

……?

이건…….

조금 전 루돌폰 양과
그 메이드의
감금 사건이 발생.

범인은 제국 귀족
관계자인 남녀 4명.

그중 두 명은
현장에서 구속…….

사건에
미아 황녀가
관여했을
가능성 있음.

──만약을 위해
기재.

?

...럴 리가 있나.

......

본인도 그녀의 관여를 진심으로 의심하는 건 아니겠지.

...애초에 그 녀석도 좋아하는 타입일 텐데.

당신에게는 더 어울리는 분이 계시지 않을까요?

그건 그렇고

조금 전 미아 황녀의 태도….

적어도 이 무도회를 즐겁게 보낼 수 있도록 그녀를 나에게 맡긴 거겠지.

한눈에 무슨 일이 있었는지 대충 전모를 알아차리고는

아마도 그녀는 춤을 추는 도중에 루돌폰 양의 모습을 발견하고……

나에게
어울리는 사람
즉

내 힘이
필요한 사람이
있다는 거였어.

완벽한
착각이다.

……하지만
어울린다는 말은
의미가 조금
다르지 않나?

저기……
시온 왕자님?

후후

루돌폰 양.

아… 실례.

나와 한 곡
춤을 춰줄 수
있을까?

!

……네.

와아.

예뻐라…….

무도회,

미아 님도
티오나 님도
즐기고 계시면
좋겠다.

이리하여
무도회의
밤은

이전
시간축과는
다른 형태로
끝나갔다.

티어문 제국 이야기

TEARMOON
EMPIRE
STORY

제 5 위 — 안느 리트슈타인

기쁩니다!
(미아 님의
머리카락과
피부의 매력이
사람들에게
전해져서
다행이야!)

99표

제 4 위 — 단두대

♪
(……♥)

154표

제6위~

제 6 위　모니카 부엔디아
제 7 위　디온 알라이아
제 8 위　에메랄다 에트와 그린문
제 9 위　미아벨 루나 티어문
제10위　라피나 오르카 베이르가
제11위　키스우드
제12위　티오나 루돌폰
제13위　슈트리나 에트와 옐로문
제14위　시온 솔 선크랜드
제15위　아델라이드 루나
　　　　티어문 (미아의 어머니)
제16위　라냐 타하리프 페르쟝
제17위　리오라 롤루
제18위　베르만 자작
제19위　마롱

제20위　클로에 포크로드
제21위　마티아스 루나 티어문
제22위　무스타 와그만 (궁정주방장)
제23위　아샤 타하리프 페르쟝
제24위　에리스 리트슈타인
제25위　사피아스 에트와 블루문
제26위　세리아 (고아원의 수재)
제27위　바노스
제28위　린샤
제29위　루비 에트와 레드문
제30위　오이겐 (근위병)
제31위　갈브 (루드비히의 스승)
제32위　니나
제33위　마르코 포크로드

Gilse 선생님

투표의 1위는 역시 제국의 예지,
미아 황녀였군요.
그렇습니다. 부정행위는 전혀 없었어요!
안심하세요!
의외의 결과가 나오는 것도
인기 투표의 재미라고 생각하고,
덕분에 캐릭터의 인기도를
알 수 있어서 좋았습니다.
투표해주신 여러분, 감사합니다.

모치츠키 선생님

여러분, 투표해주셔서 감사합니다.
의외의 결과에 뇌물의 존재가
머리를 스쳤지만,
그런 부정행위는 일절 없었으니
안심해주시기 바랍니다.
또, 우승한 미아에겐
골든미아상이 주어집니다.
축하해!

많이 응모해주셔서 감사합니다!

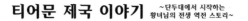

티어문 제국 이야기
~단두대에서 시작하는 황녀님의 전생 역전 스토리~

제1회 인기 캐릭터 투표 결과 발표!

전 1475표 !!!!!

무대화 기념 기획! 1~4권에 등장하는 캐릭터가 입후보!
여러분의 사랑이 담긴 총 33명의 순위를 발표!

제1위

미아 루나 티어문

463표

> 흐흥, 당연하죠!
>
> (......1, 1위일 줄은 생각지도 못했어요)

제3위

아벨 렘노

> 대단한 영광이군.
>
> (미아에게 어울리는 사람이 되도록 노력해야지)

171표

제2위

루드비히 휴이트

> 역시 미아 님이셔....
>
> (역시 이분께서 여제가 되실 수밖에 없어. 그러기 위해서는......)

274표

※본 기획은 2020년 7월 27일~2020년 8월 20일에 티어문 공식 홈페이지(tobooks.jp/teamoon)에서 개최되었습니다.

성야 제까지

앞으로 열흘

제국의 어둠이 미아에게
닥쳐오는 제6권!

티어문 제국 이야기 VI
기대해주세요

TEARMOON
Empire Story

모치츠키 노조무 지음
Gilse 일러스트

응......?
오한이......?

황녀 암살의

승리의
열쇠는
버섯!
이랍니다!

대 아님.

티어문 제국 이야기 5 ~단두대에서 시작하는 황녀님의 전생 역전 스토리~

2021년 10월 30일 1판 2쇄 발행

저　　자 모치츠키 노조무
일 러 스 트 Gilse
옮 긴 이 현노을
발 행 인 유재옥
본 부 장 조병권
담당편집 정영길
편 집 1팀 이준환 박소연
편 집 2팀 정영길 조찬희 박치우 조현진
편 집 3팀 오준영 곽혜민 이해빈
미　　술 김보라 서정원
라이츠담당 한주원 이다정
디 지 털 박상섭 이성호 최서윤
발 행 처 ㈜소미미디어
제 작 처 코리아피앤피
등　　록 제2015-000008호
주　　소 서울시 마포구 토정로222, 403호(신수동, 한국출판콘텐츠센터)
판　　매 ㈜소미미디어
마 케 팅 한민지 최정연
물　　류 허석용
전　　화 편집부 (070)4164-3962, 3963　기획실 (02)567-3388
　　　　　　판매 및 마케팅 (070)4165-6888, Fax (02)322-7665

ISBN 979-11-6611-582-0 04830
ISBN 979-11-6507-670-2 (세트)